3日戻したその先で、私の知らない12月が来る

木立花音　Kanon Kodachi

アルファポリス文庫

JN095641

https://www.alphapolis.co.jp/

プロローグ

――ずっと、忘れられない恋がある。

ポッと儚く燃え尽きた、線香花火みたいな恋だった。
風に煽《あお》られ地に落ちた、蕾《つぼみ》みたいな恋だった。
あれから、七年。
今でも心の片隅に彼がいて、たびたび思う。もし、あの頃に戻れるならと。
三日前だったら、私の能力で戻れるのに、なんて。

朱を含んだ薄紫色の夕空の下、私は交差点の一角に立ち尽くしていた。
行き交う人々は、みな、戦慄《せんりつ》と混乱の表情をしている。そこかしこから悲鳴が上がり、慌てて電話をしている人の声も聞こえてくる。しかし、それらの喧騒《けんそう》を気にすることもなく、目の前で展開される光景を慄《おのの》きながらただ見つめていた。

歩道に乗り上げ、信号機をなぎ倒して止まった大型トラック。激しい事故の様子を物語るように、真っ黒なタイヤ痕が路上に残されている。でも、そんなことはどうでもいい。問題なのは、トラックの前部に広がり始めた真っ赤な血だまりのほうで。

その中に倒れているのは私の親友。気が遠くなりそうなほど現実味の薄い光景だが、彼女の額から、腹部から流れ出てくる赤い液体が、これは現実なのだと私の脳にうったえてくる。

「理紗《りさ》!」

親友の傍《かたわ》らに膝をつき、その手を取って握り締めた。握り返そうとしているのだろうか。辛うじて動く彼女の指先。だが、完全に生気を失いつつある瞳に、私の姿は映っていない。

事故が起きたのは数分前のこと。側方から飛び出してきた信号無視の乗用車と大型トラックが接触すると、トラックの進路が突然変わり、私と理紗が信号待ちをしていた歩道に突っ込んできたのだ。それは一瞬の出来事で、放心状態の私を理紗がどん、と手で押して、彼女だけが撥《は》ねられてしまった。彼女が機転を利かせてくれなければ、きっと私も一緒に血だまりの中だった。

赤色灯の明かりとともに、救急車がやってくる。

「ほら、邪魔になるから事故現場から離れて!」

警察官数人による現場検証と交通整理が慌ただしく始まる。そのうちの一人が青ざめた顔で立ち尽くしている運転手に事情聴取を行い、別の一人が私の元に来た。

「君は、怪我《けが》をした女性とは知り合い？」

「はいっ……。学校の同級生なんです！　理紗は、理紗は助かるんですよね⁉」

声が上ずっている。自分でもヤバいなって思う。

「落ち着いて、大丈夫ですから。怪我《けが》をした女性と君の名前を教えてもらえるかな？」

「か、彼女の名前は菅原《すがわら》理紗。私は煮雪侑《にゆきゆう》です。二人とも、公立道北高校《どうほくこうこう》の一年生」

「菅原さんと煮雪さんね。では、事故が起きた時の状況なんだけれども――」

ぼんやりとした意識の中、警察官の声が遠く聞こえ始める。担架に乗せられた友人の手が、力なく垂れ下がるのが見えた。理紗……。一連の流れを見て、自分のやるべきことが定まる。決めたなら、やることは一つだ。

「すみません。時間を確認しても良いでしょうか？」

「時間？　いや、別に構わんが」

訝《いぶか》しげな警察官に頭を下げ、制服のポケットからスマホを取り出す。六月十六日、木曜日。時刻は十八時三十三分。事故が起きたのは、二十五分頃と見積もっておけば問題ないだろうか。よし――

事故の状況と酷《ひど》い出血を見る限り、理紗が助かる見込みはかなり薄い。ならば、彼女を救う手段は一つしかない。

――私の能力《ちから》を使うこと。

力を行使するため集中力を高めていくと、周囲の喧噪《けんそう》が一切耳に届かなくなった。

「――巻き戻し《リワインド》」

即座に視界は暗転し、次の瞬間気がつくと、私は電車の中にいた。

＊　＊　＊

人生をやり直したい、と思ったことがあるだろうか？

職場での対人関係がうまくいかない。結婚する相手を間違えたかも。日々、選択の連続である人生の中で、悩みを抱えることは誰にだってある。思い描いていた未来から遠く離れた場所にいる自分を意識した時、やり直したいと感じてしまうのは決して珍しいことではないと思う。

しかし、そんなことはもちろん不可能。

歩んできた人生を、なかったことにはできない。子どもの頃に戻れたら、とか、転生したいと言い出したなら、漫画や小説の読みすぎだと笑われてしまう。
ところが――である。

「アイタタ……」

四人掛けボックス席の座面に、数十センチの高さから落下したことで痛めたお尻を擦《さす》りながら、周囲の状況を確認した。

ここはどこか？　通学のため毎日利用している電車の中。時間は――とスマホを取り出して、そのまま理紗に電話をする。二コールののち、電話の相手が応対した。

「もしもし」

『おー侑か。どうしたの？　さっき別れたばかりなのに』

「いや、別に用事はないんだけどさ。無性に理紗の声が聞きたくなって」

『何それ、愛が重い女みたい。心配しなくても、私の声ならいつでも聞かせてやるぞ』

元気な彼女の声を聞いているうちに、動転していた心が落ち着いた。さっき見た凄惨な事故現場の映像が、三日先のものになる。

電話を切ってから改めて日時を確認すると、六月十三日の十八時三十三分だった。良かった。ちゃんと三日前に戻っている。

こんな風に、私は人生をやり直すことができる。ただし『三日間限定』なんだけれどね。『三日間だけ、時間を巻き戻す』ことこそが、私の持っている不思議な能力——巻き戻し《リワインド》の正体である。

この能力には、いくつかの特徴と制約がある。

まず一つ目。きっちり三日間しか戻せない。一日前、もしくは二日前に戻りたいと思っても不可能で、丁度三日前に戻る。時間帯すら選べない。六月十六日の十八時三十三分に能力を使ったならば、六月十三日の十八時三十三分に戻る。それは場所も例外ではなく、三日前の同時刻にいた場所に強制的に戻される。

その時にちょっとだけ、座標がズレたりするのが困りもの。

今回は、本来戻るべき場所よりも、数十センチ高い座標に戻ったらしい。クッション性低めの座面に落ちたことで、尾てい骨が微妙に痛い。痔になったらどうしてくれる。

二つ目。リワインドする前の三日間に起こっていた出来事は、すべてリセットされてなかったことになる。同様に、人々の記憶もすべて消去される。なので、リワインドが行われた事実に誰も気がついていない。……ただ一人、私を除けば。

信号機をなぎ倒した大型トラック。血だまりと、親友の姿。悪夢が再び蘇《よみがえ》り、かぶりを振った。

時には忘れたいこともあるんだけどな。とはいえ、三日後に再び事故は起こるのだし、忘れるわけにはいかない。あの時間、あの交差点から理紗と自分を離しておけば、まず大丈夫なはずだけど。念のため、三日後の十八時十分にスマホのアラームをセットしておいた。よし。

この記憶保持も能力の一部かもしれないが、謎の多い能力なのでよくわからない。最後に三つ目。能力を使用すると、七日先まで再使用できない。能力を何度も使って同じ時間軸を往復することはできないし、リワインドした事実を『なかったこと』にもできない。たぶん、こいつが一番厄介な制約である。時間を戻した結果、状況が益々悪化してしまうことも稀にあるが、やり直しは利かない。だからこそ、むやみやたらと能力を使うべきではないし、使うタイミングについてもきちんと熟考する必要があるのだ。

というわけで。突発的にリワインドを使った場合、多少の不都合が生じるのは茶飯事だ。

「はあ……やり直しか」

衝撃でずり落ちた眼鏡を直し、手元の原稿に目を落とす。膝の上で広げたままのそれは、私が趣味で描いているＢＬ漫画の原稿だ。

『現役女子高生漫画家』のような、大層な肩書きなんてもちろんない。趣味で描いている作品を、投稿サイトで公開しているアマチュア漫画家である。

ＢＬとは、男性同士の恋愛を描いた、小説や漫画のジャンルの一つだ。漫画を描いていることは、誰にも伝えたことがない。というか、むしろ積極的に公開したくない秘匿情報なわけで。

それはともかくとして、たっぷり時間をかけて修正したはずの原稿は、きっちり修正前の状態に戻っていた。これから二日かけて同じ作業をするのか、と思うと笑えない。

「最悪。でも、しょうがないしょや」

流石《さすが》に、親友の命と趣味を天秤にかけようとは思わない。今は、落胆より安堵《あんど》のほうが勝っている。

漫画の修正箇所を確認すべく、原稿に目を通しながら電車の窓ガラスにコツンと額を当てると、雨粒がガラスを叩く音が聞こえた。どうやら、三日前は雨が降っていたらしい。そういやこの日、傘を忘れたんじゃなかったかな。良くないことほど重なるものだ。断続的に響く雨音のリズムを数えているうちに、次第に意識が混濁してゆく。

そして気がつくと……

「あれ……？」

眠ってしまっていたのかな。微睡《まどろ》みの中、誰かに肩を叩かれている気がして私は目覚めた。——というか、叩かれていた。驚いて顔を上げると、パンツルックの長髪美人が私の隣に座っていた。年齢は二十歳前後かな？　うわ、睫毛《まつげ》長いなー。力強い双《そう》眸《ぼう》が、やたら印象的に目に映る。ん……というか、この人誰？

見知らぬ女性が真横にいるという異常事態に硬直していると、彼女がくすりと含み笑いをした。

「次の駅で降りるんじゃないの？」

「え？」

瞳を瞬かせて驚いたあとで、窓の外に目を向ける。そこがまだ、降りる駅まで距離のある場所だと気づいて胸を撫で下ろした。

「はい、その通りです。危うく乗り過ごしてしまうところでした。気遣って起こしてくれたんですか？」

「そうよね？　じゃあやっぱり起こして良かった。なんか覗き見ていると思われたら困るし、どうしようかな？　と悩んでいたんだけど」

うふふ、と笑う彼女を見ながら、私は今自分が置かれている状況を正確に把握した。

慌てて手元の原稿を隠した。

「み、見たんですか？」

見てないわよ、と彼女は即答した。

「そんなには」

「見たんじゃないですかっ！」

「どうして彼のことを考えると、こんなに胸が痛むのだろう？　俺は男で、彼も男なのに。……この後、トオル君は膨《ふく》らんでいくユウキ君への想いを抑えることができるのか？　そのあたりは気になるわね」

私の漫画のワンシーンを、一言一句違《たが》わず彼女は言い当てた。思わずこめかみ付近を押さえて蹲《うずくま》る。

「結構、しっかりと見ているじゃないですかやだー……とか可愛く言いたいところですが、本当に嫌です」

「でも、私が覗き込んでいても、あなたがどんどんページを捲《めく》っていくものだから？　そりゃあ気にもなるわよ？」

どうやら、現実と夢の狭間を揺蕩《たゆた》う中、手だけはしっかり動いて原稿を捲《めく》り続けていたらしい。投稿前の漫画（しかもBL）を読まれるとか最悪だ。人生オワタ。

これ見よがしに肩を竦《すく》めてみせると、気後れするように彼女が言った。

「もしあなたが良かったらなんだけど、それ、もうちょっとだけ見せてもらえないかしら？」

「嫌です」と私は即答した。

「なんで？」と彼女は食い下がった。

「恥ずかしいからです」私はきっぱりと拒絶する。

「ふ〜ん、でも、すごく上手よ。あなた」

「本当ですか⁉」と食い気味に身を乗り出してから私は自嘲した。

恥ずかしいのは本音なのだが、それは描きかけだからだ。ウェブで公開済みの作品についてはなんの問題もない。むしろ読んでほしいとすら思う。

私の漫画は少々伸び悩んでいた。ランキングに載れず埋もれてしまうと、読者が増えず、さらに埋もれていくという悪循環に陥《おちい》るのだ。そんな歯がゆさを感じていたため、藁《わら》にも縋《すが》りたくなった。いや、藁《わら》はちょっと失礼か。

「描きかけのものは見せられませんが、投稿した作品であれば、全然構わないです」

「投稿？　ああ〜もしかして、ウェブかなんかで、作品を公開しているんだ？」

そうです、と無駄に重々しく頷き、投稿サイトのページを開いてスマホを差し出した。

「あなたのことを想うだけで、私の○○はナイアガラ」

形の良い唇から飛び出した放送禁止用語に驚いてスマホを取り上げると、投稿ジャンルを反映してか、肌色成分強めの広告バナーが見えた。だから、ＢＬ＝Ｒ18って一括りにしないで！　私の作品に性描写はないの！

「何を読んでいるんですか！　それはただの広告で、私の作品じゃありません！」

手が焼ける、と思いながら一ページ目を表示させて再度手渡した。

「蒼月月華《そうげつげっか》……で読み方あってる？　それともあおつき？」

ああ、しまった！

「ごめんなさい、ペンネームは読まないでください！　読み方前者で合っていますから、二度と読まないでください！　つか、忘れて……！」

段々弱くなっていく語尾。彼女はお腹を抱えて笑い転げた。死にたい……。どうしてこんな名前を付けたのかと、過去の自分をぶん殴ってやりたい気分だ。いや、名前を変えればいいんだろうけど、せっかく浸透した名前を今更変えるのも癪《しゃく》だ。

「あははっ、あなたって面白いわね」

「私はあんまり、面白くないです」

「でも、なんか楽しみ。あとで探して読んでみるわね」

「あっはい。気が向いたらでいいですし、暇だったらで十分なので、あんまり期待しないで見てやってください……」

厨二病ペンネームがバレた恥ずかしさに赤面しながらも、私は控えめに告げた。内心では、閲覧数伸びるかな？　なんて、浅ましい算段を立てながら。

――けど、おかしい。彼女はいったい何者なんだろう？　三日前、この女性と出会ってなんかいないのに。

リワインドをしたあとの世界では、同じ出来事がまた起こる。世界も、人々の言動も、時間を戻す前と寸分違《たが》わず同じ流れを繰り返すのだ。

流れを変える方法はある。私が能動的に働きかけることだ。必然的に、私の力でどうにかできる範囲に限られる。例をあげると、明日学校に行くのをやめようと思えばやめられる。それによって変わる未来があれば変わる。だが、例えば明日が、風の強い日だとしても私には変えられないし、強風によって、三十代半ばにして広くなった数学教師山田《やまだ》のおでこが衆目に晒《さら》されるのも止められない。

「私の力を超えている」

「なんか言った？」

「あ、いいえ」

つまり『大して変えられない』という意味でもあるんだけれどね。なので『私が別段何もしていない』のに変化が生じている今の状況は、はっきりいって異常事態だ。どうしてだろう？　こんなことは、今まで一度もなかった。イレギュラーが発生している要因として考えられるのは、漫画の原稿を広げたまま居眠りをしたこと。そのせいで彼女の目を惹《ひ》く結果を生んだ……ということなのか？　ここだけは前回と違っているので、一応合点《がてん》はいくが。

そんなことを思っているうちに、私の降りる駅に着いた。しまい忘れていた原稿を鞄に入れ、彼女にぺこりと頭を下げて席を立つ。

「じゃあ私、ここで降りますんで、これで失礼します」

「うん、またね。……ああそうだ。あなた、三日後の話なんだけど、またこの時間の電車に乗る？」

三日後というと、リワインドをした日のことだな。

「いえ、その日は遅くまで部活動があるので、この時間帯の電車は使いませんね」

ここまできっぱりと宣言するのはまずかっただろうか？　私は知っているものの、これは未来の話だ。それにしても、なぜこんな質問をするのだろう？　ところが彼女は、私の発言を不審がる様子もなく、こう言い添えた。

「そう……。ごめんね、変なこと訊いて。それから私の名前、ユウコだから。よろしくね」

自称ユウコサンが、くしゃりと笑う。

電車を降りる時、なぜだろう、彼女――ユウコサンの姿をもう一度見たくなった。開いた扉の前で立ち止まり、彼女の背中に視線を注ぐ。「ほら、邪魔だから早く降りろ」と見知らぬおっさんに後ろから怒鳴られ、すみません、と殊勝に頭を下げた。

ホームに立って電車の窓越しに見つめていると、不意に彼女がこちらを向いた。視線が正面からかち合い、彼女が再び笑みを浮かべる。

電車が走り始めて、絡まっていた視線が剥《は》がれる。電車はあっという間に視界の向こうに消えていった。

七年前もこうして彼を見送ることができていたなら、きっと未来は変わっていたんだ。

胸が苦しくて、どうしようもなく痛くなって、心臓の辺りに左手を添えた。

――ほんとフザけんな。七年前の私。

第一章「未完成のままの初恋とスケッチブック」

――ずっと、忘れられない恋がある。

追憶の中にいる、その男の子の名前は佐々木《ささき》君。最早、下の名前を思い出せなくなってしまった彼は、小学校二年生の晩秋に転校生としてやってきて、三年生の初夏に再び転校していったクラスメイト。一緒に過ごした時間は半年ほどでしかなかったが、今でも私の記憶の奥底に色濃く存在感を残している男の子であり、もしかすると、いや確実に、私の淡い初恋の相手だった。

その当時の私は、決して友達の多い子ではなかった。二年生に進級してすぐ、父の都合による引っ越しと転校を経験した。小学校という新しい世界に馴染み始めた頃に訪れた友人との別れは、私の心にしっかり影を落として、新しい学校ではどこか浮きがちになった。特定の苦手な誰かがクラスにいたわけでもないが、とかく男子が苦手だった。がさつで、乱暴で、行動もなんだか幼稚。自分も子どもだという事実を棚に上げて、達観した見方をたぶんしていた。

それなのに、佐々木君だけが平気だった。

彼が転校してきた日のことをよく覚えている。緊張した面持ちで、先生に紹介されている彼を見て、数ヶ月前の自分も同じ顔をしていたんだろうなと思った。そこに親近感を覚えたからなのか、襟足が長めの髪の毛と丸っこい瞳のせいで、どこか女性的に見えたからなのか。それはよくわからないが。

昼休みになると、彼はよくスケッチブックを片手に校庭に出ていた。紅葉した木。昇降口の脇にある水飲み場。目についた光景を、紙の上に水彩絵の具で表現していた。とはいえ、文科系の男の子かというとそうでもなく、体育の成績は人並み以上だったし足も速い。それなのに、校庭でへったくそな野球に興じる男子らには目もくれず、ひたすら彼はスケッチブックに筆を走らせていた。

だからある日、私は訊ねてみたんだ。「野球とかして遊ばないの？　佐々木君スポーツが得意だし、かけっこだって速いのに」と。茶色の丸い瞳がこっちに向いた。「別に野球は嫌いじゃないよ。でも、一番やりたいことは絵を描くことなんだ。一番と二番だったら、一番のほうが大事でしょ？」

さも当たり前、と言わんばかりの声だった。それもそうか、と納得しながらも、面白い感性を持っている人だなと思った。

絵を描くことが元々好きだった私は、彼の筆が描き出していく世界の美しさに、段々心を奪われていった。

彼の描き方には少し特徴があった。鉛筆で描いた下描きの線に沿って、まずは色を塗る。そこから内側に向かって、丹念に色を塗り重ねていくのだ。どこか几帳面な塗り方ながら、完成するとどれもがふんわりとした優しい印象の絵になった。

知らず知らずのうちに、私は佐々木君に惹《ひ》かれていった。昼休みになると彼の隣に座って、時折その横顔を盗み見ながら、スケッチブックを広げるようになった。

佐々木君と同じ風景を描き、自分の絵はちょっと硬いなあ、柔らかくならないなあとボヤいてみせると、彼は人懐っこい顔で笑った。

「ぼくは、煮雪の描く絵が好きだよ。目の前の光景を正確になぞらえているし、ぼくの絵よりも力強くて勢いがある」

「そうかなあ……。わたしは、もっとふんわりとした絵が描きたい」

「いいじゃない。見え方なんて人それぞれだし、描く絵だって人それぞれだよ。同じものを描いたとしても、みんな違うものになるから絵はいいんだよ。写真だったら、こうはいかないでしょ？」

彼に褒められたという事実に心が弾む。同時に、なるほどなあと思った。

校庭の隅っこに咲いた桜を描き、青く萌ゆる山野を描き、またある時は、佐々木君の横顔を描いた。

けれど、私の恋は——満開だった桜が惜しみなく散り、桜の木が青い衣をまとうようになった初夏の日、突然終わる。

　佐々木君の転校によって。

　私がリワインドの能力を発動させたのも、自分にそんな能力があると気づいたのも、思えばこの日が最初だった。そして、結果は何一つ変えられなかった。三日間だけ時間が戻ったとしても、予定調和の出来事は起こるのだから。食い止める方法がなければ、同じことが繰り返される。結局、佐々木君は転校してまたいなくなった。環境を変える力もないただの幼い子どもでしかなかった私は、途絶えてしまった関係と、行き場を失った初恋の結末に、わんわんと泣くほかなかった。

＊　＊　＊

　机の上には一冊のスケッチブック。開かれたページにあるのは、彼がいなくなってから完成する目処が立たなくなった肖像画。この絵を見るたび、昔のことを思い出す。

　転校したあと、彼はどうしたのだろう。どんな高校生になって、今どこで何をしているのだろう。今の私は、あの頃より少しだけ大人になって、精神的に強くなった。日々を懸命に過ごして歳を重ね、別れの日の記憶も次第に薄れた。そのはずなのに――ふとした瞬間に蘇《よみがえ》ってくる後悔。私は、いつ会えるかもわからない、おそらく、もう二度と会えないであろう彼に対して抱いた初恋を、今でも忘れられていない。

ぽっかりと、穴が空いたままの心。描きかけになったこの絵と同じで、私の初恋はあの日からずっと未完成のままだ。

ふう、と一つ息を吐き、自室の天井を見上げた。私が七年前に置き去りにしてきた未練は、この絵だけではなかった。あの日私は、佐々木君と喧嘩別れをした。彼の転校によって唐突に引き裂かれ、謝ることもできないまま。

下描きのままで止まっている初恋の彼が、スケッチブックの紙の中央で笑っていた。

＊＊＊

すべてが朧《おぼろ》げで、手探りの恋だったけど、私は佐々木君が好きだった。あの頃に——戻りたい。

そんなことを時々考えながらも、あれからもう七年。私、煮雪侑は、とりあえず何事もなく平和に、高一の初夏を迎えている。

「雨か」

六月十六日。三日前にセットしたアラームの時刻を確認しながら空を見上げた。

北海道には梅雨がない、というのは意外と知られていない話。梅雨前線が北海道に届かないか、届いたとしても、前線の活動が著しく衰えるためらしい。

それなのに、今日も今日とて涙雨。濡れたスカートの裾を気にしながら教室に入ると、日常にちょっとした変化があった。私の席の隣に、真新しい机が増えている。

「転校生だってさ」

私の視線に気づいて、親友である理紗が机を指差した。鮮やかな茶髪ショートの彼女は、私より頭半分ほど背が高い。隣に並ぶと自分だけが幼く見える気がして、時々劣等感を抱いてしまう。

私と理紗は二人ともバドミントン部所属だ。私がバドミントンを始めたのは小六の頃だ。その当時通っていたサークルに理紗がいたので、中学が別々のわりに付き合いが長い。それがまあ、比べてしまう原因だと言えなくもない。

「転校生、ねえ。高校に入学して間もないこんな時期に？」

「ねー。なんか不憫だよね。聞いた噂によると、親の都合で引っ越しが多いんだって。いわゆる転勤族って奴だべか」

その情報は、佐々木君のことを私に連想させた。父親が転勤族なのだと、聞いた記憶が朧《おぼろ》げながらある。

「女の子？」

「男子だよ。わりとかっこいいって目撃した女子の間で噂になってる」

「もしかして、その子の名前って佐々木君？」

「佐々木って誰？　たぶん違ったと思うけど」

「ですよね。ふうん」

なんてね。そんな少女漫画みたいな展開ありえないのだが。

「何それ。めちゃめちゃ興味なさそうだね……。あー来たよ」

理紗が自分の席に戻っていくのと、教室の扉が開くのは同時だった。担任教師と転校生が入って来ると、さっきまでのざわめきが嘘みたいに静かになる。

転校生を見て、前の席の女子が息を呑んだ。さらさらとした明るめの茶髪に二重の目。すっとした端整な顔立ち。どこか憂いを帯びたその表情には、近寄りがたいクールな雰囲気があった。

先生に長谷川《はせがわ》拓実《たくみ》と紹介された転校生は、千歳市《ちとせし》の高校から親の都合で転校してきました、とだけ告げると、隣の席にやってくる。

背筋をピンと伸ばした歩き方。派手なその外見とは裏腹に、真面目そうだな、なんか人生生きづらそうだな、などと、天邪鬼にも粗探しをしてしまう。

やがて席に着いた彼は、机の上に鞄を置く。

「私、煮雪侑っていうの。ヨロシクね」

今回は、こちらから声をかけてみた。私なりの、社交辞令みたいなもんだ。見上げる格好になって、結構、背高いなって思う。たぶん、百八十センチくらい？

ところが彼は、驚いた顔でこっちを見た。驚嘆とか困惑とかさまざまな感情が混じり合っていそうな複雑な表情。それなのに、口元はちょっとだけ笑っている。なんでそんな顔？

「へえ。煮雪さん、俺の隣の席なんだ、すごい偶然。これからヨロシクね」

へ、私のこと知ってんの？　と思いながら、握手を要求されたので応じておく。

「どこかで会ったりしてましたっけ？」

忖度《そんたく》なしの疑問が漏れると、彼は今度は瞳を瞬かせた。

「あれ？　俺のこと全然覚えていない？」

「いや、ごめん。とりあえず最初に謝っておくけど、たぶん知らない」

悪いなとは思うけど、マジで思い出せないんだからしょうがない。ただ、なんだろ。茶色の瞳とかさらっとした髪質とか、どことなく佐々木君の面影が重なって見えるんだ。でも――長谷川なんだよね。そもそもの話。青森に引っ越した彼が北海道にいるはずがない。

「中学の時さ、何度か君のこと見かけてるよ」

「へ？　どこで」

「体育館。つか、俺もバドミントンやっていたから、大会の会場で煮雪さんのこと時々見ていた」

それって、一方的にこっちを見てただけなんじゃ？　と思うが突っ込まずにおく。

「そうなんだ。ほら、私の苗字珍しいから、わりと覚えられているんだよね。で、どこのチームにいたの？」

「千歳のクラブチームだよ。もっとも地区が違うんで、煮雪さんを見たといっても、大きい大会だけだったけどね」

「へえ」

「リアクションうっす。というか、本当に覚えていないんだ⁉」

「だからごめんて」

罪悪感強くなるから、これ以上胸を抉《えぐ》らないで。私は男子のプレーをほとんど見ないし、地区が違うから予選会場も別だし、接点が薄いのだからしょうがないだろう。

記憶にはなかったが、私の名前を知っていたこと、バドミントンの経験者だったことに少なからず興味が湧いた。そこでいくつか質問してみた。強かったの？　バドミントン歴は何年？　とか。

転校生は、そこそこ強かった、バド歴は三年かな、と答えた。始めたのは中学に上がってかららしい。バド歴がほぼ同じなのも相まって、なんとなく親近感を覚える。

高校入学後、間もない時期にやってくる転校生は、それだけでも珍しい存在。クラス中の注目を、彼は一身に集めることとなる。加えて高身長、そこそこイケメンとくれば、クラス中の女子が一斉に目の色を変えるのも必然なわけで。休み時間になると、拓実君は女子達に囲まれて質問攻めにあった。どうしてこの時期に引っ越してきたのか。趣味は何か。部活動は何に入る予定なのか。恋人はいるのか等々。それはもうさまざまに。

耳をそばだてるつもりもないが、席が隣じゃあ嫌でも聞こえる。転校をしてきた理由は、母親の転勤。なんでも母親が支店長に抜擢《ばってき》されたとかで、千歳から江別《えべつ》に引っ越したのだという。千歳は札幌《さっぽろ》の南にある都市で、だいぶ距離が離れている。札幌のすぐ東にある江別からなら、確かにこの学校のほうが通いやすい。趣味も入りたい部活もバドミントン。マジか本気だな。そんで、中学の頃は彼女いたけど今はフリー。なんだか、一度にいろいろと詳しくなってしまった。

その日の放課後。宣言通りに彼はバドミントン部に入った。

うちの学校のバドミントン部は男女間の垣根がなく、同じ場所で練習に励む。そこで、部活動が始まると、彼のプレーをまじまじと拝見させてもらった。こう言ってしまうと身も蓋もないが、まあ普通。キャリアから見ると、そこそこ上手なほうではあるかな。しばらくプレーを眺めていたが、やっぱり彼のことは思い出せない。中学の頃、大会かなんかで見たことくらいはありそうなものだが。

「なに、転校生見てんの？」と理紗がからかってきたので「んなわけあるか」と否定しておいた。

部活動が終わると、ラケットバッグを背負って理紗と一緒に学校を出る。私と彼女の家は別々の町にあるのだが、利用している駅は一緒なのである。

重く垂れこめていたうっとうしい雲は、吹く風に散らされなくなっていたが、街角にはまだ雨の残り香が満ちていた。北海道は、初夏でも日によって肌寒い。東京の人には想像もできないことだろうが、日当たりの悪い民家の軒下には五月頃まで雪が残っているし、遠く見える山間の景色は、今もまだ白と茶色のコントラストが鮮やかだ。急に吹き込んできた風が予想外に冷たくて、カーディガンのボタンを一つ留めた。

「侑、人の話聞いてるー？」

突然鼓膜《こまく》を揺らした声に隣を見ると、理紗が私の顔を凝視していた。

「ん、ごめん、ちょっとぼんやりしてた」

「もう！」

ぷくっと頬を膨《ふく》らませた理紗はなんだか可愛らしい。もっとも、彼女が拗ねるのも無理はない。さっきから理紗が一人で話し続けていて、私は「うん」とか「そうだよね」とか相槌を打っているだけなのだから。

　それにしても……

「いいよねぇ、理紗は」

　隣を歩く友人の、ブレザー越しの胸の膨《ふく》らみをじっと睨《にら》んだ。私が彼女と比較して
コンプレックスを抱いているのは、身長の他にもう一つある。

「え、突然なに？　意味わかんないんだけど」

　そもそもの話、大きさによってAとかBとかCとかランク分けするのが理解できない。サイズでなくてさ、形で勝負させてよね？　底辺ランクになった人が傷つくっしょや？　私のことだけど！　形で勝負しようにも、そもそもないけど！

「いや、この間さあ、ちゃんとした下着を買いに行ったんだけど」

　ちゃんとした、なんて形容詞を付けている時点で恥ずかしい。

「おー。ようやく」

　ようやく、とか言うな。

「サイズ測る前から、店員にAですねって言われた」

　すると理紗が、あっはっはと笑いだした。やかましいんだよ。君にはわからない悩みだ。

「いいじゃん、大きさなんて関係ないって。侑はさ、スタイルが良いんだからそっち

で勝負しよう」

つまり、胸では勝負できないってことじゃないですか。私は諦めと戸惑いの、中間くらいの溜息を吐いた。

「勝負っつうてもね。ようやくブラジャーの選び方を考え始めた女子高生を、どこの男子が相手にするんですか」

「はっはっは。それもそうだ」

いや、そこはなんかフォローください。大きさじゃないとかマニア向けだとか。あ、ダメだ。それはそれで酷《ひど》く虚しい。

ねえねえ！　と話題を変えるようにテンション高く理紗が言った。

「今日の転校生さあ。どう思った？」

「男子だった」

「舐《な》めてんのか君は。そんなん当たり前だよ」

理紗が呆れ顔になった。一矢報いた気がして、胸のつかえが少し下りる。

「拓実君ってさ。超かっこよくない？」

「まあ、普通？　超はつかない」

「彼女、いるのかなあ……」

「自分で聞きなよ」

乙女の顔で遠くを見つめる理紗に、素っ気なく返した。あんまり関わりたくなかった。恋愛話は面倒だからだ。

「何そのリアクション……。まあ、侑だとそんなもんか」

失礼だな。私だって、別に男子に興味がないわけではない。拓実君は確かにかっこいい。でも、感じるのはそれだけだ。そこから先のステップ、いわゆる『好き』という感情を抱いたり、付き合いたい、と思ったりすることはない。彼に対してだけではない。もう——ずっとそうだ。

中学二年の頃、同じクラブチームに所属していた男子と付き合ったことがある。その子とはチーム内でも特に仲が良かったし、一緒にいるとなんか楽しいし、好きなのかもしれない。そう思っていた。だから、どっちからということもなく、ごく自然に「付き合おうか」という話になった。

ところが、交際を始めてから一ヶ月した頃、唐突に我に返る瞬間があって、思わずこう口走った。

「あれ？　これって好きとは違うんじゃない？」

その段階になって初めて気がついた。仲が良いことと、好きとは違うのだと。思えばキスはおろか、繋ごう、とこちらから手を差し伸べたこともなかった。素っ気ない私の態度が、意図せず彼を傷つけていた事実にようやく気づいた。そして、あっという間に破局が訪れる。振ったのは私から。呆れたような口調で、しっかり捨て台詞《ぜりふ》までいただいてね。「煮雪ってさ、俺のことちゃんと見てくれてなかったよね？　自分の気持ちと向き合ったことあるの？」と。

私が恋愛できなくなっている、と気づいたのは、たぶんこの日が最初だ。それから——ずっとダメだ。いや、もしかすると、もっと前からダメだったのかもしれないが。誰かのことを好きだと感じたり、憧れを抱いたりしても、そこから恋愛感情に発展しなくなった理由は、彼——佐々木君との間にある後悔なのかもしれない。

「好きってなんだろう」思わずそう呟いた。

「突然どうした。哲学的な話をされても私は助言できないぞ？　とりあえず辞書でも引いてみな」

「一、心が惹《ひ》かれること。気に入ること。二、偏ってそのことを好む様。物好き。三、自分の思うままに振る舞うこと。また、その様……その様って、何様だよ？」

「その『様』、じゃないと思うけど」と理紗が苦笑する。

「つか、もう引いたのかよ、早いな」

「文明の利器、スマホ様様だね。おお、様が二つとか、やっぱすごいよねスマホ」

「はいはい。で、なんかわかったの？」

「いや、全然。益々混乱した」

なんとなくわかったことが一つ。どこで何をしているのかまったくわからない佐々木君だけど、彼に対する未練だけはしっかり残っているってことかな。一と二は、ちゃんと該当していた。

溜息が虚空に紛れて消える。雨上がりの夕刻の風は冷ややかだ。これまでしてきた過ちのあれこれを思い出し、感傷的になっているから冷たく感じるだけだろうか？

とたんに重さを感じ始めたラケットバッグを背負い直して、駅までの道のりを急ぐ。とその時、ポケットの中でスマホが震えた。そうそう、この道と時間帯はダメだった。

「ねえ、理紗。マック寄って行こうよ。小腹が空いた」

「え、別に良いけど。太るぞ？」

「だいじょぶ、だいじょぶ。私は太らない体質だから」

私ダイエット中なんだけど、と不満をあらわにした理紗の背を強引に押して歩き出す。嘘をついてごめんね、と心中で舌を出した。本当は私だって太る体質だし、本音を言うと、そこまで腹が減ってもいなかった。

事故そのものを防げたら本当は一番良いんだろうけど、あの時も理紗以外に怪我人《けがにん》が出なかったんだから、きっとなんとかなるだろう。

この先の未来を私は知っている。このまま進んで、交差点に突っ込んでくるトラックと遭遇するわけにはいかない。知らない振りをして生活してきたけれど、これは私にとって二度目の世界なのだから。

リワインドしたあとの三日間は退屈だ。三日間限定とはいえ、起こる出来事のすべてを把握しているのは、なんとも味気ないもので。

二度目となる転校生との出会いを初対面のようにやり過ごし、事故が起こる交差点には近づかないように帰宅する。こうして、三日間は無味乾燥に過ぎ去った、と話を終えたいところだが、一個だけ驚くことがあった。

昨日、つまりはリワインドをした日の夕方、電車の脱線事故が起きたのだ。事故があったのは十八時半頃。部活動が早く終わっていれば、私も乗っていたであろう電車だ。偶然乗り合わせていた同級生は「すごい振動で、マジで死ぬかと思った」とまるで武勇伝のように語っていた。異常に気づいた運転士が、非常ブレーキをかけて迅速に電車を止めたため、大事には至らなかった。だからこうして笑い話にできる。

もっとも、私としてはたまったもんじゃなかった。電車が一時不通になってしまい、振替輸送のバスで帰宅する羽目《はめ》になったのだから。

そんな一幕を挟みながら、四日目の朝を迎える。こうして訪れた新しい世界、もとい金曜日の朝のホームルーム。担任の教師は教卓の脇に立つとこう告げた。

「今日は午前中一杯を使って、体力テストを行う。各自でペアを作るように」

一人が体力測定を行い、もう一人が記録係を受け持つというアレだ。通称、新体力テスト。私がペアを組むとしたら、一番仲の良い友人である彼女だ。「理紗——」と言いかけたところを、転校生の声が阻害した。

「俺と組もうよ。煮雪さん」

予期せぬ発言に、立ったままの姿勢で固まった。

「いやいや。私は女で、君は男」

「そうだね」満面の笑みだ。「君は良い人。俺も良い人」と彼は続けた。

「確かに私は良い人だけれども、君は会ったばかりだから知らん。……じゃなくて。男子と組めばいいいしょや！」

「だって俺、転校してきたばっかで友達いないもん」

「作ればいいべさ。友達」

「それは名案。……じゃあさ。早速、俺と友達になってよ煮雪さん」

「どうしてそーなる？」

助けてよ、という念をこめて理紗に視線を送るが、どうぞごゆっくり、と言わんばかりに肩を竦《すく》められた。そうこうしているうちに、他の全員がペアを作り終えていた。

いつの間にか取り残されている私達二人。男子も女子も人数が奇数だったため、どのみち誰かが異性同士でペアを作るしかなかったようだ。まさかそれが、自分達になるとは想定外だった。

「しょうがないね、これはきっと運命だよ」と満足げに彼が頷いた。

「拓実君が関わってきたせいなんだから、運命じゃないよ……」

そう呟いてはみるものの、この転校生とペアを作る以外に選択肢はない。

「じゃあ、よろしくお願いします」と渋々握手を求めると、彼は「おう」と破顔した。何が「おう」だ。

そんなこんなで体操服に着替えてグラウンドに出る。天候は快晴。まだ六月だというのに、先日とは打って変わって蒸し暑い。北海道の夏は涼しくて過ごしやすい、なんて戯言を言う輩がいたら、この空の色を見せてやりたい気分だ。着替えた私をじっと見て、この学校の体操服って色気がないね、と彼が心底残念そうに呟いた。いや、どんな体操服が好みなのよ？　と冷めた目で見る。やっぱり男子の頭の中ってエロいことばかり、とまでは流石《さすが》に言えず、心の中に留めておいた。

私は走った。走った。もう、必死で。

背中を伝う汗が気持ち悪いし足は痺《しび》れてもつれそうだし、息もすでに絶え絶えだ。

やがて私は、五十メートル走のゴールを駆け抜ける。膝に手をつき、ぜーぜーと肩で息をしながら彼にタイムを訊ねた。

「何秒だった？」

「えっと……全力だよね？」

ストップウォッチの表示を見つめ、苦笑している拓実君。

「全速……力……です」

「九秒一一」

「よし、新記録」

顔だけを上げ、ガッツポーズを作る。すると彼は、ストップウォッチを持っていた手をすっと下ろし、憐憫《れんびん》の目を向けてきた。

「いやいやいや……遅くね？」

「しょうがないでしょ……。私は背が低いほうだし、短距離はそもそも得意じゃないし、それに――」

「それに？」

「平均よりちょっと悪いくらいでしょ」

「いや、平均以下はマズいでしょ」と今度は渋い顔になる。

「だって煮雪さんはバド部でしょ？　運動部でしょ？」

「運動部は足が速いって誰が決めた？　君か？　学校か？　それとも政府か？　そん

な常識、私がぶち破ってみせるね」

「下にぶち抜いてどうすんだよ」といよいよ彼は嘆息した。

「まあ、長距離が得意な人だと、短距離はいまいちってケースもよくあるけど」

長距離も苦手だけどね、と呟くと笑い始めた。うるさいんだよ、と思った。ちなみに拓実君のタイム、六秒五〇だった。あれ？　速くね？

私にとってわりと苦痛な体力テストは、体育館に場所を変えてなおも続く。でも、反復横跳びとか柔軟系は結構得意。やっぱインドアが良いよねなどと、くだらないことを取り留めなく考えていた時のこと。

「煮雪さんってさ、絵を描くのが趣味なの？」

なんの脈絡もなく、けれどごく自然な体で、彼がそう訊ねてきた。立位体前屈を計測中の私は、前屈みの姿勢を維持したまま考える。絵って何？　水彩画のこと？　それともまさかBL漫画のこと？　いや、それは誰も知らない秘匿情報のはず。

「絵、なんて描いてないよ」

上体を起こしながら答える。自分でも、流石《さすが》に白々しいと思う。でも、それは嘘のようであり、ある意味真実でもあった。確かに私は、水彩画への情熱を失い、まったく描けなくなっている。今BL漫画を描いているのも、水彩画を描けなくなった自分を誤魔化《ごまか》すための代償行為みたいなもんだ。

「ん、そうなの？　菅原に聞いた話だと、昔水彩画を描いていて、今もよくわかんない絵を描いているって聞いたけれど？」

「あー。ちょっとだけね。昔ちょっとだけ描いてた」

しまった。そういえば理紗にだけぽろっと漏らしたことがあるような。それにしてもよくわかんない絵ってなんだよ！

「それから！　今描いているのは漫画。うん」

あまり突っ込まれたくないので、簡潔明瞭に答える。

「ふうん。実は俺もさ、昔絵を描いていた時期があったんだよね。それなのに、いつの間にか描けなくなったというか、興味がなくなったというか。なんでだろうね？」

「ほんとに？」

「うん」

絵を描いていた？　その情報は、否が応でもとある人物を連想させた。思わず拓実君の顔をマジマジと見つめてしまい、目が合って大慌てで逸らした。

「俺の顔になんか付いてる？」

「あっ……、いや、な、なんでもない」

やっちゃった。恥ずかしい。そうだよ、『長谷川』だってわかってたじゃん。顔が似ているだけの違う人ってわかってたじゃん。

「変な奴。ま、いいや。なんていうかさ。俺、すぐ立ち止まっちゃうんだよね。昔は良かった、なんて感傷に浸ってみたりして。大事なのは、前を見据えることなのにね。絵を描けなくなったのも、きっとそのせい……っと、今度は俺の番。ほらほら交代して」

「あ、うん」

まるで、自分のことを言われているみたいだった。忘れなくちゃいけないんだと、彼とよく似た彼に、そう言われている気がした。

そうだよね。やっぱり、私達の運命の糸はとっくに切れているんだ。

――私のせいで。

家族の団欒《だんらん》もそこそこに二階に上がってしまう娘のことを、勉強熱心で感心だ、などと私の両親は勘違いをしているかもしれない。嬉しい誤算であり都合の良い勘違いなので、否定はせずにそのままにしておく。

そして無論、私は勉強などしていなかった。

パソコンを起動して、漫画投稿サイトに接続する。もっとも先日更新したばかりなので、次の原稿は上がっていない。新着の感想がないか、確認をするためだった。

「あれ？　感想が来てる」

マイページの端に、『新しい感想が届いています』という赤字のメッセージがある。

「マジで⁉」

自然と口角が上がる。感想どころか、ほとんど反応をもらえていない私にとって、これはかなり嬉しいイベントだ。期待と緊張がない交ぜになる中マウスをクリックすると、感想が表示された。

『作品読みました。絵柄も綺麗だし、ストーリーもシンプルでわかりやすいと思います。これからも頑張ってください』

……なんか、淡々とした感想だな。まあいいか。リアクションがあるだけでも十分嬉しい。底辺漫画家の私は贅沢《ぜいたく》を言える身分じゃない。そう思い直し、返信を打ち始める。「感想をお寄せいただき、ありがとうございました。これからの展開に期待していただけますよう、全力で頑張りますので、よろしくお願いします」っと……ん？

感想をくれた人の名前、優子《ゆうこ》さんになっているな。

優子さん。ゆうこさん。ユウコサン。

「ん？　優子さんって、この間電車の中で会ったあの人か？」

なんだ。新しい読者が増えたかと思っていたのに、自分が宣伝勧誘した相手だったとは。嬉しいような、悲しいような、なんとも複雑な心境だった。まあ、読者が増えたことに変わりはないし、いいのかな。しょーがねーな……とか考えている最中、母の呼ぶ声が聞こえてくる。

「侑！　風呂沸いたから入っちまいな」

「へいへい」と返事をしながら、パソコンの電源を落とした。

父は帰宅時間がまちまちの上、遅い。そのため、風呂はだいたい私が一番目か二番目に入ることになる。パジャマと替えの下着を持って部屋を出たところで、階段を上ってくる弟とすれ違う。小学六年生の分際で私に迫る背丈を持ち、有り体に言って生意気な私の弟、煮雪優斗《ゆうと》だ。

「まーた飯食ったらさっさと部屋にこもって。どうせ漫画描いてたんでしょや、ねーちゃん？」

グサっとな。

「う、うるさいな。優斗には関係ないしょや」

そう強がってみせるが、図星なだけに後ろめたい。漫画を描く趣味が悪い、なんて、全国にゴマンといる同胞を敵に回す発言をするつもりはない。むしろいい趣味だとすら思う。だがそれは、やるべきことをやっている人間がするべき主張。私のように、授業中も漫画のことを考え、家に帰っても勉強もせずにペンを取り、あまつさえ開き直っている人間には言う資格がない。

わかっているから面と向かって指摘すんな。というか、そんな目で見るな。風呂に向かうためシカトを決め込んだ私に優斗が言った。

「姉ちゃんの入っているバド部にさ、中津川《なかつがわ》の姉貴がいるんだっけ？」

「中津川渚《なぎさ》のことか。いるよ。最近、部活サボり気味だけどね」

「ああ、やっぱりね。その姉貴はさ、強いの？」

「……強い。正直、悔しいけどね。たぶんシングルスでなら、うちの部で最強クラス。もしかして、渚の弟と試合した？」

中津川渚。三年生が引退し、新体制に切り替わった現在の女子バドミントン部において、一年生ながら一番の実力を持つ女子部員。入部当初から頭角を現したが、春季の地区予選会直前の練習で右肩に違和感を覚えて出場を見合わせたため、高校での実績はない。だが出場していれば、台風の目になっていたであろう選手だ。団体戦でも主力として出場し、大いに暴れていたはずだ。

渚には弟が一人いて、うちの弟同様バドミントンのクラブチームに入っている。所属しているチームこそ違うが、何か大きな大会でもあれば対戦する機会もあるだろう。

「先週の市民大会で当たった」

「へえ、それで結果はどうだったの？」

優斗が、露骨に苦い顔をした。

「負けたよ。ゲームカウント〇対二。スコアは十対二十一、十一対二十一とかそんな感じ」

うへえ、予想通りだ。身内の贔屓目《ひいきめ》を差し引いても、優斗は弱い選手ではない。幼少期からバドミントンを始めた優斗は、小学生時代の戦績で私を上回る。そんな優斗が、ほぼダブルスコアの大差で負けるということは、渚の弟も相応にバケモノってことだ。

「そっか……。強かったか、やっぱ」

「めっちゃ強かった。そんでアイツさ、汗一つかいてなかった」

ははは……。諦めに近い笑みが自然と漏れる。それにしても、嫌な奴のことを思い出させやがって。この際だからはっきり言ってしまうが、私は中津川渚のことが――

――大嫌いなんだ。

人間誰しも、得手不得手というものがあるだろう。

例えば私の場合、得意なのは絵を描くことでありバドミントン。苦手なものは……恋愛。恋愛が苦手な女性には、いくつか特徴があるのだという。

・仲良くなるのに時間がかかる
・無趣味で話題が広がらない
・受け身すぎる

・スキンシップが嫌い
・男性を異性として意識しすぎる
・めんどくさがり屋である
・嫌いになるのが早い
・自己表現が苦手
・オヤジ化している　……オヤジ化ってなんだよ。
「うーん……。該当せず。該当せず。該当せず。該当せず。該当せず。該当。該当。該当。微妙。うーん……」

休み時間。スマホを片手にぶつぶつ呟いていると、隣の空席に理紗が腰を下ろした。

「何それ？　誰かに呪いでもかけるつもりか？」

「なんでもない。五分でできる簡単なアンケートみたいなもん」

今抱えている悩みを馬鹿正直に相談したら絶対笑いのネタにされるだけなので、理紗にだけは言いたくない。

恋愛がわからない、と思い悩んでいる私の元に、突如として舞い降りてきた難題というか、平々凡々と続いていた日々に紛れ込んできた異物とでもいうべきか。それは、転校生である長谷川拓実君その人だった。

いったいどういう風の吹き回しか、特に用事がなくとも彼が頻繁に話しかけてくるようになった。その言葉の多くは、私の意識が向いていない先から唐突にかけられた。例えば朝の昇降口。教室に向かっていると、後ろから来た拓実君に髪をわしゃっと乱される。「髪の毛ぐしゃぐしゃになるよ」と怒ると、「触りやすい場所にあったんだよ」と子どもじみた言い訳をされた。

例えば部活動が終わったあとの体育館。理紗と二人で帰ろうとすると、後ろから割り込んできて肩を組んでくる。「馴れ馴れしいのよ」と直球で不満を告げてもどこ吹く風。「あれ？　顔が赤いよ。もしかして俺に惚れちゃった？」と邪気のない顔で舌を出した。

私の顔が紅潮していたとしても、それはセクハラめいた君の言動のせいだろう？　席が隣なのだし、いい加減に慣れても良さそうなものだが、いつまで経っても私の体には免疫も抗体も形成されず、都度仰々《ぎょうぎょう》しく驚くばかりだ。

やっぱり男子って苦手。

距離感のおかしい彼の接し方は、私のみならず理紗にも影響を及ぼしていた。彼に対する言動が、妙にぎこちなくなった。三人で駅まで歩く道すがら、彼女にしては不自然に口数が少なくなるし、拓実君がいなくなればなったで、直近で入手した彼の情報をこと細かに披露してみせた。

例えばこんな話だ。彼が住んでいるマンションは、理紗の家からそこそこ近い場所にあること。中学の頃交際していた相手は、彼と同じバドミントンサークルに所属していた女の子であること。見た目によらず絵を描くのが好きで、水彩画を描いていた時期があること。

「水彩画？」と一瞬驚き、そういえばそんな話を聞いたなあ、と心の片隅で思う。

ここで話が終わるなら、頭を悩ますこともない。風になぶられた水面の如くさざめく心を因数分解すると、いくつかの感情が浮き彫りになってくる。掴みどころのない彼に不満を抱きつつも、異性として意識し始めている自分への違和感と、親友と同じ人を、好きになるかもしれないことへの不安とが。ろくに恋をしたこともないのに、三角関係とか荷が重い。

彼のことは嫌いじゃない。むしろ話しやすいし好きだとも思う。

かといって、「好き」と思うこの気持ちが「恋」なのかわからない。これは一時の気の迷い。彼に、無意識のうちに佐々木君の面影を重ねてしまうせいなんだ。きっと。

部活中の休憩時間に、理紗と拓実君が談笑していた。

理紗の心境の変化は、薄っすら透けて見えていた。

だから私は、この場所から見守るだけだ。

季節は七月の初め。夏らしい暑さと蝉《せみ》の声量が日々増していく中、一学期の期末考査が終わる。採点が終わり返ってきた答案用紙を片手に、私は頭を抱えていた。

「なあ煮雪。ここの因数分解の解き方、わかった？」

二時限目の数学が終わったあとの休み時間。こんな質問をぶつけてくる拓実君に、種々雑多な思いをこめて端的に返した。

「訊く相手、間違えてる」

「え、やっぱり難しかったよね？」

「うん、もちろん。しいていうなら、どこが難しかったのかがわからない」

「それって、どっちの意味？」

「答案用紙見りゃわかる」

百聞は一見に如かずと、答案用紙を拓実君に差し出した。私から用紙を受け取ると、点数を見つめて彼が目を見張った。

「八十一点。驚いた。意外と良いじゃん……」

驚いたってなんなの。でも、その驚き方は違う。

「君君、逆だよ。上下逆」

「へ？　ああ、逆か」

慌てて用紙を逆さまにして、彼が哀れみの目でこっちを見た。

「……」

「わからなすぎて、どこが？　とは、うまく言語化できない」

「なんていうか、ごめん。俺、気が利かなくて」

「なあに、いいってことよ。いつものことだから」

決まり悪そうに頭を下げた彼の言葉を一蹴する。次から本気出す。永久に本気を出せない人の常套句《じょうとうく》だけど。

とかく勉学に関しては、私より理紗のほうが優秀だ。それは彼だって心得ているはずだが、まず私に声がけをして、次に理紗のところに向かう習慣があった。けれど、これもきっと勘違い。理紗を差し置いて、私が自惚《うぬぼ》れるわけにはいかない。特別な想いが溢れた表情を彼に向ける理紗を見るたび、きゅうっと胸の中心がしまる。日々強くなる後ろめたさとともに。

部活が終わると、今日も三人連れ立って駅まで歩く。なんとなく続いている、私達の曖昧《あいまい》な距離感。他愛もない話で盛り上がっている理紗と拓実君の一つ隣で、胸がひりひりしている私。

彼の一挙一動が気になる。話しかけられると過敏に反応してしまうし、心拍数が跳ね上がる。だからきっと、私は彼に惹《ひ》かれている。とはいえ、これが恋愛感情なのか、それとも単なる憧れにすぎないのか。感情の行方は相変わらず五里霧中。

そう。なんていうんだろう。やっぱり甘くはならない。

例えるならば、熟れることなく青いまんまの蜜柑《みかん》。放り投げても弾んでこない、そんな感情。彼が好きだと結論を出そうとしても、本当にそれでいいの？　と冷静に一線を引く自分が同時にいる。今の関係を壊したくないというか、友達みたいな曖昧《あいまい》な関係でいいじゃん、と思ってしまう。結局のところ、よくわからない。彼とどんな関係を築きたいのか。自分の気持ちがわからない。

「んじゃ、今日は俺、これから塾なんで。したっけ、煮雪、菅原」

「おう」

「したっけ、拓実君〜」

だから今日も、未成熟な気持ちを胸に隠したまま、適当な挨拶を交わして別れた。

ふう、悩み事が、細い息となって漏れた。

「部活が終わってから塾通いだなんて、頑張るよね拓実君」

「ああ〜……そうだねえ。なんでも行きたい大学が決まっているから、受験に向けた準備を今から始めているんだってさ」

「そうなんだ？」

「らしいよ。人伝に聞いた話だから、私も詳しいことは知らんけど」

理紗の質問に答えながら、ついでに情報を足しておく。

まあ、感心しているのは私だって同様だ。まだ高校一年生だし、と現状に甘え、将来設計もせずに漫画ばかり描いている私とは雲泥《うんでい》の差だ。むしろ、彼の爪の垢でも煎じて飲むべきだろう。学校と部活動が終わってから塾なんて私には想像もできない。そんな勤勉な学生には、何年経ってもなれそうにない。

「すごいね、拓実君。どこの大学狙ってるのかな？」

「さあ？　そこまでは。なんでも、文科系の大学らしい」

言いながら思った。かつて私も、四年制大学の芸術学部を目指していた頃があったなあ、と。水彩画をやめているのだから、お察しだが。

「将来の夢、かあ……。侑はなんか考えてる？」

「う～ん。そうだなあ」

せっかくなので、真面目に考えてみた。

「自堕落な生活をしているだけで、どこからともなく金が湧いてくるような生活がしたい。そうか、油田でも掘り当ててみるか」

「油田を掘り当てるまでの労力、考えてないしょや？　やっぱりバカだった」

ダメだこりゃ、と言わんばかりに理紗が両手を広げた。失礼な。アンタだって何もないだろう？

駅に着き、改札を通ったところで理紗と別れる。乗る路線が彼女とは反対方向だからだ。定刻通りにやってきた電車に乗り、地方路線にありがちな四人掛けボックス席の一つにどっかりと腰を下ろした。

通学鞄からBL漫画の原稿を取り出そうとして……またしまう。この間覗き見されたばかりだし、やめておくか。

電車は市内を過ぎた所まで来ており、車窓越しの景色が繁華街から田園に移る。

「こんばんは、月華ちゃん。今帰り？」

その声に顔を上げると、隣のボックス席に優子さんがいた。白いブラウスを着て、踝《くるぶし》丈のジーンズを穿《は》いている。荷物を抱えてすっくと立ちあがり、彼女がいる席まで移動する。断りなく隣に座って、大袈裟《おおげさ》に咳払いをした。

「えーと。この間は、投稿サイトに感想をいただきましてありがとうございました」

「いえいえ、どういたしまして」

「それでですね」

極限まで潜《ひそ》めた声で告げた。

「……月華ちゃんはやめてください。そのペンネームは絶対的タブーです。人前で言ってはいけません」

すると彼女はケラケラと乾いた声で笑った。おい、笑いごとじゃないんだよ。人の身にもなってくれ。

「そっかそっか、ごめんね。だってあなたの名前を知らないんだもの。他に呼び方がなかったの」

　ああ、確かに。筆名しか教えていなかった自分の迂闊《うかつ》さを恥じる。なんだよ、自分で墓穴掘ってただけしょや。

「煮雪侑です。侑とでも呼んでください」

「にゆきさん」

　子どもが初めて聞いた単語を呟いたみたいに、カタコトだ。なんなんですかそれ。

「煮えるに雪って書いて煮雪です。私は聞き慣れていますが、かなり珍しい苗字らしいですね。なんでも、北海道以外にはほとんどいなくて、北海道でも十数軒しかないんだったかな？」

「へえ、そうなんだ」

「なんか、あんまり驚いていませんね？」

「ん、そうでもないけど」

「ま、別にいいんですが。そういえば私も、優子さんのフルネーム伺ってないです。いや、訊く必要ないのかもしれないですけど、なんか気になっちゃいまして」

「山口《やまぐち》よ。山口優子。改めましてよろしくね、侑」

　そう言って、右手を差し出してくる。どうやら握手を要求されているらしい。断る理由もないので応じると、優子さんはニッコリと花のように笑んだ。

「ところで、漫画……どうでした？」

こわごわそう訊ねると、優子さんは腕組みをしてう～ん、と唸った。

「絵は綺麗で上手だし、内容もちゃんと面白い。でも、なんていうんだろう。ちょっとした違和感が」

「違和感ですか」

明らかにネガティブな感想が寄せられようとしていることに心が沈む。でも、悪い意見から目を背けていては、成長できないのも確か。サイトに寄せられる感想は、当たり障りのないものに留まる傾向が強いため、こういった意見こそ重要なんだ。

「登場人物が互いに惹《ひ》かれていく過程にリアリティがないというか、安直というか、そんなことで好きになるかなあ？　という感じはちょっとしたんだよね」

心当たりがある、と落胆してしまう。

「やっぱりそうですか。自分でも感じていた部分です、それは」

「そう？　じゃあ言ってよかった。批評じみたことを言うのも失礼かな、と思ったんだけど」

「いえいえ、大丈夫ですよ。どうしてそこが課題なのか、自分でもわかっているんです。私は、恋というものがよくわからないので」

まさにタイムリーな話題。これには意識の外から溜息が出た。

「え？　どういうこと？」

「恋に落ちる感覚ってのが、よくわからないんですよ。もうずっと、本気で誰かを好きになったことがないですし」

「ふ～ん……。あなた、素材は悪くないのに、意外というかもったいないわねえ。誰かいないの？　気になっている人」

頭の中に佐々木君の姿が朧《おぼろ》げに浮かび、それはすぐに拓実君で上書きされた。

「いると言えばいるんですけど、付き合いたいとか、恋人になりたいとかは特に思わないですね」

「それ、ほんとに気になっているの？」

「……だとは思うんですが」

改めて指摘されると、自信がなくなってしまう。自分でも落としどころがない感情の話だけに、第三者にどう伝えていいのか、さっぱりわからない。

「なるほど。抱いている感情を、友情と恋愛のどちらに区分けするべきなのか、侑の中で答えが定まっていないのかもね。一度熱い恋でもすれば、一息に変わりそうだけど。どうやら、侑に必要なのは経験ね。恋愛の経験値が不足しているのかも」

「たぶん、仰る通りです」

襟足をかきむしりながら、レンアイノケイケンチ、なんか良い言葉だな、と思う。

どうして自分が恋をできないのか。本当はなんとなくわかっている。私はまだ怖いんだ。本気の恋に踏み出して、それが掌《てのひら》から零れ落ちて、傷つくのを恐れている。初恋の思い出を引きずるあまり恋ができない私は、言うまでもなく経験値＝ゼロだ。装備はひのきの棒と布の服。恋を追い求める勇者にはまだなれそうもない。でも、どうしたらいいのだろう。四の五の言わずに、拓実君に告白したらいいのだろうか。……いやいや。好きかどうかもわからないのにそれは順番がおかしい。そもそも、告白する勇気だってない癖に。

恋人にならなくても良い「好き」って、恋なのかな……

ぼんやりと、電車の揺れに身を委《ゆだ》ねているうちに、私が降りる駅に着いた。鞄を手に取り立ち上がる。

「今日はつまんない話に付き合っていただき、ありがとうございました。それではまた」

「じゃあね侑。頑張って」

笑顔で手を振る彼女に会釈を返すと、私は電車を降りた。

＊＊＊

騒々しい蝉《せみ》の声は影を潜《ひそ》めて、山野が赤く色づく秋がきた。秋の訪れを告げる鮭の遡上。南瓜やさつま芋の収穫も始まり、台風の被害を受けることが少ない北海道においても、比較的雨の日が多くなった。残暑の気配は次第に遠のき、秋の深まりを肌身で感じられるようになっていた。

暦は十月の初旬。瞬く間に季節は移ろい、大嫌いな中津川渚とは過度な接触を避け、日々は平穏無事に過ぎ去っていた。と話を締めくくりたいところだが、有為転変《ういてんぺん》は人の世の常とでも言うべきか、私と彼女との間で、ちょっとした事件が起こる。

放課後の掃除を終えると、理紗と二人で足早に体育館へと向かう。全道大会――北海道高等学校新人バドミントン大会――への出場権をかけた秋季地区予選会が近いため、バドミントン部の練習も最終調整に入っていた。掃除当番に当たり遅くなったぶん、練習が始まっていたとしてもおかしくない。体育館に着き、木製の大きなドアを開けて隙間から体を潜り込ませると、部員らによる柔軟体操がすでに始まっていた。

「掃除ご苦労さん、煮雪。菅原」

入り口付近で柔軟体操をしていた拓実君が声をかけてくる。それに応えながらラケットバッグを背負い直し、視線を左右に配った。

「げ。アイツ来てんじゃん」

「そりゃあな。予選会も間もなくだし、ようやく重い腰を上げたんじゃないの？」

「お〜確かに。珍しく来てるべさ」

私と拓実君のやり取りに釣られ、理紗もアイツに視線を向けた。

三人が話題にしている『アイツ』というのが、中津川渚のことである。苦々しく歪んでいるだろう顔を私が向けると、アイツも正面から睨《にら》み返してきた。こっち見ないでよ、という圧を視線にこめると、渚はふい、と顔を逸らした。頭頂部で結わえた茶髪のポニーテールがふわりと揺れた。細身ながら、しっかり筋肉が付いた渚の肢体は、しなやかなネコ科の動物を思わせる。ぱっちりした瞳と細い顎《あご》。学年随一といえる整った容姿の彼女は、立っているだけでも存在感が際立っている。その洗練された立ち姿に、また苛々してしまう。

渚はシングルス専門なので、高校入学後、ダブルス専門に切り替えた私との対戦はもうない。だが、仮に今シングルスで彼女と対戦したとして、勝てる気はまったくしない。大変に不本意かつ悔しい話ではあるが、その程度には自分と力の差があると思う。三年生が引退するまで団体戦のメンバーにも入れなかった私にとっては、完全に雲の上の存在。

ところが、重大な問題点が彼女にはある。

素行があまりよろしくない。というか、端的に言って部活をよくサボるのだ。その傾向は、三年生が抜けてからより顕著になった。顔を出したのだって、確か一週間ぶりだ。それだけじゃない。長期間にわたる無断欠席をしていたにも関わらず、アイツは申し訳ないという素振り一つみせない。無論、頭の中で何を考えているかなんて知らないし、知ろうとも思わない。だが少なくとも、私の目には反省の色なんて微塵も見えない。その事実に益々苛々する。

無駄に苛々したまま部室に向かって着替えを済ませると、柔軟体操をしている輪に合流する。練習中もダブルスとシングルスで分かれることが多いため、アイツとの絡みは希薄だ。お互い不干渉を貫くには、都合のいい環境なのだ。だがそれでも、柔軟体操をしている時など、どうしても接近するタイミングはある。

私は「こっち見てんじゃねーよ」というオーラを醸し出す。渚は渚で「あんたみたいな虫ケラになど興味ありませんわ」と憐憫《れんびん》の目を向けてくる。こちらが一方的に渚を嫌っているだけな気もするが、それは些末事《さまつじ》。私はコイツが嫌いなんだ。

睨《にら》み合ったまま足が止まっていると、キャプテンである二年生の澤藤萌香《さわふじもえか》に窘《たしな》められた。

「ほら、集中。手も足も止まってるよ。一年生」

「はい、すみません」

殊勝に頭を下げた。反省していますというアピールだ。一方で渚の奴は、スっと顔を伏せただけで、そのまま柔軟体操に戻っていった。コイツ……こういう態度がまた気に入らない。

練習に入ろうとした矢先、顧問の教師が全部員に招集をかけた。

数日後に迫った地区予選会に向けての展望と注意事項が、先生とコーチから伝えられていく。部内でイケメンと噂のコーチが、「今度は怪我《けが》などしないように」と渚に声をかけた。眉目秀麗な二人を横目に、「け」と悪態をつきたくなるが、最近番手が一つ上がったのだしと、溜飲を下げておく。

番手が上がったということは、団体戦で確実に出番が回ってくるということで、責任重大だ。どうでもいいことで心を乱している場合じゃないのだ。

「じゃあ、解散。各自練習に入ってください」

先生の声を合図に、三々五々部員達が練習に戻っていく。澤藤先輩の指示により、レギュラー組は試合形式で、キャリアの浅い一年生は、空きコートで乱打を始める。私と理紗のペアは、団体メンバー外の二年生と試合形式で練習を始めた。

バドミントンは見た目以上にハードなスポーツだ。

ダブルスは特にそう。人数が多い分、ゲーム展開はシングルスより圧倒的に速い。やみくもにスマッシュを打ち込んだり、高く打ち上げるショット——クリアで時間稼ぎを狙ったりしても、そう簡単に流れは引き寄せられない。自分がいない場所はパートナーが埋めるのだからと信じ、二人で効率よくローテーションを回していく必要があるのだ。相手が取れない一打を狙うより、打たせながら相手のミスを誘う攻め方がセオリーだ。個人技だけでは勝てない。二人の呼吸や相性も良くないと、勝利の女神が微笑まないのがダブルスなんだ。

「一本！」

私が声を出すと、パートナーの理紗が呼応する。彼女はラケットを押し出すようにして、低い弾道のショートサーブを放つ。練習相手の二年生ペアが対抗し、シャトルが素早く互いのコートを行き来していく。

再三プッシュを狙う理紗の動きを嫌った相手がクリアを上げてくる。予想通り！

私はステップを刻むと、相手コートにスマッシュを打ちこんだ。対応した相手前衛の甘いレシーブを理紗が待ってましたとばかりに押し込む。

「ナイスショット侑！」

「ナイス前衛！　あんがと理紗！」

レギュラー組が負けてられるか、とばかりにゲームカウント二対〇で退ける。続けて試合に入る二年生と交代して線審を行っていたその時、事件は起こった。

「侑。申し訳ないんだけど、中津川さんとシングルスで戦ってくれない？」

澤藤先輩からかけられた言葉に、ぞくりと背筋が冷え込んだ。

「澤藤先輩、私、基本的にダブルス専門ですけど」

「そりゃ知ってるよ。今丁度手が空いている相手がいないのよ。中津川さんにダブルスの人とやってみる？　って訊ねたら、侑がいいって言うからさ」

「はあ？　私ですか？」

これには腑抜けた声が出る。道北高校バドミントン部の部員数は、男女合わせて二十四名。数ヶ月前に三年生が引退してこぢんまりとしたことで、ダブルスだけ、またはシングルスだけで練習をすると人数が不足することはたびたびあった。こういった帳尻合わせはわりと起きる。

まあ、それはいい。それにしてもだ。

なん……だと。私がいいだと⁉

冗談でしょ？　驚愕の展開に慄《おのの》きながら渚に視線を送ると、アイツはニヤっと唇の端を歪めてみせた。言葉にこそしていないが、彼女の顔には「やるの？　それとも逃げる？」と書いてあった。アノヤロウ舐《な》めやがって。望むところだ。

「やります。ええ、やってやりますとも」

「ああ、そう？　じゃあお願いできるかしら。ごめん一年生、誰か煮雪さんと線審変わってくれない？」

私の声色がやたら低いのに驚いたのか、澤藤先輩は顔を引きつらせながら手近な一年生を呼びつける。その子に線審を任せると、ラケットを握って隣のコートに向かった。

　手持ち無沙汰な様子で、渚は待機していた。私は表情を殺して彼女の正面に立つと、ネットの下から握手を要求する。一応のスポーツマンシップというものだ。テメーと握手をするわけじゃない。スポーツの神様に、私は敬意を示しているんだよ。

「ヨロシクお願いします」

「ちょっと痛いわね、煮雪さん。握力でしか勝てないのかしら?」

　渋々握手に応じながらも、渚が皮肉で返してくる。無自覚だったが、どうやら握る手に力が入りすぎていたようだ。脳筋で悪かったなコノヤロウ。脳内で暴言を垂れ流し、じゃんけんをしてサーブ権を決定する。勝った私はサーブを選択した。

　シャトルを片手に渚の様子を窺《うかが》う。全身から力の抜けた、ゆったりとしたフォームでラケットを構えていた。スタートが肝心。初っ端から、スピードで圧《お》すよ。

　シャトルをリリースすると、ネットスレスレの軌道でショートサーブを打ち込んだ。渚のレシーブは、逆サイドに緩い弧を描く軌道で返ってくる。瞬発力なら、私だって負ける気はない。素早く落下点に移動すると、渚のいない場所に瞬時にシャトルを押し戻した。

決して、悪いコースではなかった――はずなのに。

空いていたはずの空間には、いつの間にか渚がいた。そこから放たれてきたカットスマッシュはネットを超えた所で失速し、私の足が届かないコートの端に落ちる。

「一対〇《ワン・ラブ》」

嘘だろう？　思わず自分の目を疑った。見間違いではない。コートの左端にいたはずの渚の動き出しは、私がラケットを振るより早かった。ゆえに、攻めたつもりの私の一打は、単なるチャンスボールとなった。理解不能な反応速度。わけがわからない。

考えが混沌としているうちに、渚からのサーブが放たれる。天井に届きそうなほど高いロングサーブだ。アウト……という判断が一瞬脳裏を掠《かす》めるが、アイツに限って単純なミスなどするはずもない。甘えた考えを捨て去り、得意のカットスマッシュをコートの右端、ネット側に放り込む。

ところが、今回も素早くネット際に詰めた渚が、弧を描きながらネットをぎりぎりの高さで超えるショット、ヘアピンで返してきた。

「コイツ……！」

舌打ちをして前に詰めると、逆サイドへのヘアピンで反撃する。ここから何度かヘアピンの打ち合いになった。だが、やがて気がつく。明らかに自分のほうが、大きく体を移動させられていることに。このままじゃ打ち負ける！　そう判断してロブで逃げることにした。

コートの奥に高くシャトルを打ち上げた。ところが――

またもや完全にコースを読まれていた。即座に体勢を立て直して落下点に入った渚は、そこから跳躍してのジャンプスマッシュを放ってくる。落下点は左後方のアウトラインぎりぎり。私の足は一歩も動けない。

「二対〇《ツー・ラブ》」

その後の展開も、ずっと渚のペースで進んだ。自身の武器である前後の揺さぶりを最大限に活かして彼女のプレーを崩そうと試みるが、私の配球はことごとく渚に読まれた。反面渚のショットは、私の意識が向いていないスペースを正確無比に攻め立てる。常時コートの中を走らされ続け、一ゲーム終わった時点で完全に息が上がってしまう。二ゲーム目はさらに彼女の動きについていけなくなり、終わってみれば……

「ゲームセット。マッチウォンバイ中津川。ゲームカウント二対〇。二十一対十、二十一対六」

「お疲れ様でした」と二人の声が揃う。

握手をしてコートを出る頃には、もう膝が笑っていた。ダメだ。ずっと振り回され続けて、自分のプレーをさせてもらえなかった。渚が強いのはわかっていたが、ここまで差があるのは想定外だった。スコア通りの惨敗。なす術なし。

「お疲れ」

気遣わしげに、理紗が声をかけてくる。

「ほんと、疲れた……っていうかさ、アイツ強すぎ」

「ほんとだね……」

完膚《かんぷ》なきまでに渚に負けて落胆する私を余所《よそ》に練習は続いた。結局この日、渚に負けた試合以外は全勝だったので、それだけに凹《へこ》んだ。いやこの場合、凹《へこ》まされたと言ったほうが正しいかな?

一方で渚は、私との勝負など意に介した様子もない。線審に入った彼女の横顔をそれとなく盗み見ていたが、別段普段と変わりなかった。勝ったのだから当然かもしれないが、そこに自分との差を感じ、気落ちしていく。自分の存在が霞《かす》んでいくようだ。存在感のある強い一年生。私よりも目を惹《ひ》く容姿。何から何まで揃っている渚に、勝てる要素はないと思ってしまっていた。

是非もなく、部活終わりの帰り道でも渚の話が中心になってしまう。

「なんかアイツの弱点見つかった?」と理紗が歩きながら訊ねてくる。

「見つかったように見える?」

いかにも都合が悪そうに、理紗が沈黙する。

「いや、正直さ、アイツに弱点らしい弱点なんてなかった。私の弱点なら見つかったかな」

「侑の弱点？」

「そう。私、瞬発力には自信あったんだけど、横の動きとかまだまだ弱いんだって気づかされた。渚と自分を客観的に比較してみると、最初の一歩目から全然違うんだよ」

「ああ、それはわかる。アイツ、動き出しが異常に速いよね。先読みでもしているみたい」

「だね。むしろ、先読みされてる」

「そうなの？」

うん、と頷き、自分なりの考察を並べていく。

「たぶんだけど……渚は私の一挙一動を観察して、行動を予測している。私の目の動き。軸足の位置と体重移動。ラケットの角度。そういった情報から、次の一手を読んでいる。で、判断がめちゃくちゃ早いし、決めたら迷いなく動く。だから結局、スピードでついていけなくなる」

なるほどね、と理紗が頷いた。

しかもこういった予測を、無意識のうちにやっているんだと思う。いや、ほんと参った。アイツは大嫌いだけど、あの強さだけは認めざるを得ない。

「私じゃ勝てない」――残念ながら。

渚と対戦するのは今日が二度目だ。一度目の対戦は、私が中学二年の春。その時もちろん、一ゲームも取れずに負けている。スコアはうろ覚えだけど、二ゲーム合わせても一桁しか点を取れていない。しかも私が獲得したポイントは、大半が渚のミスによるものだ。当時は私もキャリアが浅かったからまだ言い訳もできるけど、今回のはどうしようもない。まったく差が縮んでいない事実に、落胆してしまう。

「侑で勝てないなら、私が戦っても同じ結果になるだろうな……」

しんみりとした声で理紗が言う。まあ、実際その通りだろうな。私と理紗のシングルスでの対戦成績は、六対四程度で私が優勢なくらいなのだから。

「拓実君だったら、どうすんのかな」

ぽろりと、ほぼ無意識に漏れた言葉だった。彼のキャリアは私と同程度で、目立って強い選手ではない。だが、週二で塾通いをしていることからもわかるように、彼は非常に努力家だ。きっと、自身の弱点を冷静に分析して対策を講じ、次の対戦に向けて準備を整えていくのだろう。はたして、私に同じことができるだろうか。

「また拓実君の話を始めた」

こちらを見つめる理紗に、私は目を丸くする。

「え、そんなに私、彼の話なんてしてる？」

してるしょや、とわざとらしく理紗は肩を竦《すく》めた。

「侑ってさ——拓実君の話をしている時、なーんか、良い表情をしているんだよね。本当は、彼のことが気になっているんじゃないの？」

「良い表情をしている？　私が⁉」

出し抜けに放たれた指摘に、意図せず頬が熱くなる。

「そうだよ？　無自覚なんだね。何かにつけては拓実君の話に繋げたがるし、だからなんていうんだろう、侑も彼のことが好きなんだろうなって思ってた」

「まさか！　ありえないしッ！　好きとか、そういう感情は持ってないから」

脊髄反射《せきずいはんしゃ》のように叫んでから、軽く後悔する。ここまで否定することもなかっただろうに。無論、気になっているのかと問われるならば、気にはなっている。でも、今の中途半端な気持ちのまま「好きだよ」と言葉にするのは、どうにも憚《はばか》られる。というか、理紗の前でそれを告げるのに罪悪感があった。

「ほんとに？」

心もち声を潜《ひそ》めて、遠慮がちにこちらを見つめる理紗。ほら、こんなに安心しきった顔をされたらもう撤回なんてできない。これまではなんだって理紗に相談できたはずなのに、拓実君に対して抱いている気持ちだけは言えずにいた。だから疑うように質問をされても、「ほんとだよ」と誤魔化《ごまか》してしまう。

「煮雪」

「うわっ⁉ な、なんだ……驚かさないで」

差し込まれた声に驚き振り向くと、自転車にまたがった拓実君の姿が見えた。

「何をそんなに驚いてんの？」と呆れたように覗き込んでくる顔が近くて、いきなり心拍数が跳ねあがる。顔が赤くなっていないかと不安で、逃げるようにそっぽを向いた。

「つか、いつの間に自転車なんて……」

「ああ、これね」と真新しい自転車を彼が見下ろす。

「学校から塾まで結構距離があるからさ、行き来が大変なんだよ。だから、親に頼み込んで通学用に買ってもらった」

「へ〜。新しい自転車いいね。駅まで行く間私に貸してよ」

興味深そうに、理紗が自転車をしげしげと眺める。

「なんで、ヤだよ。それにこの間、ダイエット中だって菅原言ってたじゃん。文明の利器に頼らず走ったほうがいいって」

「時には息抜きだって必要なのよ」

「時には？　ほー？　んで、今現在の成果のほどは？」

苦い顔になって、理紗が視線を左右に泳がせる。

「ダメだったのね」と拓実君が皮肉るように笑った。

「うるさい……！　私はほら、身長もあるし。スポーツをやっている関係上筋肉が多いから、成果が数字として現れにくいと言いますか」

「はいはい、そういうことにしておきましょ。いい報告を期待しているよ」

理紗の懇願《こんがん》および愚痴《ぐち》を軽くあしらうと「じゃ〜な」と言葉を残し、拓実君は颯爽と走り去っていった。

手を振って、彼の姿を見送ったあと、弧を描いていた口元を理紗が引き締める。

「でも、良かった」

「ん、何が？」

「いや〜……。たぶん侑は、拓実君のこと好きなんだろうな、と思っていたからさ」

彼のあとを追うように、私より数歩先行した理紗が、立ち止まって振り向いた。

「よし……。私、決めたよ」

「決めたって、何を？」

「どうしようかな、って悩んでいたんだけど、ようやく踏ん切りがついた。よし。私、勇気を出して拓実君に告白してみるよ」

「へ？」

決意を口にし、じゃあね、と遠ざかっていく親友の背中。放心状態の私は、縫《ぬ》い留められたように足が動かず、その場に立ち尽くしていた。

何も手につかない、という言葉の意味を、身をもって体感していた。

風呂から上がったあとも気分は晴れず、机に向かって何かをする気分にもなれず、ベッドの上に突っ伏して、絶え間なく思考を巡らせていた。

理紗の気持ちには、もちろん気づいていた。彼女が拓実君を好きなんだってことも、そのうちに、彼女が告白を決意する日が来るだろうとも予測していた。

わかっていなかったのは自分の気持ちのほうだ。胸がきりきりと痛む。家に帰ってきてからずっと、抉《えぐ》られるように胸が痛んだ。事はもう動き始めてしまったのだから、私には止める術も資格も存在しない。ただ見守るばかりだ。風向きが変わるまで待つほど馬鹿でも愚かでもないつもりだったが、これでは救いようがないな。

今更、私は拓実君のことが好きだと自覚していた。全然わかっていなかった、自分の気持ち。予想だにしなかった状況から気づかされたこの感情に、私はただ戸惑うばかりだ。すっかり気持ちの整理がつかなくなって、俯き塞ぎこんでいた。

この段階になってから心がざわつくなんて、私も相変わらずだよね。私は臆病なだけ。普段威勢のいいことばかり言っているけど、根本では逃げ癖がある。昔のことを思い出すのが辛くて、水彩画から逃げた。筆を握れない自分を誤魔化《ごまか》すため、漫画に逃げた。再び傷つくのが怖くて、恋愛事から目を背けた。「拓実君のこと、私も好きだよ」と理紗に伝えることで、膨《ふく》らみ始めていた感情が、本格的な恋心に変化するのを恐れた。自分の気持ちを告げたり、相談したりしたら、もう止められなくなる気がしていた。三人の関係が変わってしまうことで、今のままではいられなくなるのを怖がっていたんだ。

ほんと、どうしようもない。これでは小学生の頃と同じだ。何も成長していない。思えば、あの時だってそうだったじゃないか。佐々木君と喧嘩別れしたことを、今でも悔やんでいる。私には、ずっと後悔していることがある。

喧嘩別れ、という表現は、少し微妙だったかもしれない。

佐々木君が転校していなくなったのは、小学校三年生の五月末のことだった。私は彼からの電話で、転校することを知った。

少しだけ遡り、季節は五月の上旬。一緒に絵を描く習慣は、昨年からずっと続いていた。帰りのホームルームが終わると、私と佐々木君は、まるで示し合わせたかのように校庭の隅にある桜の木の下に集まるのだ。

芝生の上に並んで座り、スケッチブックを広げる。降り注ぐ陽光に釣られて顔を上げて、私は感嘆の声を漏らした。

「わあ――」

桜の木は、枝一杯に花を咲かせていた。下から見上げると、さながらピンク色の大きな傘の下に潜り込んだ心地だ。視界を埋め尽くすのは、花びらのピンク色と幹の濃い茶色。それと、隙間から覗いて見える、抜けるような青空だ。時折吹いた風が梢を揺らすと、舞い落ちる花びらはまるで雪のようだった。

「本当に綺麗だね」

佐々木君は下描き用の鉛筆を握り、幹から枝先までを丹念に描き始めた。一方で私は、桜の木の全体像をダイナミックに描き始める。

今年の桜を見られるのは、今しかないんだ。小学生にしてはどこか達観したものの見方をしていた私達は、ただ無心で、目の前の景観を紙の上に表現していった。彼の親が転勤族だったこと、自身が経験した転校の記憶から、この心地よい時間がそんなに長くは続かないことを、それとなく予感していた気もする。

不意に佐々木君の手が止まる。なに、と首を傾げた私に、前後の脈絡なく彼が言った。

「ぼくさ。中学生になったら美術部に入りたいんだ」

「びじゅつぶ?」

馴染みのないその単語を、脳内でうまく変換できなかった。

「そう、美術部。学校の部活動の一つだよ」

「部活動って、野球部とかバレー部とかと同じもの？」

クラブ活動といえば、地域、もしくは保護者らによって組織・運営されるスポーツ系のクラブチームしかイメージがなかった当時の私にとって、美術部という響きはとても新鮮味あるものだった。

「でもさ……美術部って何をするの？」

シンプルな疑問が口から出ると、彼は瞳を瞬かせたのち、口に手を当てあははと笑い始めた。笑うなんて酷《ひど》いと唇を尖らせると、彼はごめんと謝ってからこう補足した。

「そりゃもちろん、絵を描くんだよ。野球部は野球をするし、サッカー部はサッカーをするでしょ？　だから美術部は絵を描く。授業が終わったら、毎日美術室にこもって絵を描くんだ。画用紙も絵の具も学校が準備してくれる。ぼく達は、紙の上に描きたいものを描けばいい。どう？　なんか素敵だと思わない？」

瞬間、風が吹いた。世界の色が、鮮明になった気がした。彼の放った『美術部』という単語が、同時に私の中で一つの憧れとなる。美術部に入りたい。私も、その世界で思いきり絵を描きたい。焚《た》き付けられたように、強くそう願った。

「うん、すごい。わたしも美術部に入りたい。中学生になったらさ、二人で美術部に入ろう」

だから私がこう言い出したのも、きっと必然だった。幼い頃の私には、中学生なんて途方もなく大人みたいに感じられていたし、その夢がいつ叶うものなのか見当もつかなかったけれど、いずれそうなれるんだと、ごく自然に思えた。

「うん。必ず入ろう。ぼくと煮雪と、二人だけの約束だ」

「約束……だよ？　わたし、楽しみにしてる」

佐々木君が小指を差し出してきたので、こそばゆい気持ちを隠して指切りを交わした。それはまだ、きっと遠い未来の話。同じ中学に進学して美術部に入る。これは必ず叶える夢なんだと、その時私達はそう信じて疑わなかった。

それからも私達は、休み時間になると並んで絵を描いていた。でも、二人の接点は意外と希薄で、学校がない日に会うことはほとんどなかった。直接家に電話がかかってくるのは、それこそ初めてのことだった。

それは、暦が六月に変わろうとしていたある日の夜。梅雨のない北海道でも、よく雨が降った週の丁度真ん中だった。「クラスメイトから電話みたいだよ」と母から受話器を渡された時、私は妙な胸騒ぎがした。

「もしもし……」

受話器を握りしめて発した声が、酷《ひど》く掠《かす》れているのに自分でも驚いた。電話口の向こうにいるのはきっと佐々木君なんだろう。不思議とそんな予感はあった。

私が応対したあとも、向こう側の人物は沈黙を続けた。もしもし、と私が再度呼びかけると、ようやくその人物が口を開く。

「突然、電話なんかしてごめん……」

受話器からくぐもった声がして。それは間違いなく佐々木君のもので。

あまりにも弱々しいその声が、彼の憔悴しきった様を伝えてくる。続いた、「ぼく、一緒の美術部に入れなくなった」という報告は私にとって受け入れ難い内容だった。

鼻の奥がツーンとした痛みを放つ。自分でも、冷静さを失っているのがわかった。

「え、なんで？　約束したじゃん。一緒の中学行って、美術部入るって」

問い詰めるような口調の裏で、私は気がついた。いつかこうなると恐れ続けていた不安が、ついに形となって目の前に現れたんだと。だから、このあとに続くであろう彼の言葉を、受け入れたくなかった。

「美術部には入るかもしれない。けど、中学は別々になるから」

「どうして？　地元の中学校に入らないの？」

「ぼく、親の都合で引っ越しをすることになったんだ。もうすぐ転校することになる」

もう一度告げられた「ごめん」という台詞《せりふ》が、やけに白々しく聞こえた。家の外でそぼ降る雨の音と、二人の間に横たわった沈黙とがじわりと私の心を冷やして、ゆっくり壁にもたれた。押し殺した嗚咽《おえつ》が受話器の向こうから聞こえ、もうヤだ、と瞬間的に思うと、喉元でつかえていた不満がそのまま漏れた。

「もういいよ」自分でも、強い口調だと感じた。

「ごめん……」

彼が三度謝罪の言葉を口にする。悪いのは、佐々木君じゃないのに。

「だから、もういいって。わかったよ。転校しちゃったら、一緒の中学校なんて行けるはずないもんね。しょうがないことだもんね。じゃあ——切るね」

一方的に電話を切った。受話器を置く直前、「ちょっと待って」と彼の声が聞こえたが、そんなものはどうでも良かった。酷《ひど》いことをしたという自覚もあるが、それ以前に、自分の感情を制御する術を、この当時の私はまだ知らなかった。

そして、この瞬間気がついた。自分が最早どうしようもなく、彼のことを好きになっている事実に。膨《ふく》れ上がってくる感情が易々と心の器から溢れ出すと、電話機の隣に座り込み、膝を抱え静かに泣いた。堰《せき》を切ったようという言葉が相応しい涙を何度も拭って、声を殺して泣き続けた。

それからの数日間を、酷《ひど》く収まりのつかない気持ちで過ごした。彼と顔を合わせることも、謝罪の言葉一つかけることもできなかった。自分より彼のほうがずっと大きな不安を感じていると、わかっているはずなのに。

週末になっても、気持ちは沈んだままだった。家にいても何事も手につかず、描きかけのスケッチブックを引っ張り出してただ物憂げに眺めた。

怒りの感情は、冷めてくると次第に気まずさに変わる。布団の中で膝を抱えて丸くなると、自分がどれだけ酷《ひど》いことを口走ってしまったのかと、冷静になった頭が理解する。同時に、後悔ばかりが募っていることにも。ともあれ明日は月曜日。まずは明日、この間の非礼を謝ろう。そう考えをまとめると、泣きながら眠りについた。

だが、人生とは残酷で意地悪なもの。決意を胸に登校すると、教室に異変があった。佐々木君の姿はどこにもなく、彼が使っていた机の中が空になっていた。クラス中がちょっとした騒ぎになっていて、この段階で私は少し嫌な予感がした。

ホームルームが始まると、内緒にしてほしいという申し出があったため急な話となりますが、と前口上を述べたのち、担任教師が説明を始めた。

「佐々木君が転校することになりました。昨日のうちに引っ越し先である青森へと旅立ったようです。とても寂しくなりますが――」

アオモリ……？

まだ小学生だった私には、それがどこなのかよくわからなかったけれど、自分が気軽に行けるような場所ではないこと、途方もなく遠い場所なのだということ、佐々木君に、もう会えないのだということを順番に理解した。この日、彼の転校を知っていたクラスメイトは数えるほどしかいなかったが、その中に自分が含まれていることを嬉しく思う余裕なんてなかった。

どうして、あんなことを言ってしまったんだろう？

どうして、一方的に電話を切ってしまったんだろう？

どうして。なんで――!?

楽しかった日々は二度と戻らない。自分が犯してしまった罪の重さと大きさを自覚した瞬間、すでにひびが入っていた私のハートは真っ二つに割れた。

佐々木君の顔も姿も、今では朧《おぼろ》げにしか思い出せないのに、あの日の光景も、靄《もや》に包まれたみたいに判然としないままなのに。それでも、私が彼のことを好きだと思ったあの日の気持ちだけは、今でも鮮明に覚えている。

あれからずっと、私は佐々木君のことが好きだ。だから中学に進学した時も、高校に入学した時も、クラス名簿の中から無意識のうちに佐々木姓の男子を探し、部活動見学では繰り返し美術室に足を運び、そのどちらにも彼の姿が見つからないことに落胆していた。長谷川拓実君と佐々木君。二人の姿を同時に追い求め始めた私のハートは、あの日から二つに割れたまま。それでも、と私は思う。

きっとこれが、恋なのだと。

忘れかけていた感情を自覚できるようになったのだから、今度こそ逃げちゃいけない。チャンスがまだあるのなら、今度は気持ちを伝えよう。今日のところは一先ず親友にエールを贈り、昔のことを思い出しながら眠りにつこう。

そうして私は、瞼《まぶた》を閉じた。


華やぎ始めた朝の光が窓から差し込んできて、私は目覚めた。

吹っ切れてはいる――つもりだった。気持ちを切り替えるため、何度か頬を叩いた。食欲はなかったが、朝食をしっかり食べた。出かけていく父と弟を見送り、母にも笑顔で「行ってきます」と告げる。気持ちが沈んでいる時こそ、普段通りに振る舞い陰鬱な感情を追い払うべきなのだ。けれど……全然ダメ。気持ちが上向いてこない。

まったく吹っ切れてなどいなかった。

昨日、理紗は告白を済ませたのだろうか？　だとしたら、結果はどうだったのだろうか？　でも、心が沈んでいる本当の理由は、二人の関係がどうなったかよりも、自分の気持ちを理紗に隠していた事実から来る後ろめたさ――のほうにあった。心の内壁に、後悔の念が固い地層となってこびりついているようだ。

重い足取りで駅に着く。いつもの電車に揺られる。心地よいはずのその揺れも、私の心を癒してはくれない。電車の走行音に混ざってさまざまな音が聞こえてくる。踏切の警報器の音。絶え間なく続く、女子高生の甲高い笑い声。サラリーマンが耳に嵌《は》めているイヤホンから漏れる音楽。世界を構成しているあらゆる音が、耳障りなノイズとなって私の鼓膜《こまく》を圧迫していた。

ふと気がついた。理紗が昨日、告白を済ませていてもいなくても、彼女の恋が成就してもしなくても、どちらにせよ気まずいのだということに。昨日から、何度目かもわからない溜息が漏れる。吐く息の一つひとつが自分の足元にまとわりついているようで、溜息を一つ認識するたび、自分の無力さや優柔不断さを思い知らされていくようだ。

思い悩む私を他所に、電車は無慈悲に走り続ける。札幌駅に着きホームに降りると、鎖に繋がれた囚人みたいに項垂れて歩く。改札口の少し手前で、別のホームから合流してきた理紗の姿が見えた。とたんに竦《すく》む足。歩くペースも自然と鈍る。彼女の背中に追いつくのを恐れている弱気な自分を叱咤するよう、頬を二度叩いた。

逃げてばかりじゃどうにもならんぞ、と自分を戒め、理紗の背中に声をかけた。

「おはよう、理紗」

「ああ……おはよう、侑」

肩越しに振り返った理紗の表情はどこか虚ろで、瞼《まぶた》が腫《は》れぼったくなっていた。ラケットバッグを背負い直す仕草も、心なしか痛々しく目に映る。嫌でも直感させられた。彼女の告白は、きっとうまくいかなかったんだろうと。

「理紗――」

探り探りの私の声を、自虐的な理紗の声がぶつ切りにする。

「いや～参ったよ。私さあ、昨日帰ってから拓実君に電話して勢いで告白したんだ。ずっと前から好きでした……なんてね。そりゃあもうね、頑張ったべさ。何年分の勇気出しちゃったのかわかんないほどに。そんでさあ――」

立て板に水、とばかりに捲し立てたあと、小声でこう付け加えた。

「やっぱ、ダメだった」

顔は笑っていたけれど、目は笑っていなかった。口元をかすかに歪めて発した、無理やりトーンを上げたような声は、理紗の憔悴しきった様を如実に物語る。前だけを見据え、大きめな歩幅で理紗が改札口を抜ける。意識的に強く足を踏み出すことで、くじけそうな心を鼓舞し、陰鬱な記憶を断ち切ろうとしているようだ。

何か声をかけなくちゃ。頭ではそう理解しているのに、すんなりと喉元を通る気の利いた台詞《せりふ》が見つからない。

「拓実君はさ、大会も近いし塾通いもあるし、きっと今は恋をしている暇がないんだよ。だから、そんなに気を落とさないで――」

「そんなわけないじゃん」

「え？」

それでも懸命に搾り出した声は、またしても理紗によって分断される。静かな、だけど怒りのこもった声に驚き足が止まると、瞳が正面からかち合った。駅の出口を目指して歩く人波の中、突然立ち止まった私達を、ただならぬ雰囲気を感じ取った人らが避けるようにして通りすぎていく。周囲の冷たい眼差しが、私の心に突き刺さる。

「侑のことが羨ましかった。たぶん、嫉妬もしていた。だって、拓実君は侑のことしか見ていない。私達のところにやってきて、最初に話しかけるのは侑。最初に目を合わせるのもそう。だからさ、なんとなくわかっていた。私に勝ち目なんかないんだって。侑はいいよね。何もしなくても、彼のほうから話しかけてくるんだから」

「そんなこと……」

「――あるんだよ」

向けられた強い眼差しに、私の心が萎縮する。

「拓実君が恋をしている暇がない？　恋愛に興味がない？　そんなわけないじゃん。だって、彼は昨日、確かにこう言ったんだよ。俺は、他に好きな奴がいるから、君とは付き合えないって。それってさぁ――」

そこで理紗は一度言葉を切って、こう吐き捨てた。

「どう考えても侑のことじゃん？」

呆然としてしまって、言葉が出なかった。周囲の喧騒《けんそう》が、耳に届かなくなった。一切の音が消え去ったような世界の中、理紗の強い眼差しが、潤んだ瞳が、私の心を鷲掴みにする。蛇に睨《にら》まれた蛙《かえる》の如く、私は一歩も動けない。拓実君が私のことを好き？　彼女が叩き付けてきた台詞《せりふ》が、頭の中をぐるぐると回っていた。

「昨日はあんなこと言ってたけどさ。侑だってほんとは、拓実君のこと好きなんしょや？　何かあるたびに彼の話ばっかりしているしさあ。私が気づいてないとでも思っていたの？　だったら……隠さないで相談してくれれば良かったのに。私、いつでも侑の相談に乗ってあげようと思っていたし、正直に気持ちを伝えてくれれば引き下がろうとも思っていたのに。親友でしょ？　私達……？」

「……理紗」

ごめんね。そんなことないよ。

謝罪の言葉も否定の言葉も、頭の中で渦《うず》を巻くばかり。彼に対する好意を否定できない時点で、認めているようなものなのに。それを理解しながら口ごもってしまう自分の弱さに、心底嫌気が差した。

「ごめん」

結局、謝ったのは理紗からだった。

「わかっているんだ。侑は何も悪くないんだってこと。私が勝手に失恋して勝手に傷ついて、八つ当たりしているだけなんだってことも」

忘れてね、とぎこちない笑みを浮かべ、足早に理紗が歩き始める。彼女の隣に並ぶ資格が自分にあるとは思えず、ふらふらした足取りで遠ざかっていく背中を追いかけた。

喧嘩をした、というほどのことではないかもしれない。

それでも私と理紗の関係は、今朝から壊れてしまっていた。二人の間に会話はなく、休み時間に顔を合わせても、所在なげに黙り込んでしまう。漠然と流れる気まずい空気は放課後になっても解消されず、部活動が始まっても二人の息は合わぬまま。この日、行った練習試合は三戦全敗だった。呼吸がまったく合わないダブルスは、私と理紗の持ち味を完全に殺していた。コーチも見かねたのか、気持ちが入っていないときつく叱られた。

拓実君が、心配そうな顔で遠巻きに見ているのがわかった。それどころか、「どうしたの？　何かあった？」と渚にまで気を遣われる始末。「なんでもない。大丈夫だよ」と曖昧《あいまい》に笑ってみせたが、プレーにおける私の一挙一動を知り尽くしている渚を、誤魔化《ごまか》せたとは到底思えなかった。

体育館に差し込んでいる光が橙色《だいだいいろ》に染まる頃、部活動は終わる。素早く着替えを済ませると、何か言いたそうにこっちを見ている拓実君を避けて体育館をあとにする。当然ながら、理紗と一緒に帰る気にはなれないし、誰かに声をかけられるのも嫌だしで、駅までの道も普段と違うルートを選択した。

自然と出る溜息を止められない。やたらと重く感じるラケットバッグに悪態をつきながら、今日の練習を振り返る。秋季地区予選会まで残り二日。期待を寄せられて二番手登録をしてもらったダブルスであるが、今のままでは初戦すら危ういだろう。大会の組み合わせはすでに発表済みで、私と理紗のペアは、第十一シードからの船出だ。本来の調子が出せさえすれば、ベスト八入りも十分に狙える好位置。

それだけに、情けなく思う。期待に応えたい。醜態を晒《さら》すわけにはいかない。頭ではそう理解しているのに、どうしたらいいのか皆目見当がつかなかった。

「でもさあ。あそこまで言わなくてもいいんじゃないかな？　私、別に悪くないんだし」

彼女の主張はわかる。でも、釈然とはしない。そんな概然たる思いを、腹の底に溜めていく。

駅に着き、足早に改札を抜けて電車に乗った。乗ってさえしまえばこっちのもん。

理紗は反対方向の電車なので、遭遇する心配はない。空いているボックス席に腰を下ろし、物憂げに窓の外を見つめた。今日も、漫画の原稿を確認する気にはやはりなれない。最近、まったく筆が進んでいないよなあ……

理紗の言い分は理不尽じゃないかと、そう思っていた。でも――かつて自分が佐々木君にぶつけたあの言葉といったいどこが違うのか？

「佐々木君も、今の私と同じ気持ちだったのかな。配慮のない私の言葉に傷ついて、割り切れない心境のまま、青森に旅立ったんだろうな……」

そこに考えが至ると、罪悪感がこみ上げてくる。身勝手な自分を意識して心が沈んだ。頬杖を突き、瞑色《めいしょく》に沈みゆく街並みを目で追っていると、優子さんの声がした。

「月っ……じゃなくて侑、こんばんは。今日はまた一段と沈んでいるねぇ」

茶化しながら対面に席を取った彼女だが、私の顔を見るなり緩みかけた口元を真一文字に結んだ。

「……なんか、嫌なことでもあった？」

思いの外私は重症だったらしい。優しい言葉をかけられると、情けなくも視界が滲《にじ》んだ。「ごめんなさい。大したことじゃないんです」と呟き、水滴になりかけていた涙を指で拭う。

誤魔化《ごまか》すように「また月華ちゃんって言おうとしましたね？」と皮肉で返すと、彼女はごめんね、と舌を出した。

「んー。私でいいんだったら相談に乗るよ？　なんか辛いことがあったのなら、遠慮なく言ってごらん？」

どうしようかな……。こうして何かと気遣ってくれるのは嬉しいんだけど、私と優子さんは、電車の中で時々顔を合わせるだけの間柄。優しい言葉に甘えてしまってよいのだろうか。多少の逡巡《しゅんじゅん》を挟んだのち、結局私はぽつぽつと語り始める。先日伝えた『気になっている男子』を、たぶん私は好きなんだということ。親友も、自分と同じ人を好きになってしまったこと。振られた親友に、私が隠していた恋心を指摘されてしまったこと。そして問題の彼が、私に好意を寄せている可能性。

「そっか。――なるほどね」

優子さんは訳知り顔で頷くと、脇に抱えていたバッグの中からミルクティーのペットボトルを二本引っ張り出した。そのうちの一本を、こちらに差し出してくる。

「飲む？」

「……ありがとうございます」

控えめに頭を下げて受け取ると、三五〇ミリリットルのペットボトルは温かかった。冷え込んでいた体と心に、温もりがすっと染み渡る。優子さんが、ペットボトルの蓋を開け一口だけ飲んだ。考えすぎかもしれない。でももしかしたら、私と電車の中で会うことを考慮して、二本買っておいてくれたんだろうか？　その可能性に気がついて、瞼《まぶた》の奥がじんわりとした熱と潤いを湛えた。

「私、やっぱり酷《ひど》いことをしたんでしょうか」

ようやく、それだけを喉の奥から絞り出した。

「どうして、酷《ひど》いことをしたと思うの？　親友を怒らせてしまったから？」

「え……。あ、はい」

「別に悪いことなんてしていないじゃない。その親友に、侑は何一つとして酷《ひど》いことは言っていないし、何か嫌がらせをしたわけでもない。違う？」

「はい。確かにそうかもしれないです。でも、やっぱり私は彼のことが好きだと思うんです。ならばこの気持ちは、包み隠さず彼女に伝えておくべきだったと思うんです」

「そうね。でも、自分の気持ちを伝えられなかったことだって、侑は別に悪くないと思うよ？　誰にだって、内緒にしたい過去や事情があるように、何から何まで、曝け出す必要なんてないのだから。それこそ、相手が親友だったとしてもね」

「う～ん……。そういった理屈も、理解してはいるんですが……」

「でもね」と彼女が一拍おいた。

「親友を怒らせてしまった原因があるとすれば、やっぱりそこね」

動揺から喉がごくりと鳴った。気を紛らわす目的でミルクティーを喉に流し込んだ。

「自分の好意を隠して伝えなかったことは、悪いことじゃない。でも、最善でもなかった。侑が本当の気持ちを話してくれなかったことを、親友が、『侑の裏切り行為』ととらえてしまったのなら尚更そう。侑が最初にしなくちゃならないことは、自分の気持ちと真っすぐ向き合うこと」

「私の気持ち、ですか」

「そうよ。好きなんでしょ？　彼のこと」

「はい。好き……だと思います」

「何度聞いても、ソコ、曖昧《あいまい》なんだ」

苦笑いをし、優子さんが弱った風に首の後ろをかいた。ん〜、と数秒思案したのち、指折り言葉を並べ始める。

「一緒にいると、どきどきしたり緊張したりする。相手をもっと知りたい、自分を知ってほしいと願う。常に、相手のことばかり思い浮かべてしまう」

「なんですか？　それ」

「ネットで見かけた恋の定義って奴。どう？　何個か当てはまるのあった？」

うん、あった。全部当てはまった。恋の定義、二人で割れちゃったけど。最後の一個だけ、佐々木君のほうだったけれど。でも――

「はい、ありました」

「そう？　じゃあ、やっぱり侑は、その子のことちゃんと好きだよ。だったらさ、自分の気持ちをはっきりさせなくちゃ。まったく好意を持っていないのなら、確かに今のままでいいかもしれない。親友にごめんねと謝る勇気。必要なのはそれだけ。でも」

「はい」

「好きだと自覚できるのなら、自分がどうしたいのか、彼とどんな関係を築きたいのか、それは自分で決めなくちゃ。このままどっちつかずの態度を続けていたら、親友だけじゃなくて、その彼まで傷つけることになるよ？　向き合え、自分の心と」

そうなる可能性を真っ向から指摘されて、心が小さく震えた。反省しているつもりになって、結局、また誰かを傷つけようとしている自分の弱さに愕然とする。

「侑の気持ちは、侑にしかわかんない。私はただ、背中を押すだけ」

優子さんが私の背中を強く叩く。しっかりしな、と言われている気がした。

「おこがましいこと言っちゃって、ごめんなさいね。でも、私にできるのは、精々これくらいだから」

「じゃあ」とだけ言葉を残し、彼女は近くの席へと移動していく。その背中を見つめる私の頭の中で、言われた言葉の数々がリフレインしていた。

「私の気持ち、か」

夜になり、布団の中に潜り込んでからも、絶えず考え事をしていた。

瞼《まぶた》を閉じると、拓実君の姿が自然と脳裏に浮かんでくる。出会いから今日までの関係は、なんとも曖昧《あいまい》なものだった。彼のからかいを、煩わしく感じた日もあった。でも、少なくとも今は違う。話しかけられると心が弾む。無意識のうちに、彼の背中を探してしまう。

彼の声。屈託のない笑い方。不意打ちで、私の背中を叩いてくるデリカシーを欠いたその仕草までもが、愛おしく感じられた。彼と一緒にいると楽しい。その一挙手一投足が気になって、いろいろ知りたいと思う。私のことを知ってほしいと願う。

やっぱり、私は彼のことが好きなんだと思う。

一度頭を振って、感情をリセットする。まただ——また私は、曖昧《あいまい》な表現を使って逃げようとしている。これじゃダメ、やり直し。

私は、拓実君のことが好き。

うん、これでいい。だからやり直す。理紗と喧嘩をする前まで戻して、彼と向き合おう。理紗にも自分の気持ちを伝えよう。今度は失敗しないように！

この瞬間、能力を行使する決意が固まる。ごめんなさい、世界中のみんな。三日間だけ時間を巻き戻します。謝罪の言葉を心中で呟き、私は集中力を高めていった。

「巻き戻し《リワインド》――」


十月十二日水曜日。リワインドをしたことによって繰り返された二度目の世界。二度目の水曜日。もっともこんな認識をしているのは、世界で私だけなのだろうけど。

今回も、渚とのシングルス勝負は負けた。というか、前回以上にスコアが酷《ひど》くなったかも。スポーツというのは案外そんなもので、私の能力に大きな変化がない以上、勝敗は覆りようがない。むしろ、負けたイメージが雑念となってちらつくことで、益々結果が悪くなることすらある。これは内緒の話なのだが、数年前、大会後にリワインドをしたことがある。だがその時も、結果は悪化した。それから、よほど込み入った事情がない限り、スポーツの結果を変えたい一心でのリワインドは止めようと心に誓っている。

閑話休題。

とにもかくにも、妙な波風だけは立てぬよう注意して過ごすこと三日目。理紗が、告白を決意する日を迎える。前回とまったく同じ展開。部活動後の帰り道で、隣を歩いている理紗が話しかけてきた。

「侑ってさ――拓実君の話をしている時、なーんか、良い表情をしているんだよね。

本当は、彼のことが気になっているんじゃないの？」

「……そうだね、気になっている。なんだかまだ、自分の気持ちに整理がついていないけれど、好きなのかもしんない」

ちょいと仰々《ぎょうぎょう》しいくらいに頷いてみせる。うへー……こいつは露骨すぎただろうか？

目を丸くしたあとで、ごくりと理紗が喉を鳴らした。

「ああ～……。そっか、やっぱりそうだよね」

落胆したようであり、開き直ったようでもある声音で理紗が呟く。理紗の気持ちを知っているのに、私って酷《ひど》い友達だよね。でもごめん。少々大袈裟《おおげさ》なくらいに流れを変えていかないと、リワインドをした意味がないから。

「うん。ようやく認めてくれたね」

立ち止まってこちらを向いた、理紗の瞳が揺れる。

「理紗……？」

「薄々、察していたんだよ」

「……うん」

「なに？　私が侑の気持ちに気づいていないとでも思ってた？　何年の付き合いだと思ってんだ。親友舐《な》めんなよ」

はあ、と理紗が一つ息を吐く。

「だからさ、侑が彼のことを好きだと言ってくれたら、私は諦めて手を引くつもりだった。最初からね」

リワインドをする前の理紗も、確かにそう言っていた。それじゃあ、私が気持ちを隠していたことに腹を立てたのも、無理はないのかな。

「でも良かった。自分の気持ちを隠さずに、侑がちゃんとぶつかってきてくれて。で？　どうすんの？　告白とか、する気あるんだ？」

「まだちょっと悩んでいるかな。まあ、そのうち頑張ってみるよ」

「わかった。陰ながら応援してるよ。頑張りたまえ、恋する乙女」

勢いで好きだと宣言してしまったものの、マジでどうするつもりなんよ私。なんだかなあ。我ながら白々しい会話だ、なんて、この先の諸々を考えていた時のこと。

「煮雪」

「うひゃっ⁉　な、なんだ……驚かさないでよ」

耳朶《じだ》を打った声に驚き振り向くと、自転車にまたがった拓実君の姿が見えた。

「何をそんなに驚いてんの？」と覗き込んでくる顔は相変わらず近い。そういえば、そう来るんでしたね。完全に失念していたよ。

「まっ……毎回唐突なんだよ拓実君は。もうちょっと普通に声をかけられないの？」

「いやいや、今のは普通だったしょや？」

大袈裟《おおげさ》だな、と彼があどけなく笑う。へえ、今日から自転車なんだ～と驚くべきシチュエーションなんだろうけど、二度目の私はいまいち驚けない。自転車の件には触れず、それとなくスルーした。このあたり、私だけが知っている事情なのでやりづらい。

「なあ、煮雪」

「ん、なに？」

「俺、今日から自転車通学になったんだ」

「ふうん」

「……」

「……」

いや、見ればわかるよ。どうして妙な沈黙を挟むのよ。

「なあ、これからちょいと付き合ってほしい場所があるんだけど、時間大丈夫？」

「へ？」

突然の提案に驚いて「私に言ってんの？」と訊ねると「そのつもりだけど」と真顔で返される。助け舟を求めて理紗を窺《うかが》うも「用事あるんで、どうぞごゆっくり」と気を遣われた。

「まあ、電車の時間までまだ余裕あるし、別にいいんだけどさ」

「じゃあ、決定な」

「ちょ、ちょっと」

自転車を押して、歩き始めた彼の背中を慌てて追いかける。羨ましそうに見送っている理紗の顔が、肩越しに遠ざかる。ほんとごめんね、と心中で再び詫びて、彼のあとに続いて小路に入った。

「これが昔のアニメ映画のワンシーンだったら、颯爽と自転車を漕ぐ俺と、後ろに乗った煮雪。まさに青春の一コマって感じで、絵になる二人乗りで向かうのにな」

まるで幼子のように瞳を輝かせる彼に「そういう作品があったね。でも、道交法違反になるからやっぱダメだよ」と冷静に返す。ああそっか。自転車のこと触れて欲しかったのか、と気がついて、やっぱり子どもみたいと可笑《おか》しくなってクスッと笑った。

「それに、ラケットバッグも背負っているし、重いから二人乗りはしんどいと思うよ」

「それもそうだ」

「いや、そこは否定してほしい」

「ははは ッ」

隣を歩く、頭一個分背が高い大好きな男の子。こんなシチュエーション久しぶりで、胸のどきどきがどうにも収まらない。

私が強めに干渉をすると、世界の流れは変化する。前回の流れを知っている私としても、ここから先は未体験ゾーンなわけで。否が応でも緊張感が高まってきた。それにしても、理紗はともかくとして、どうして拓実君の行動にまで変化が生じているのだろう。あっ、そうか。理紗が「自転車を貸して」と彼にお願いをしなかったからなのか。ということはつまり、拓実君はあの時も、横槍が入らなければ私を誘っていたことになる。

――他に好きな奴がいるからって。それってさぁ、どう考えても侑のことじゃん？

リワインドをする前の世界で理紗に言われた言葉が胸を抜けると、全身の血流が顔に集まり始めた。あっつい。深呼吸、深呼吸。火照った顔を冷ますようにかぶりを振ると、吹き付ける風が短い私の髪を優しく揺らした。そんなことを思っているうちに、私の手を引いて彼が通りを右に折れた。

「ねえ」

「おう、どした？」

「ところで、どこに向かってんのさ」

「まあまあ」

「わぷッ」

急に彼が立ち止まるものだから、虚をつかれて彼の背中にぶつかった。ふわっと湧き立つシャンプーの匂いと、ちょっとだけ混じった汗の匂い。やっぱりなんだかんだ言って男の子。背中、大きいな。なんて、甘美な余韻に浸っている場合じゃない。

「急に止まんないでよ」

「悪い悪い、着いてからのお楽しみ」

着いてからのお楽しみ？　なんだか怪しいナンパ師みたいな台詞《せりふ》を言い始めたんですけど、大丈夫ですかねこの人。


閑静な住宅街の一角に、木々に囲まれた静謐《せいひつ》とした場所があって、そこで彼が足を止める。何度か訪れたことがあるので、私はこの場所を知っていた。石畳の上を歩いて奥まで進むと、小さいけれども神社があるのだ。

「神社とか来て、どうすんの？」

「じゃ、行こうか」

私の質問をスルーして、自転車のスタンドを立てた彼。石畳の上を歩き始めた背中を、結局何しにきたのさ、という疑問を押し殺して追いかける。

次第に日は沈み、弱々しくなった西日が木々の隙間から漏れていた。石畳の上に長く伸びた二人の影が、その色を闇の中に溶かしつつあった。やがて見えてきた赤い鳥居の下を潜ると、そのまた奥にこぢんまりとした可愛らしい神社の建物があった。

「お参りをしていこう。必勝祈願だ」

「ああ、そういう……」

拓実君はニカッと歯を見せて笑うと、拝殿の中央まで進み、真上に吊られている大きな鈴をガラガラと鳴らした。それからゆっくりと首を傾げた。

「何してんの？」

「参拝の作法がよくわからなくて」

「誘った本人がそれってかっこ悪くない？」

「そうかも」

「しょうがないな……。私のやり方を真似してみて」

私も、聞きかじった程度の知識しかないけどね。

「まず一礼。それから賽銭《さいせん》を入れる。くれぐれも投げ入れるなよ？　ゆっくりだ。それから鈴を鳴らそう。祓いたまえ清めたまえと心の中で静かに唱えるんだ」

五円玉を賽銭箱《さいせんばこ》に入れ、鈴を軽く左右に揺らした。

「二回深めにお辞儀をして、それから掌《てのひら》を胸の前で合わせ、拍手を二回。さあ、願い事だ」

でもなあ、何か祈ることあるかな。とりあえずこれか。バドミントンで全道まで進めますように。それから、漫画の読者が一人でも増えますように。ついでに、良い恋ができますように。ちょいと欲張りすぎたかな？　煩悩が多い人間の願い事は聞き届けられない気がする。ま、いっか。下手な鉄砲も数撃ちゃ当たるだ。

「何を祈ったの？」と隣の彼に訊ねてみた。

「まあ、それはあとで」

「なんなのよそれ。さっきから歯切れ悪いよね」

「いいじゃん別に。そういう煮雪は、何を祈ったんだよ？」

「そりゃーまあ、バドミントンで勝てますように。全道にも出られますようにってね。それから――」残り二つはどちらも言える内容じゃない。

「いや、そんだけかな」

「なんか含みがあるなあ。それでよく人に歯切れが悪いとか言えるよね？」

「そうだけど！　すべて内緒にしている君に言われたくなんかないね」

唇を突き出して不満をうったえると、「違いない」と笑って彼が拝殿に背を向ける。

電車の時間が迫っているし、そろそろ戻る頃合かな、と思った矢先に彼が言った。

「ほら。ちょっとあそこに立ってみて」

彼が指差した先にあったのは、樹齢数百年はいっていそうな大イチョウの木。幹は私が両手を広げても回しきれないほどに太く、枝葉は天に向かって高く伸びていた。

促されるままイチョウの下に移動して顔を上げると、色づき始めた葉で視界のすべてが黄金色に染まっていた。住宅街のど真ん中なのを忘れてしまう雄大な眺望に、しばし言葉を失う。

「すごい……こんな木、あったっけ……」

「こっち向いて」

「え？」間抜けな声が漏れるのと同時に響いたシャッター音。驚いた私の顔を、スマホのカメラで彼が撮影していた。

「ちょっと！　いきなり撮らないでよ恥ずかしい！　……変な顔になってない？」

「大丈夫。ちゃーんと可愛いよ」

写真を確認し、満足気に拓実君が頷いた。可愛い、なんて、軽い口調で言える彼の本心は、相変わらず読めないままだ。人の気も知らないで、と走り出した鼓動を宥める。

場所を入れ替えると、お返しとばかりに彼の姿も撮影してあげた。

「かっこよく撮れてる？」

お道化た口調で訊ねてくる彼に、会心のしたり顔で言ってやった。

「撮影者の腕が良いので大丈夫です。モデルはどうだか知らんけどー」

実際、写真の出来は上々だ。これでも創作者の端くれ。被写体の配置がこだわりポイントだ。スマホをポケットにしまい、二人並んでイチョウの木を見上げた。こちらを一瞥《いちべつ》したのち、わざとらしい口調で彼が言う。

「こうして見上げていると、まるで黄色くて大きな傘の下に潜り込んだ心地だよね」

「え?」

どこか比喩めいたその表現は、酷《ひど》く懐かしい気がするフレーズで。ハッとして、彼の顔色を窺《うかが》ってしまう。

「ちょっとだけ、昔話をしてもいいかな?」

「ん……どうぞ?」

「俺さ。小学生の頃にね、気になっている女の子がいたんだ」

「……ふうん、奇遇だね。私もいたよ。気になっていた男の子」

「そこ、過去形なんだ?」とからかうように彼が軽く笑う。

「そうだよ。だって、昔の話だもん。もう、ずっと会っていない」

私から一度視線を外し、山間に沈み始めた太陽を彼がじっと睨《にら》んだ。男子にしては色白な頬が赤く染まる。「でもね」と淡々とした声で彼が言った。

「その子とは半年ほどで別れてしまったんだ。理由は、俺の父親の、転勤にともなう引っ越しと転校」

「へえ……。なんだか、私が知っている人の話とよく似ている」

そう。まるで佐々木君の話みたいだった。

「転校先の学校では、全然友達ができなかった。なんとなく避けられている空気を感じて、クラスにもうまく馴染めなかった。休み時間が来るたび校庭に出て絵を描く男子は、どう見繕っても、社交的だと思われなかったんだろうね」

「拓実君。昔、絵を描いていたんだよってこの間言ってたもんね。でも、なんだかわかるよその辛さ。先入観で作られるイメージって、めんどくさいものがあるよね」

私もそうだ。中学に進学する頃、絵を描かなくなっていたのも、漫画を描いていることを隠し続けているのも、思えば似たような理由かもしれない。もちろん、表立って非難されるわけではない。でも、絵を描くのが好き、とか、漫画を描いているんだ、なんて言うと、好奇の目に晒《さら》されがちだ。趣味とか、言動とか、目に見えるものだけで形作られるイメージ。そういうの、私も大嫌いだった。

「そうこうしているうちに、段々と絵が描けなくなった。筆を握るのをやめてしまうと、その女の子のことばかりを考えていた」

「なんだか――私のことみたい」

あはは……と、自虐めいた笑みが漏れると、私に釣られて彼も笑う。

「それから間もなくして、親が離婚した。理由はまあ、さまざまあったんだろうけどね。ずっと引っ越しの多い生活だったから、両親の気持ちも次第にすれ違っていたんだと思う。父親を残したまま、俺は母さんに連れられて、母方の実家がある北海道に戻ってきた」

「北海道に戻ってきた？」

「ああそっか。俺、元々は青森に住んでいたの。でも、両親が離婚することになったんで、小学校卒業と同時に母親の実家がある千歳に戻ってきたわけ。で、今年の初夏に、今住んでいる江別に引っ越した。ややこしくてごめんな」

「ああ……」

急に強い風が吹いた。心の奥底にしまっておいた気持ちの蓋が、そっと開いた。

上天に広がる空は、青から橙色《だいだいいろ》への繊細なグラデーションだ。沈みかけの太陽が朱の一点となって赤い鳥居の上に載った光景は、精巧にできた絵画みたいだ。空気が冷え込んでいる。冷たくなった手に息を吐きかけ、隣の横顔に目を移した。

「俺の人生は結局、引っ越しの繰り返しだった。ようやくできた友人にもさよならを告げて、北海道に戻ってきたわけだ。何度も繰り返される出会いと別れ。中学時代も、あんまうまく学校に馴染めなくてね。すべての出来事を、俺は疎ましくすら感じていた」

「うん……。なんだか、辛いね」

「でも、悪いことばかりでもなかったよ」

一転して明るい声を出し、彼はイチョウの木を見上げた。そこに、思い出す過去でもあるみたいに。

「中学一年生の春だった。バドミントンの大会に出場する従妹を応援するために向かったとある体育館で、その女の子と再会したんだ」

「おお。なんか、ドラマチックだね」

「でもさ、ちょっと驚いた。彼女、随分と雰囲気が変わっていたから」

「ん……。どんな風に、変わっていたの？」

「スポーツ少女に変貌していた、とでも言えばいいのかな？　昔、二人でよく絵を描いていたんだけどね、その頃の面影は微塵もなくなってた」

「そう、かなあ。そうでもないかも、しんないよ」

どうなんだろう。私はいうほどスポーツ少女でもない。隠れて漫画も描いているし、チャンスさえあれば、もう一度水彩画を描きたいと思っている。切っ掛けがないだけだ。

「もしかして……だけど。絵を描くのをやめて、バドミントン始めちゃってた、とか？」

「そうそう。でもね、俺の顔を見ても全然気づかないの。視力が落ちたのか、昔と違ってその子は眼鏡をかけていたんだけど、それでも俺は一目でわかったのに」

「ああ……。そうみたいだねぇ」

早鐘を打ち始めた鼓動。胸が切なさで一杯になって頭がくらくらしてくる。先ほどから緩慢になっていた時の流れが、ついに止まってしまったようだ。

「なんだろ、すごく衝撃受けちゃって。俺も慌てるようにバドミントンを始めた。それまで体を動かす習慣がなかったから、毎日筋肉痛になって大変だったよ」

「うん……」

「でも、頑張ったよ。その女の子も結構強かった。いや、最初は弱かったけど、練習してどんどん強くなっていった。こっちのほうが表現としては正しいかな」

「慣れないと、結構足腰に負担が来るからね。……大変だったでしょ？　なんか、私のせいでごめんね」

そうだ、思い出した。ささきたくみだ。なんで忘れていたんだろう。

「いつ頃から、俺だって気づいてた？」

驚いて拓実君の顔を見ると、彼もこちらを向いていた。二人の視線が絡み合って、逃げるように瞳を伏せた。漠然とした推測とか、予感でしかなかったものが形となって現れたことで、胸のどきどきが止まらない。電話をした日から今日までの七年間が一瞬で繋がって、ありし日の佐々木君の姿が、目の前の拓実君と重なる。

「……んと。絵を描いていたって話をされた時、もしかして……とは思った。でも……確信に至ったのは、今日、かな」

照れ隠しに、眼鏡の位置を直した。

「苗字変わったんだね、佐々木君……じゃなくて拓実君。恥ずかしい話だけど、下の名前忘れちゃっていたから、気づくまで時間がかかったんだ」

ひでーな、と苦笑しながら彼が顔を逸らした。うん。本当に酷《ひど》い話だと思う。

「父親の姓が佐々木で、母親の姓が長谷川なんだ。どうして俺が、中学の頃から君の名前を知っていたのか。どうして、ちょくちょく煮雪にちょっかいをかけるのか――不思議に思っていたかもしれない。でもね、それは理由があったんだ」

「うん」

「ずっと、煮雪に謝りたいことがあった。俺さ、北海道にいた頃クラスに半年しかいなかったのもあって、男子連中とは折り合いが悪かった。だから転校が決まったあとも、あまり話を大きくしたくなかった。でも、今思えばそれは間違いで、もっと早くみんなに伝えるべきだったし、煮雪にもそうするべきだったんだよね。あんなタイミングで、しかも電話でなんて、そりゃあ煮雪が怒るのも無理はないってずっと後悔していた」

「ううん、そんなことない。酷《ひど》いのは、私のほうだよ」

ああ、そうだ。この言葉を自分の口から伝えるためにリワインドをしたはずなのに、気がつけばやっぱり受け身になっていた。ダメだな、相変わらず。それにしても、神様ってすごいな。早速ご利益《りやく》があるなんて。ねえ、私さ——

「私も、拓実君に謝りたかった。電話で酷《ひど》いことを言ってしまったこと。それから、一方的に電話を切ってしまったこと。きっと拓実君は傷ついたまま青森に向かったんだろうなって思うと、毎日毎日、後悔していた。私も、そのことをずっと悔やんでいたの」

「……なんだ、そっか。じゃあ、これで仲直りだね」

差し出された右手を握り返すと、彼が歯を見せて笑う。この瞬間、七年もの間抱え続けてきた後悔や確執が、ゆっくりと融解していくのを感じた。

握っていた手が解ける。じゃあ、帰ろうか、と告げて歩き出した彼との距離が、不意に数センチ空く。空いた隙間に、孤独感とよく似た寂しさがすーっと通り抜けて、慌てて彼のシャツの袖口を掴んだ。勇気出さなくちゃ。今言うんだ。私が伝えたかったほんとの気持ち。ねえ、私——。と言おうとした。けれど、

「ん、——どうしたの？」

どこか含みのある笑い声に制されて、口を噤《つぐ》んだ。首を傾げながら彼がこちらを向いた時、——言うな、と彼の声がした気がして、私の心がぞくりと震える。

固く結ばれた唇。どこか冷たく見える眼差し。

私の言いたかった台詞《せりふ》が——飛んだ。

「あ、いや」

「ふうん、変な奴。ま、いいや。改めて、ありがとう煮雪。今日、話ができて良かった。仲直り、できて良かった。でも……」

あれ？　と思う私を他所に、去り行く黄昏時の空に彼が目を向ける。

「あの頃の光景は、確かに心の中にあるのに、あの頃みたいな気持ちにいまいちなれないっていうか。なんでかな。俺のほうが、いろいろ変わっちまったのかもしれないな」

二人の視線が合っていた。でも、合っているようで合っていなかった。心が交わっているようで、微妙にかけ違えているような違和感。私の気持ちは全然変わってないよ、と言いたいのに、好きという単語を飲み込んでしまうと、私の勇気は完全に挫かれていた。いったい何が悪かったの？　中学時代も、彼が転校してきてからも、ずっと私が鈍感だったから？

「七年という歳月の中で、いろいろあったもんな」

それは、静かで優しくて、でも、冷たい声で。これきっと、遠回しに忘れろって意味なんだ。

「おっと、電車の時間迫ってる。急ごう」

視線が剥《は》がれ、踵《きびす》を返した彼に、私はただ頷くことしかできない。仰げば空は、悲劇の物語から切り取られたワンシーンのように、悲しげな蒼に染まって見えた。

結局、言えなかった。

言えるはずがなかった。

言葉にこそしなかったけれど、彼の表情と態度から、「何も言うな」という、拒絶の意思を感じていたから。

帰り道は会話が少なかった。駅に着き、彼と別れたそのあとで、構内の壁にもたれかかって私は静かに泣いた。なんとなくうまくいく。そんな感じに思っていた、自惚《うぬぼ》れていた自分の醜さとか、結局泣いてしまう自分の弱さが失恋のショックとともに押し寄せてくるようで、抉《えぐ》られるように胸が痛くてどうしようもない。

まだ好きだと伝えてもいないのに。

まだ嫌いだと言われてもいないのに。

それでも、いろいろと察してしまった私のハートは――二つに割れたまんまで戸惑っていた。

第二章「天才少女と、私の未練」

小二の冬。これは、私が強い後悔を抱えた日の記憶だ。

私が住んでいる地域は、北海道でも積雪量が多い場所。季節は二月の後半で、次第に寒さが緩み始める時期ではあったが、まだまだ雪が強く降る日が多く、路肩には雪壁が高く聳《そび》え立っていた。周辺の民家の屋根にも、分厚く雪が積もっていた。

　その日の朝私は、佐々木君と一緒に通学路を歩いていた。前日から降り続いていた雪は十センチほど積もっていて、それをお気に入りの長靴で踏みしめながら、隣の彼に向かって呟いた。「早く雪が溶けるといいね」と。彼も「そうだね」と同意して、恨めしそうに辺りを見た。

新雪に覆われた通学路。民家の軒下に垂れ下がった氷柱。遊具のすべてが、すっぽりと雪に埋もれた公園。雪と氷によって閉ざされた世界はどこか閉塞感を感じさせたが、それでも、スケッチブックに描く題材を探そうと思えば、事欠くことはなかった。

けれど、やっぱり寒さには勝てない。防寒具を着こみ、悴《かじか》んだ手に息を吐きかけながら絵を描く、なんて物好きがどこにいるものか。日中、家に親がいない私と佐々木君は、放課後、児童館で過ごすことが多かった。必然的に絵を描く機会は減り、児童館の窓から外の景色を見て描くか、天気が良くて暖かい日を選んで外に出て描くか、くらいしかないのだった。

「つまんないなー」

吐く息が白く曇る。雪の上に刻まれた、誰かの足跡を辿《たど》るように踏みしめる。足跡からやおら視線を逸らした時、小さな段ボール箱が電柱の下にあるのに気がついた。なんだろう、と駆け寄った佐々木君が蓋を開けると、中から真っ黒な子猫が出てきた。

彼は「捨て猫かあ」と弱った調子で呟いた。私が「可愛い」と子猫の頭を撫でると、子猫はぐるぐると甘えるように喉を鳴らした。

「でも、どうしよう。うちはペット禁止だから、飼うことはできないんだ」

子猫を抱き上げた私も、彼と同様困惑していた。仕事の都合で両親共に帰りが遅いし、保育園に預けている三歳の弟だっている。猫なんて、飼えるだろうか。

「うちも、ちょっと飼うのは無理かな。可哀そうだけど、置いていくしかないよね。誰か拾ってくれるといいんだけど……」

沈んだ心が、そのまま声音に表れる。後ろ髪を引かれながら子猫をダンボール箱に戻すと、雪が入らないよう蓋を丁寧に閉じた。気になって何度か振り返りながら、私達は学校を目指した。

授業中。教室の窓から外を見ると、鈍色《にびいろ》の空から、絶え間なく雪が舞い降りていた。綺麗に除雪されて歩きやすかった歩道も、いつの間にかかなり雪が積もっている。遠くから響いてくる除雪車の行き交う音が、降雪量の多さを暗に示していた。

午前中も、休み時間も、ずっと心が晴れることはなく、絶えず子猫のことばかり考えていた。強くなるばかりの不安。子猫は大丈夫だろうか？　凍えていないだろうか？　お腹を空かせていないだろうか？　段ボール箱の蓋が、開いたりしていないだろうか？　降り続く雪が、箱の中にまで侵入していないだろうか？　視線は、黒板ではなく舞う雪にばかり向けられ、授業の内容も、先生の言葉も、何一つ頭に入ってこない。関心はすべて、子猫の安否にだけ注がれていた。

気もそぞろの中、帰りのホームルームが終わる。チャイムの音と同時に私は席を立つと、急ぎ足で佐々木君の席に向かった。

「あの子猫だけどさ。やっぱり家で飼えないか、お母さんに相談してみる。今朝見つけた電柱の所に行こう？」

それは、一日悩んだ末に導き出した結論。おそらく彼も、私と同じことを考えていたのだろう。「わかった」とだけ短く返し、急いで帰り支度を始めた。

昇降口を飛び出した私達。雪合戦をしてはしゃぎ回る同級生らを横目に、帰り道をひた走る。足首までが埋まってしまう雪の多さに不安を覚えながらも、一刻も早く子猫の姿を見たいという一心で走った。

足の速い佐々木君は私より少しだけ先行し、ごく自然に、私の手を握って引く格好になる。

酷《ひど》く驚いた。この時点まで、佐々木君と手を繋いだことは一度もなかったから。おかしな話だな、と私は思う。私と佐々木君は友達なのだ。友達なのだから、手を繋ぐことは別におかしくもなんともない。じゃあ、これはなんなのだろう。なぜ、こんなに心拍数が上がるのか。なぜ、彼と繋いだ掌《てのひら》が、しっとりと汗ばんでいるのか。嬉しいとか、苦しいとか、切ないとか、複雑な感情が止め処なく溢れてくる。こんなに胸が苦しくなるのはどうしてなの？

この瞬間、きっと私は自覚した。私は佐々木君のことが好きだと。この段階においては、それが恋と呼ばれる感情なのだと、うまく認識できていなかったとしても。今思うと、私は恋というものに対して自覚的な女の子だったのかもしれない。本当に、今となっては信じられない話なのだが。

走り続けること十数分。電柱のある場所に到着した。

ダンボール箱の蓋は幸いにも開いてなかったが、箱全体がすっぽりと雪に埋まってしまっていた。急いで箱の傍《かたわ》らにしゃがみ込んで、冷たさに眉根を寄せつつも、積もった雪を払い除けた。

蓋を開けた瞬間、雷に打たれたような衝撃が走る。背中から覗き込んできた佐々木君が、息を呑む音が鮮明に聞こえた。

指先が小刻みに震え、まるで言うことを聞いてくれない。びしょ濡れの手袋をなんとか脱ぎ捨て、動かなくなった子猫をそっと抱き上げた。力なく垂れ下がった四肢。冷たくなった体。一縷《いちる》の望みをかけて心臓の位置に手を添え、私は完全に理解した。

子猫を殺したのは——私なのだと。

それは、些《いささ》か考えすぎなのかもしれない。子猫を捨てたのは私じゃないし、捨て猫に気づきつつ見て見ぬ振りをした人はきっといただろう。でも、そんなの言い訳だ。自責の念が、一瞬で頭の中を満たした。子猫の骸《むくろ》を両手で強く抱きしめる。背中を丸めて蹲《うずくま》ると、恥も外聞もなく、わあ……と声を上げて泣いた。

こんなはずじゃなかった。朝のうちに拾う決断を下せていたら、この子は死ななかった。お腹を空かせていることも、昨日より今日の気温が低いことも、誰かが拾わなければ、この子の命が危うくなることも予見できていたはずなのに。私のせいじゃないなら誰のせいだ！

自分の不甲斐なさに涙が溢れる。何度拭っても頬を伝う涙が止まらない。

しゃくりあげる私の背中から、佐々木君が静かに両腕を回してきた。

「佐々木君？」

驚いて肩越しに後ろを見たが、構うことなく彼はぎゅっと私を抱きしめた。彼の体温が不思議な安らぎをともなって、じわじわと背中から伝わってくる。

「大丈夫」と彼は囁《ささや》いた。

「大丈夫だからね」

何度も何度も、彼はそう囁《ささや》いた。うん、佐々木君がそう言ってくれるのなら、きっと大丈夫なんだ。酷《ひど》く短絡的に、私はそう思うことができた。辛いけれど、悲しいけれど、彼が許してくれるなら大丈夫。なぜだろう、そう思えた。

「ぼく達、子猫に可哀そうなことをしてしまったかもね。でも、煮雪が泣いてくれたから、この子も天国に行けると思う。煮雪のお陰なんだよ。だから、もう泣かないで」

「うん」と私は頷いた。頷いて同時に思う。次は勇気を出そうと。

次は失敗しないよう頑張ろう。今日の出来事を、決して忘れてはならないと心に刻んだ。

雪はまだ、しんしんと降り続いていた。

＊＊＊

夢を見ていた。

断片的に、さまざまな光景が見える。ランドセルを背負った佐々木君の姿。桜の木の下で、スケッチブックを広げる私達。転校するんだ、と告げた電話越しの彼。寒い冬の朝の、急いた気持ち。繋いだ手から伝わってくる温かさと、すとん、と落ち着いた心。対照的に、熱を失った黒い子猫の姿……

小学校の卒業式。校庭の桜はまだ蕾《つぼみ》だった。部屋の片隅で埃《ほこり》を被っていたスケッチブックと同じで、今はまだ閉じられたままだけれど、私の恋と一緒にすぐ花開くんだ。中学校に入ればまた彼に会える。そんな淡い期待を、捨てきれずにいた。

新しい環境に胸を膨《ふく》らませて中学校に入学した私は、早速美術部の見学に向かう。しかし、そこに佐々木君の姿はなかった。それもそうだ。彼は北海道にいないのだから。この空は確かに彼と繋がっているのに、彼がいるのは遠い遠い場所なのだ。スケッチブックのことは忘れようと思った。美術部に入るのもやめた。

その代わりに、漫画を描き始めた。主要な登場人物の中に、女の子を出すのが苦手だった。キラキラとした青春を送っているその子の姿を、自分と重ねてしまうのが辛かった。自分と違う容姿や性格ならば描ける、なんていうほど、心の傷は浅くなかった。彼のことを忘れようともがくうち、異性を好きになれない自分に気がついた。それでもせめて、物語の中でだけは恋愛を描こうと必死になって、行き着いたのがBLというジャンルだった。

すべての事柄は、自分が失ったものや、諦めた夢を埋めるためだけに存在していた。たぶん、それだけのことだった。

口先ばかりで、一歩を踏み出せない自分。過去の失敗を引きずることが、未来に向かう足かせになると知っているのに。もう恋なんてしなくていい。余計な感情など、見えない場所に閉じ込めてしまえば傷つくことはない。何も知らずにいれば、ずっと夢を見ていられる。

そうやって、私は逃げ続けていた。

一度途切れた恋の糸を、もう一度繋ぐことはできるだろうか。再燃したこの気持ちは七年前の続きじゃない。一度心をリセットして、佐々木君ではなく今の拓実君として、私は――。けれど……

――七年という歳月の中で、いろいろあったもんな。

彼の放った声が、木霊《こだま》した。

＊　＊　＊

鳥の囀《さえず》りで目を覚ました。柔らかな朝陽が、窓から差し込んでいた。

寝苦しかったのか、布団は半分ほどしか体にかかっていない。鉛でも詰まっているみたいに頭の回転が遅く、昨晩、何時に寝たのかも思い出せない。

ゆっくりと上体を起こして、長い夢を見ていたな、と思う。見ていた夢の光景はすでに朧《おぼろ》げだが、昨日自分が失恋をした記憶は嫌になるほど鮮明だ。

失恋をした、と表現するのは少々大袈裟《おおげさ》かもしれない。私はまだ、好きだと彼に伝えてすらいないのだから。私の恋は、終わるどころかスタート地点にも立っていない。

実ることのない初恋。二度と会うことのない男の子。そんな風に考えては、諦めようとしてきたんじゃないか。今更、何が変わるというの？　そう、何も変わらないはずだった。漠然と存在していた憧れにも近い恋心が、明白な輪郭線をともなって目の前に現れ、けれど、伝えることができず霧散《むさん》して消えた。すべては元通り。それなのに、私の心はしっかりと傷ついていた。何も変わっていないはずなのになんとも滑稽な話だ。

つまるところこれも、失恋の一つの形、なんだろう。

見た夢の内容を少しだけ思い出しながら、それでも、と私は思う。ここで諦めて立ち止まってしまえば、これまでの自分と同じだ。

書棚に押し込んであるスケッチブックを引っ張り出した。未完成の横顔を見つめ、昨晩のことを想起していった。

昨日、電車の中で会った優子さんに、神社での一部始終を語って聞かせた。リワインドをしたせいで、内容は前回とだいぶ変わったが。

彼女は「そう。そんなことがあったんだ」と呟いたきり、形の良い唇を結んだ。

「はい。自分の気持ち、言えなかったというか、なんというか」

沈黙が静かに落ちてきて、踏み切りの警報機の音が余韻をともなって遠ざかる。この一瞬を聞き逃したら、もう俺とは会えないんだぞ、とでも言いたげに。

「後悔してる？」

「え？」

鋭い指摘に、冷や水を浴びせられたような衝撃が走る。間違いなく私は後悔していた。始まることなく二度散った初恋の行方に戸惑い、自暴自棄になりかけていた。

きっと、自分が思うより、酷《ひど》い顔をしていたんだろうな。

やっぱりそっか、と言ったきり、彼女はしばらく押し黙った。そして、「一緒に昨日のことを考えてみようか」と言った。

「侑はさ、勇気がなかったせいで、気持ちを伝えられなかったと自分を恥じている。

そうなんだよね？」

　それは完全に図星で、子どもみたいに頷くしかない。

「勇気がなかった。ほんとにそうかな？事態は好転しなかった。ほんとにそうかな？

「違いますか……？」

　自分のことなのに、何も思いつくものがない。

「彼が、侑のことを覚えてくれていたと知ることができた。誤解を解き、過去を水に流せた。彼のことが好きだと自覚できた。結果的に気持ちを伝えられなかったとしても、告白しようと立ち上がることはできた。それだって立派な勇気なんじゃないの？　侑の行動によって得られたもの、結構あるんじゃないの？」

「あ……」

　暗たんとした心の中に、一閃の光が差した。

「何度転んだっていい。大事なのは、諦めずに立ち上がって再び前を向くこと。停滞なんかじゃない。これは勇気ある最初の一歩なんだ。これから先だってそう。侑の選択一つで、未来はいくらでも良い方向に変えていけるんだよ！」

　明朗な声で、彼女は話を締めた。揺れ動いていた心が、あるべき形にぴたりと嵌《は》まった気がした。

諦めずに立ち上がること、か。こうして今スケッチブックを見直すと、へったくそなんだよな。佐々木君——いや、拓実君の顔。下描きを何度も直した跡があって、そのわりにはデッサンが甘い。とても色を塗る段階じゃない。描き始めから彼が転校するまで時間はあったはずなのに、どうしてこんなに進んでいないのだろう。

きっと私は、付きまとう喪失の予感の中で、彼と過ごした日々の思い出が、形となって残ることを恐れていたんだ。

「こんなことだから逃げられるんだ。掌《てのひら》から、零れ落ちていくんだ」

失くしかけていた恋心《かんじょう》ともう一度向き合うため、私は立ち上がらないといけない。そうだよ。私の初恋はまだ終わってなんかいない。自分で道を閉ざしてどうするんだ。

こうして、進むべき道がまた一つ定まる。今回もまた優子さんに後押しされるんだな、と弱い自分に呆れながらも。

昼休みの教室。一つの机を囲んで、理紗と二人で弁当を食べていた。

「ねえ、侑。昨日あれからどうしたのさ?」

詮索するみたいに、じとっとした視線がこちらに向いた。もっとも、彼女が気がかりに思うのは当然だ。箸を持つ手をいったん休め、どう伝えたものかと言葉を選ぶ。

「えーとね。神社に行って必勝祈願をして、それから、イチョウの木の下で写真を撮り合って別れた」

「なるほど。いまいちわからん」

だよね。意味がわかんないと思うけど、これでも全部本当なんだ。

ふーん、と彼女は困惑顔になる。

「そうなんだ。じゃあ、告白したとかされたとか、そんな感じじゃーないんだね」

「ははは。残念ながら……ね」

曖《あい》昧《まい》模《も》糊《こ》な、愛想笑いを浮かべる。弁当箱の隅に残っていたタコさんウインナーを摘まみ、さらに続けた。

「本音を言っちゃうと、チャンスがあれば、告白しちゃおうかなって思っていた」

「おおー……？」

「でも、なんだろう。そういう空気にならなかったというか、今じゃないって感じがして言えなかった。たぶんだけど、拓実君、今は恋人とか作る気ないんじゃないかな」

考えるほどに困惑する。馴れ馴れしく接してきたり、『私のことが気になっていた』なんて思わせぶりなことを言っていたわりに、冷淡にあしらってみたり。本当に意味がわからない。七年前の佐々木君と同じ人であるはずの拓実君とが、どうしてもうまく繋がらない。

「ありえねー。毎日あんだけへらへらした態度で話しかけてくる癖に、どうなってんだろうね、アイツの頭ん中」

「それは私も思う」

それにしても悩ましい。別に喧嘩をしたわけでも振られたわけでもないのだから、普段通りでいいはずなのに、昨日の気まずさが尾を引いている。今後の接し方というか、距離感がどうにもわからない。前途多難だ。少なくとも私は、そう思っていたんだ。

「なあ煮雪ー。悪いんだけど百円貸して。そこの自販機釣り銭切れで、札が使えないんだよ」

放課後。部活動に向かう途中の渡り廊下で、何事もなかったかのように、満面の笑みを向けてくる拓実君。

前途多難。ん？

なんなのこれ。昨日の今日だぞ？　と戸惑い気味にお金を渡した。

「百円でいいの？」

「サンキュ、助かる。喉が渇いて死にそうだったんだ」

自動販売機に駆けていく背中を見送りながら、複雑な心境になる。百円を手渡す時、軽く指先が触れただけでも心拍数が跳ね上がっているというのに、なぜ君はそこまで平然としていられるのか？　不公平すぎるしょや。昨日の出来事を過度に意識しているのは、私だけなの？

「こっちの頭がショートするよ……」

体育館に入り、嘆息しながらラケットバッグを下ろした私に、戻ってきた拓実君がこんなことを言う。

「煮雪。今更なんだけどさ、チャットアプリのＩＤ交換しよう」

前途多難。あれ？

「うん。……なんだって？」

前よりも、距離感が縮んでいませんかこれ？

本当にわけがわからない。眉根が寄ってしまうが、断る理由はないので素直に応じた。これで大丈夫かな、とテスト送信やらを繰り返していると、むず痒くなる視線を周囲から感じた。自意識過剰だろうか？　困惑気味にぐるりと見渡すと、澤藤先輩が生暖かい目を向けてきていた。仏のような笑みを浮かべる彼女の顔には「ああ、結局そうなったんだ」と書いてあるようだった。いやいや勘違いですよ、と少々大袈裟《おおげさ》に首を振る。その時、明らかに異質な刺々しい視線を感じて、頬の辺りを引きつらせて振り向いた。視線の主は、中津川渚だ。

ははーん？

他人から向けられる感情の機微やあれこれに鈍感な私でも、それははっきりとわかる嫉妬の念だった。そうか。そういうことなのか？

残念だったね。私はアンタのことが大嫌いなんで、ダメージを受けようとも落ち込もうとも一向に構わないのだ。心中でこっそりザマァしておいた。

もっとも、私と彼は別に恋人同士じゃないのだから、ただの虚勢なんだけれどね！トホホ……

いったいどうしたことでしょう。今日の私と理紗は絶好調。フルゲーム戦った末に、一番手である澤藤先輩のペアを久々に下すなど、試合形式の練習を全勝で終えた。その調子で明日も頑張れと、コーチからお褒めの言葉をいただいた。

明日から始まる大会に備えて、部活動は早めに終わった。う〜ん……今回のリワインドは成功だったと考えていいのかな。着替えを済ませ、首を捻りながら体育館を出ようとした私に、拓実君が声をかけてきた。

「なあ煮雪、どっか寄り道して行こうぜ」

「はあ？　……別に構わないけど」

君の脳内はお花畑ですか。それとも、カップルがキャッキャウフフと追いかけっこをする砂浜ですか。軽々しく接してくる彼の思考回路は、相も変わらず謎だらけ。意識してるのがバカらしくなってきた。

やぶさかではなかったし、寄り道をすることに。私も大概に良い趣味をしていない。拓実君の肩越しに渚にドヤ顔を向け、反応を楽しみながら体育館をあとにした。

「なんでコイツと？」と言わんばかりの不躾《ぶしつけ》な視線が心地よい。それにしても、だ。拓実君はやっぱりモテるんだ。校門を出るまでのわずかな間にも、向けられる数多の視線が痛痒い。ん、というか。

これまでは、理紗を交えて三人でいることが多かったので、誰も気にしなかったのだろうが、今日は二人きりなので余計な勘繰りをされているんじゃないか。そんなことを意識し始めると、顔から火が出そうだった。ヤバい、どんどん緊張してくるどうしよう。顔色の変化を悟られぬよう、自転車を押す彼の隣を俯き加減で歩いた。

雑談をしながら向かったのは近場にある大きな公園。なんとかっていう、偉い人の邸宅跡地を利用したカフェが園内にあり、軽食やスイーツを食べることもできる。木が多く植えられた園内は広く、各所にベンチが備えられているため話をするにはもってこいだ。そんな立地なので、高校生から大人まで多くのカップルが交流の場として利用している。一人で立ち寄ると気まずい場合もあるが、二人でならば気兼ねする必要もないだろう。

いや、あるな。私達、付き合っていないからね。

「ほらよ」

私を先にベンチに座らせると、拓実君が紅茶のペットボトルを差し出した。百円借りたお礼に奢《おご》ってくれたそれを「ありがと」と受け取る。レディファーストのつもりなのかな。喉を潤して一息つくと、彼も隣に座った。

「どう？　煮雪は明日勝てそう？」

「んー……そうだなあ。他校の一番手と当たる、三回戦が山場かな」

「そこ抜けば全道だっけ？」

「そそ。正直厳しい戦いになるだろうけど、絶対に勝って番狂わせ起こしてやっから」

「メンタル強いなあ……。煮雪は、いつからそんなにバドミントンに夢中になったの？」

「いつから？」

考えたこともなかった。

「いつからだろう」

「その歳で記憶喪失？」

「違うから」

隙あらば茶化す人だな、君は。

「最初はね、そこまで本気じゃなかった。友達に誘われるまま始めたし」

悩みながら、答えていく。

「絵を描かなくなり始めた頃だったからね。行き場のない情熱の受け皿として、丁度良かったのかもしれない」

日々大きくなっていく、心に開いた穴を満たす何かが必要だった。それがバドミントンであり、ＢＬ漫画だ。

「本気になったのは、とある女子選手のプレーを観てからかな」

憧れの選手がいた。

「それからバドミントンに対するイメージが変わって、どんどんのめり込んでいった」

「上位選手だと、レベルがまったく違うもんなあ……」

拓実君が、遠い目になった。

「うん。スマッシュが速すぎて見えなかったんだ。いつか彼女に追いつくのが私の夢」

君のことを忘れるために始めたバドミントンだったのにね。それが君と再び繋がる切っ掛けになったのだから、ほんと人生ってわからない。

「まずは明日、頑張ろうぜ。煮雪と菅原は強いから、頑張れば全道にも進めると思う。俺はちょいと、難しそうだけど……」

弱気だな諦めるなよ、と励ますと、彼は「にゃあ」と謙遜《けんそん》してみせる。ん、にゃあ？　なんだ今の声、と声の出処を注意深く探すと、近くの木の根本に段ボール箱が置かれているのが見えた。あの日の記憶が過《よぎ》り、胸騒ぎが強くなる。

側に寄って恐る恐る蓋を開けると、案の定一匹の子猫が入れられていた。

「誰が捨てたんだろう？」

背中から拓実君の声がする。あの日と同じ、困惑が滲《にじ》んだ声が。

「さあ？　そこまでは。見た感じ雑種だし、飼い猫が子を持って、もらい手を探したけれど見つからなくて捨てたってところかな。もしそうだとしたら、一匹だけでまだ良かった。猫ってさ、一度に三匹も四匹も子どもを持つじゃん？　そんなにたくさん捨てられていたら、助けたくても難しい」

「人間もそのくらい一度に生めたら、少子高齢化の問題も解決すんな」

ばかやろう、と彼の鳩尾《みぞおち》辺りを小突いた。

「生むほうの身にもなってくれよ。一人出産するだけでもめっちゃ辛いんだぞ？　大変なんだぞ？　経験してないから知らんけど」

「冗談だよ。とはいえ、たとえ一匹でも手に負えないよ。うちのマンション、ペット禁止だから飼えないし……」

　そこまで言って彼は口を噤《つぐ》んだ。

「ごめん、辛いことを思い出させちゃうね。あの日のこと、まだ覚えてる？」

「もちろん、覚えてるよ」

　大雪が降ったあの日、黒い子猫を救えなかったことも。後々酷《ひど》いトラウマになったことも。冷え込んだ私の心と身体を、抱きしめることで拓実君が温めてくれたことも。そんな君の気遣いが嬉しくて切なくて、泣いてしまった自分のことも。全部、全部覚えているよ。だから――

　どうしようかな、と悩み始めていた思考を断ち切り、私は宣言した。

「いいよ。この猫、私が飼うから」

　箱の中から子猫を抱き上げてみると、初見のイメージよりも小さくて軽い。たぶん、生後二ヶ月から三ヶ月だ。

「うん、男の子のシンボルが付いてる」

　全身真っ白な毛で覆われた、オス猫だった。

「大丈夫なの？　飼える？」

「飼えるのか、じゃない。飼うんだよ。親ならどうにか説得する。たまに我がままを言っても、罰は当たらないだろう」

「そっか、わかった。んじゃ、煮雪に任せるわ」

私の頭にぽん、と彼が手を置いた。置いた手から温もりが伝わる。私の胸がどきどきと大きな音を立て始めて、それを隠すためにわざとつっけんどんに答えた。

「うん。任せといて」

慎重に、子猫をラケットバッグの中に入れた。

「ちょっと狭いけど、家に着くまで我慢してね」

——侑の選択一つで、未来はいくらでも良い方向に変えていけるんだよ！

そうだよね、優子さん。今やらずして、いつやるんだ。家の事情とか、明日大会だからとか、そんなのこの子には関係ないこと。

大事なのは、今なんだ。

そうして帰路に着く。時折背中から聞こえてくる子猫の鳴き声に癒されながら、私は思った。もしリワインドをしていなかったら、この子猫の命も救えてなかったかもしれないな、と。

世界はいい感じに回っている。暮れ始めの空の色も、私達の関係も、きっとなんの変化もないけれど、変わったものも確かにあった。子猫の未来と、私が抱えていた未練。

心の中にあった冷たい氷が、この瞬間一つ溶けた。

肌寒さを感じて目が覚めた。

突っ伏していた机から顔を上げ、自室の壁掛け時計を見やると、短針は午前一時を指していた。目の前には、描きかけの漫画の原稿がある。どうやら、風呂上がりに一時間だけ原稿を修正しようとして、そのまま寝落ちしたらしい。風邪をひいてしまうな、と身震いをして、膝の上の温もりに気がついた。目を落とすと、拾ってきた子猫が丸くなって寝ていた。

「ポプラ」と呼びかけ背中を擦《さす》ると、ぐるぐると喉を鳴らして頭を擦り寄せてくる。

子猫の名前、当初はイチョウの英語名にするつもりだった。ところが、調べたらなんか可愛くない響きだったし、銀杏《ぎんなん》は流石《さすが》にセンスがないし。いろいろと思案した結果、この名前に落ち着いたのだった。ポプラ。うん、きっと可愛い。自己満足だけど。イチョウ、関係なくなったけど。

あのあと、子猫の様子をしきりに気にしながら駅に着いて、そこで拓実君と別れた。電車に乗るとまたまた遭遇した優子さんに、猫の飼い方を簡単に教えてもらう。そうして自宅に着いたのが、十八時頃だったかな。家には弟の優斗しかいなかった。

リビングに私が入ると、弟は開口一番「うわあ、猫だ。可愛い」と言い、破顔一笑、手を伸ばしてきた。

「慎重に扱えよ。まだ子猫なんだから」

不承不承預けると、優斗は壊れ物でも扱うみたいに、おっかなびっくりポプラを抱いた。特に嫌がる素振りもなく、ポプラは優斗に体を預けていた。その人懐っこい様子を見て、捨てられる直前まで、可愛がられてはいたんだろうな、と思う。

ポプラを独り占めされるのもなんだか癪《しゃく》だしと、隣に座ってちょっかいを出しているうちに母が帰宅してくる。私とは対照的に、目鼻立ちがはっきりとしていてスラっと背が高い彼女は、近所のスーパーで買ってきたと思しき買い物袋を、キッチンダイニングのカウンターに置いてこっちを見た。

「どうしたんだい、その子猫？」

「学校の近くの公園で拾ってきた。捨て猫だったの」

怒られるかな、と俯き加減に報告する。

「家で飼っちゃダメかな？　面倒なら、私が見るからさ」

そこで、もう一つ後ろめたいことがあると気がつき、殊勝な態度で頭を下げた。

「ごめんなさい……猫に構うのに夢中になってて、お風呂掃除まだやってないんだ」

帰宅時間が不規則な母の職業は、獣医師である。

そんな母の口癖は「獣医師にとって一番大切なことは二点ある」だった。

一つ目。獣医師になったあとも、大学で学んでいた時以上に勉強を重ねなくちゃならない。獣医学領域の技術や学問的な進展は日々めざましく、最善の治療法を学び続ける必要があるのだとか。二つ目は、飼育者の心を満たすこと。治療方針を丁寧に説明するのはもちろんだが、治療後のアフターケアも重要なのだという。

一番大切なことが一個じゃないのか、という野暮な突っ込みは置いておくとして、仕事に一切妥協しない母は、病院の営業時間が終わっても残業をすることが多い。まあとにかく多い。尊い命だ。母の方針に口出しするつもりはないし、むしろ心ゆくまで頑張ってほしいと思う。まあそんなわけで、夕食の下ごしらえや風呂掃除など、可能な限り私が負担するのが暗黙のルールだった。

強制されているわけじゃなく、あくまでも自主的に行っていることだ。とはいえ、後ろめたいのに変わりはないわけで。

ところが母は、苦笑交じりにこう言った。

「なに？　もしかして、猫を拾ってきたことを私が怒るとでも思っていた？」

「え？　ん……まあ、思っていた」

呵々《かか》と大声で笑いながら、バカヤロウと母が私を小突いた。

「私の職業、なんだと思ってんだ。むしろよく拾ってきたなと褒めてやりたいくらいだよ」

ほら、と母は半ば強引に優斗からポプラを取り上げると、両手で抱え上げてしげしげと観察した。

「オス猫か。見た感じ、生後二ヶ月半ってところだね。捨てられて間もないのだろう。痩せてはいないけど、少しお腹を空かせているみたいだ。侑、牛乳を温めてくれる？」

「わかった」

温めた牛乳を器に空けていると、さらに母がこう付け加える。

「本当は、下痢するから牛乳はダメなんだけどね。今日のところはしょうがない。明日の学校帰りに、猫用のミルクとドライフードを買ってきな。お金ならあとで渡すから」

「ごめん。ありがとね、お母さん」

謝るなよ、と言いながら、ポプラに牛乳を与えている私の頭を母が撫でた。

「感謝なら、こっちがしなくちゃならないのに。帰りが不規則な両親の代わりに、よくやってくれているよ。侑は」

私の心配は杞憂《きゆう》に終わり、無事、ポプラの飼育許可が下りた。小学二年のあの冬の日、私が子猫を家に連れ帰っていたとしても、母はこんな風に笑って許したのかもしれない。

良かったね、ポプラ。膝の上で、気持ちよさそうに寝息を立てるポプラの喉を擦《さす》りながら思う。心の奥底に、鍵をかけてしまい込んでいた私の未練だが、いつまでも目を背けてはいられない。一つひとつ向き合っていかなくちゃならない。

その一つ目。冬の日に抱えた心の傷は、これで少し癒えたかな。救えなかったあの子の分まで、ポプラを可愛がろう。

「残された未練は、あと二つ」

大きな声を出しすぎた。

目を覚ましたポプラをベッドの上に降ろし、「ちょっと待っていてね」と声をかけて部屋を出る。明日から三日間にわたってバドミントンの大会がある。早起きしなくちゃだし、一度トイレに行ってから寝よう。

階段を下りてリビングの前を通りがかると、深夜にもかかわらず電気が点いていた。まだ誰か起きているんだろうか？　不審に思い室内を覗き見ると、リビングのソファの上にスーツを着たまま眠りこける父の姿があった。

「座ったまま寝ちゃうなんて、しょうがないな」

呆れはするが、このままにしておけない。父の肩を揺すってみる。

「お父さん、起きて。こんな場所で寝ていたら、風邪ひいちゃうよ」

ところが、むにゃむにゃと何事か呟いただけでまったく起きる気配がない。

「ほら、お願いだから起きてよ。風邪ひいちゃうってば」

もう一度強く揺するも、やはり一向に起きない。ダメだこりゃ。いったん自室に戻ると、毛布を持ってきて父の体にかけた。テーブルの上には、遅すぎる食事の跡が残されている。着替えていないところを見るに、今さっき帰ってきたばかりなのだろう。

私の父も、大概苦労人だ。せめて家にいる時くらいは、ゆっくりさせてあげたいと思う。起こすのは諦め、夕食の後片付けだけをしておくことにした。

母以上に帰宅時間が不規則な父の職業は、タクシー運転手だ。タクシー業界には、「労働時間が長い」「ノルマが厳しい」「苦情が多い」などネガティブな印象が付きまとうが、とかく父の会社においてはその通りなのだという。近年、いわゆるブラック企業の過酷な労働実態が話題に上るが、父にとっては「そんなの、どうってことない」と感じるレベルらしい。歩合制のため、頑張るほどに給料が上がっていく。ある意味、目の前に人参をぶら下げられているようなものだ。しかしノルマもあるらしく、達成しないと、給料がグンと下がってしまう。そのため、客足が鈍るほど、帰宅時間が不規則になっていくのだ。

そんな父とて、最初からタクシー運転手だったわけではない。私が一歳の頃まで、親の跡を継いで自動車整備工場の社長をしていた。しかし、次第に経営が傾き、多額の借金を抱えて会社は倒産してしまう。その後借金がどうなったのか、詳しいことは知らない。軽々しく聞ける内容でもないので、こちらから話題に出すこともないし。

もし弟が――。洗い物をしながら、優斗のことに考えが及ぶ。我が家はちょっとだけ家庭環境が複雑だ。

私と母は、血が繋がっていない。

私の母親――血が繋がった本当の母は、交通事故で命を落とした。当時一歳だった私を胸に抱いて庇い、歩道に突っ込んできた車に撥《は》ねられたのだ。父の会社が倒産した直後のことだった。その際にできた借金が元で、事故が起きた時には、二人は既に離婚していたと聞いている。

なお、私の親権者は元々父だった。実母の顔は、写真でしか見たことがない。

事業の失敗。元妻との死別。たび重なる不幸に見舞われた父を支えたのは、間違いなく今の母だ。なんとなく彼女に頭が上がらない理由が、そこにあった。

父が再婚したあとで優斗が生まれたので、私と優斗は腹違いの姉弟《きょうだい》だ。けれど、優斗はそんな事情を一切知らない。世の中には、知らずにいたほうがいいこともきっとある。

家族といっても所詮は他人。他人同士を、血や情で繋げたものが家族のカタチだ。

そうは言っても、うまくは割り切れない。割り切れないから、人なんだ。

幼い頃の私もそうで、突然やってきた新しい母を、しばらくの間家族だと思えなかった。なかなか懐いてくれない娘に、母はそれなりに手を焼いたらしい。もし弟が、私が腹違いの姉だと知ったなら、かつての私と同じように、複雑な感情を抱くだろうか。私との関係に、何か変化が生じるだろうか。でも、たとえそうなったとしても、私は今と変わることなく優斗を愛せる姉でいようと思う。血の繋がりなんてどうでもいい。私は、今の家族が好きだから。

「よし、洗い物終わり」

余計な心配事は、水と一緒に排水溝に流した。「おやすみなさい」と言葉を残してリビングをあとにした。

気が逸《はや》ったのだろうか、翌朝は目覚ましが鳴るよりも随分と早く目覚めた。朝食を終えてから、ラケットのグリップテープを巻き替えた。バドミントンのユニフォームを着た上からウインドブレーカーを羽織った。いよいよ今日から、秋季地区予選会が始まる。一年間頑張ってきた成果が試される審判の日。

ポプラに頑張ってくるね、と告げて自室を出る。軽快に階段を下りて玄関口に向かうと、背中から母が声をかけてきた。

「ごめんね。今日は仕事があるから、応援には行けそうにないの。でも、頑張ってきな」

「いいよ。わかってる」と私は笑顔をみせる。

「じゃあ、行ってきます」

ラケットバッグを背負い直し、玄関の扉を後ろ手に閉める。しっかり前を見据えて一歩を踏み出した。

今、やれることを精一杯やるだけ。

後悔なんて、もう、してやるもんか。


大会の全日程が終了した日曜日の夕方。恒例のミーティングが行われた。観覧席の一角に全部員が招集され、先生から結果が発表されたのち自由解散するのが慣例だった。

男子は団体で四位。拓実君は、シングルスもダブルスも二回戦での敗退だった。本人も言っていたが、シード権が取れていない以上、勝ち上がるとすぐ上位シードの選手と当たってしまう。厳しい話だが、これは致し方ない結果だといえる。

一方で我々女子は、団体戦三位という結果に終わる。そのため、ダブルスシングルスの渚が確実に一本勝ってくれるが、渚はダブルスをしない。そのため、ダブルス二本のうちいずれか一方を落とすと、とたんに勝敗は縺《もつ》れ始める。準決勝で敗れたのも、私と理紗のペアが、相手チームの一番ダブルスに競り負けたからだ。全道大会の団体出場枠は二つなので、ぎりぎり逃した格好になる。それだけに、強く責任を感じていた。

続いて、個人戦。

「女子シングルスだが、一年の中津川が優勝だ。よく頑張ったな」

女子部員が歓声とともに大きな拍手を送る。渚自身は多少顔を綻《ほころ》ばせたが、別段大きな喜びをみせるわけでもなかった。ただ一言「ありがとうございます」とだけ言う。そんな渚の表情を横目で見ながら、嬉しくないのかよコイツ、と思う。

渚のプレーを要所要所で盗み見ていた。二回戦までは、相手の力量不足もあって、見るに耐えない一方的な展開となった。渚が一度か二度シャトルに触れるとスコアは加算され、ほとんど相手に点を与えることなく勝利を収めた。準決勝以降は多少競り合う場面もあったが、それでも一ゲームも落とすことなく優勝をした。間違いなく、全道大会でも台風の目になることだろう。

ダブルスでは、キャプテンのペアがベスト四。私と理紗がベスト八に入った。

団体戦では辛酸を嘗《な》めた私達だが、ダブルスでは躍動した。第六シードと当たった三回戦では、僅差ながらゲームカウント二対一で全道行きを決める。勢いもそのままに第三シードと対戦した準々決勝でも、一度延長戦に縺《もつ》れ込む接戦を演じて会場をわかせた。残念ながら〇対二で敗れたものの、ここまで結果を出せるとは思っていなかった。

週が明けて火曜日。これといって代わり映えのない日常が再開される。今日は、週に一度だけ設定されている、部活動休養日である。

「今日はどこか寄り道してく？」などと、体を休めるより予定を埋め合うことに傾倒しているクラスメイト達を尻目に、私は荷物をまとめて席を立つ。

教室を出ようとしたタイミングで、理紗が声をかけてきた。

「おーい、侑。これから何人かでカラオケに行くんだけど、お前も来る？」

「あーごめん。私はパス」

ひらひらと手を振って、辞退の意を示す。そっか、侑は音痴だもんね。理紗が向けてくる眼差しには、そんなメッセージがこめられているようだ。私の事情を察しているとは、さすが親友殿。アンニュイな視線を私は返した。ちなみに、私の母はすごく歌がうまい。なんとも理不尽な話である。

もっとも、今日カラオケを断ったのは音痴が理由ではない。先日、他クラスの男子生徒ととある約束事を交わしていた。これから、待ち合わせした場所に向かうのだ。

理紗と別れて歩き始める。右手に通学鞄。左手に画材道具一式が入った袋。両手に花、ならぬ荷物、とくだらない妄想をしながら歩く。

大会は最高の結果に終わり、肩の荷が一つ下りた。明日からさらに練習に励んで、全道大会でも恥ずかしくない成績を残せるようにしなければ。

そして、同時進行で解決していかなければならないのが、私の二つ目の未練の解消。目的地である『美術室』の前に着くと、緊張した面持ちで引き戸に手をかける。一つの深呼吸に決意を乗せ、「たのもー」と声を張り上げ、美術室の中に一歩踏み入れた。木製の大きな机、壁際の画材を収めた棚。西向きの窓から、柔らかな日差しが入り込む。部屋の中央にキャンバスを立てたイーゼルがあり、その前に座っている少年の影が、木目の床に長く伸びていた。

その少年――高坂稔《こうさかみのる》君は、怪訝《けげん》そうに顔を上げ、静かな口調で言った。

「バカなの？」――と。

「ちょ、ちょっと待って。こっちは緊張してやって来たのに、それはあんまりなご挨拶じゃないかなあ？」

だが、抗議の声は届かない。稔君は私の発言を華麗にスルーして、抱えている荷物に注意を向けてきた。

ふむ、と彼は顎《あご》に手を添え思案する。

「手ぶらで来なかったことには一応感心しておくよ。で？　何を持ってきたんだい？」

手近な机の上に荷物を並べ、彼の質問に答えていく。

「え〜と……。下描き用に、2Hから4Bまでの鉛筆。このくらいの硬さが使いやすいもんでね。あとは水彩絵の具と、パレットに筆だよ」

「ふーん、なるほどね」

ようやく私と相対した稔君は、キャンバスに走らせていた筆を一度置いた。私が持ち込んだ画材道具を順番に摘み上げては、矯《た》めつ眇《すが》めつ眺めた。

「あまり使い込んでないね」

「セットで揃えたあと、三日くらいで絵を描くのをやめたからね。バージンを奪って終わり」

「なんなのその表現」

稔君がリアクションに困った顔になる。

「ま、いいや。こういった小道具なら美術室にもあるけど、消耗品だしあるに越したことはないだろう。あとはキャンバスを準備すれば、すぐにでも作業に入れるね」

襟足長めの頭髪が優しそうな印象を与える彼は、反面、神経質そうな瞳を眼鏡の奥で光らせた。

高坂稔君は、隣のクラスにいる美術部所属の一年生。しばらく水彩画から離れていたので、描き方を教示してほしいと頼んでいたのだ。大人しそうな見た目に反して皮肉屋だという噂のある彼に、内心怯《おび》えながら懇願《こんがん》してみたのだが、意外にも快く引き受けてもらえた。口調に関して言えば、噂に違《たが》わぬ慇懃《いんぎん》無礼《ぶれい》ぶりであったわけだけれど。

私にとって二つ目の未練である『描けなかった初恋の相手』。これを解消するために選んだ方法・手段が、この水彩画だったという話。

「で。稔君は何を描いてんのさ」

冷やかし半分で彼のキャンバスを覗きこんで、想像以上のものを見て唖然とした。

「うわあ、すごい……」

そこに描かれていたのは、椅子に座る白いセーラー服姿の女生徒だ。肩の下まで伸ばされた、ウェーブがかかった髪の毛は艶やかで、二重の目は切れ長。美少女と呼んで差し支えのない女の子だった。

「これって、もしかして……稔君の恋人？」

あはは、と彼がさも愉快そうに笑う。

「ありえんな。むしろ僕は、彼女のことが大嫌いだった」

「でも、過去形なんだ」

「なかなか痛いところを突いてくるね？　その通り、過去形だ。大嫌いだったけれど、最終的には仲直りした——とでも言えばいいのかな。まあ、僕の話はどうでもいいんだよ。で？　煮雪は実際何を描きたいの？」

私の分のイーゼルと水彩用キャンバスを、稔君が手早く準備する。

「えーとね。イチョウの木と男の子、だよ」

大き目の紙にプリントしておいた写真を見せると、「この男子生徒が着てるの、うちの高校の制服じゃん」と言って彼が口元を歪めた。

「それこそコイツって、煮雪の彼氏なんじゃないの？」

「今のところは、そうなって欲しい男の子かな。これまで抱えてきた後悔とか未練を全部断ち切るために、この絵を仕上げたいの」

一応納得した、という体で彼は頷き、水彩画の描き方を懇切丁寧に説明し始める。

「まずは、下描きにもきちんとこだわること。水彩絵の具の場合、下描きの線が透けて見えるから、完成した絵の中でどう見えるかまで考えて下描きを行う必要がある。色は、明るい色から暗い色の順に塗ること。線からはみ出ても、明るい色であれば、暗い色を重ねることで気にならなくなるからね。最後に、筆に含ませる絵の具の量かな。ムラを気にしすぎてもいけないが、絵の具の含ませすぎには注意だ」

最初の工程となる下描きについて再度丁寧に説明を加え、彼はうんうんと満足気に首を揺らしながらキャンバスの前に戻った。

「うん、だいたいわかったよ」

本当にわかったのか？　と言いたげな視線がこっちに向いた。

構うことなく自分の椅子に座り、鉛筆で下描きの線を入れ始める。芯の先がキャンバスの上を走るたび、イチョウの木と拓実君の輪郭が再現されていく。数日前、告白を決意しながら言い出せなかったあの日の光景。私が撮った彼の姿。

不意に蘇《よみがえ》ってきた切ない感情が、私の喉を締めつける。ダメだ。泣くな私。この絵を描き終えたら、いよいよ最後の未練《こくはく》に立ち向かわないといけない。泣くのはその段階になってからで十分だ。良い結果になったとしても、たとえ、悪い結果だとしても、しっかり自分の気持ちを伝えた上で前を向くと決めたのだから。

「よし……」

「ほう」

私の呟きに、稔君の声が重なる。

「こんなもんかな」

「へえ……」

「つか、なんなの！　ずっと後ろから見ていられると、緊張するしょや！」

いつの間に立ち上がったのか。私の背中から覗いていた顔をじっと睨《にら》みつけた。

「なあ煮雪。君は確かバドミントン部所属だったよな？」

「そうだけど？　ん、もしかして『コイツ運動部所属の癖に、なんでこんなに絵が描けるんだ？』とか思っていたりする？」

「読心術かよ。いや、その通りだ。絵の具に使い込んだ跡がほとんどないからてっきり初心者なのかと」

「ふふ……。このセットを揃えてから間もなくして絵を描くのをやめたけど、それ以前にも、趣味で絵を描いていた時期があるからね。それに、今だって現役の――」

「現役の？」

「あっ、いや……なんでもない」

　BL漫画の話なんてカミングアウトできない。それについ先日、連載作品を完結させて一応の活動終了宣言をしたばかりだ。なおのこと、今伝えることでもない。

　駆け足で完結させてしまったな、との心残りも多少はある。だが、今はとにかく、これからやるべきことのために精神的な余裕がほしかった。

　歯切れが悪いな、と稔君が苦笑する。

「煮雪のダイナミックな、それでいて繊細に線を表現していく描き方が、とある人物と重なって見えたものでね。ちょっとだけ、驚いたんだ」

「とある人物？」

　そうだ、と頷き、彼が椅子に座る。

「ちょいと長い昔話になる。それでも聞きたいか？」

「そんな振り方をされたら、誰だって気になるべ。うん、聞かせて」

「わかった。僕は今年の二月まで、網走《あばしり》に住んでいたんだ。父親の仕事の関係で、そこから札幌に越してきた」

そんな前口上ののち、まるで独白でもするみたいに彼が語り始める。

「僕が網走の中学校で美術部の部長をしていた頃、同じ学年の美術部員の中に、非常に絵のうまい女の子がいたんだ。彼女と出会うまでは、自惚《うぬぼ》れかもしれないが、美術の実力でならば誰にも負けないという自負があった。だが、その子が描く絵を見た瞬間、ああ、こいつには敵わないと、一瞬にして悟ったんだ。彼女の描き方は、僕とはまったく違っていた」

「すごかった、ということ？」

「そうだ。構図の取り方、輪郭線の描き方、絵の具を塗り重ねていく手法、すべての技術が、僕とは別次元のところにあった。例えるならば、速くて、うまい。自分という存在をいとも簡単に霞《かす》ませてしまう彼女に、ほんとに驚いたね。そして同時に――嫉妬した」

目の前に自分と同じ道を志す、それでいて明らかに技量で勝る存在が現れた時、人は憧れと同時に嫉妬の感情を抱くものだ。それは、私にも身に覚えがあった。

小学生の頃、拓実君の絵の才能に魅せられて、中学の時もそう。中津川渚という存在に憧れを抱き、いつしかそれは嫌悪にすり変えられた。

「僕は、彼女のことが嫌いだった。かなり無口な女の子でね、自分の殻に閉じこもるタイプだった。だからさ、常に周りの人間のことをどこかで見下している奴だろうと色眼鏡で見ていたんだ。もしかすると、同属嫌悪に近い感情だったのかもしれない。他人を見下していたのは、むしろ僕のほうだったからね」

彼は再びキャンバスに向き合うと、ゆっくりと筆を走らせ始める。「でも――」

「全部僕の思い違いだった。そいつ、絵の話をすると、熱を帯びたように語るんだ。それに、すごく柔らかい表情をする。だからそのうち気がついた。冷たそうに見えるのは上辺だけで、本当は温かい心の持ち主なんだって。それに、絵がうまいのは才能があるからと思っていたけれど、それすらも勘違いだった。彼女はものすごい努力家だったんだ。理屈ばっかり並べ立てて、仏頂面をしている自分とは比較にならないほどのね」

「才能があってなお、努力するってことかあ。大事なことだよね」

「そうだな。成功する奴ってのは、努力を努力とすら思わずに、当たり前にやるんだ。僕みたいな凡人は、それこそ血が滲《にじ》むような努力をしないと、隣に立つことすら許されない」

「そうかもね」

根性論って、あんまり好きじゃないんだけど。

「で？　勘違いに気づけたからこそ、最初は大嫌いだったけれど、仲直りできたって話でいいのかな？　その絵の女の子と」

キャンバスに向かって手を動かしながら、からかうような口調で問うと、彼はにやりと口角を上げた。

「その通りだ。そんな彼女に近い絵の才能を、煮雪からも感じるんだ。お前、本気で絵に取り組んだほうがいいんじゃないか？」

「褒めても何も出ませんよ」と私は笑った。

「別に、褒めてねーよ」と稔君は皮肉で返してきた。

思っていたより君、話しやすいじゃん、と含み笑いをする。

「ねえ、その女の子の名前、教えてくれる？」

私の申し出が意外だったのか、数回瞳を瞬かせたあとで、苦笑混じりに彼は答えた。

「成瀬《なるせ》だ。成瀬由衣《ゆい》」

「ナルセさん。そっか――」

「彼女のほうが、煮雪よりも数倍美人だったけどな」

「なっ……そんなこと、わざわざ言われなくてもわかってるよ！　その絵の姿に誇張がないのなら、私に勝ち目がないことくらいわかるっつーの！」

まあ、とそれまでの茶化すような口調から一転。彼の表情が真面目なものになる。

「煮雪も、捨てたもんじゃないけどね。そのイチョウの彼氏に振られたら、代わりに僕が拾ってやってもいいぞ」

眼鏡の真ん中をくいと持ち上げながら、意味ありげに彼がにやりと笑った。「余計なお世話です」と私は舌を出した。

でもわかるよ。君が言う努力が大切って話は。才能のあるなしに関わらず、努力しなくちゃ結果はついてこない。これをやり遂げなくちゃ、私はスタートラインに立つことすらできないんだ。やっぱり。

その後も部活動休養日を迎えるたび、私が美術室に通い詰める日々は続いた。

数週間でほぼ下描きが完成するなど、進捗としてはそこそこ順調だ。ここから、背景、構図のメインとなっている造形物、の順で下塗りを行っていく。

それにしても……

「ごめんね、山田先生」

美術部の顧問である、数学教師山田の姿が頭に浮かんだ。

「ん、どうした？」

「いやね、部活動休養日を利用して絵を描いているなんてバレたら、山田先生に怒られちゃうかなって」

　こんな心配は、きっと杞憂《きゆう》でしかない。柄にもないことを気にしているという自覚もある。だが、個人的な事情に稔君を巻き込んでいるな、という罪悪感があった。

「あまりストレスを与えすぎるのも、うん。先生の健康状態に良くない」

「僕らが何もしなくても、山田がハゲるのは止まらないと思うけどね」

「いや、私そこまでは言ってないんだけど。辛辣だねえ君も」

　とにかくあれだ。すみません、先生。もう赤点は取りませんので。

　こっそり懺悔《ざんげ》していると、後ろめたさを見透かしたように稔君が呟いた。

「なあに、バレてもどうってことないさ。そうだな……一緒にコンクールに出すために、僕が無理やり煮雪に描かせていたんだ、というシナリオなんてどうだろう？」

「どうだって言われても。それじゃ、稔君だけ悪者になっちゃうしょや」

　私が難色を示すと、ふふ、と彼は含み笑いをした。

「そっか？　じゃあいっそ腹を据えて、二人で悪者になろうか？　一蓮托生って奴だ」

　なんだか稔君のほうが、よっぽどキャラに合ってない。そこに考えが至ると、無性に可笑《おか》しくなって笑った。

季節は十月の下旬。今日も美術室にこもると、稔君と椅子を並べてキャンバスに向き合っていた。

私のキャンバス。夕焼け色と、夜の藍色が混じりあった空が背景に広がっている。木の影が落ち、黄褐色に染まった地面に彩りを添えるのは落ち葉の黄色だ。これからイチョウの木に色を載せていくところなのだが——下塗りが進んでいる背景とは対照的に、中央に描いた拓実君の姿はまだ下描きの線すら不完全だ。真ん中だけ色が付いていないキャンバスは、端から埋め始めたジグソーパズルのようだ。

絵の主役なので、下描きからきっちり目に描き込む必要があるのだが、ラフから清書に移ろうとするたび、線が乱れてやり直しになるのだ。

相変わらず、彼の姿を描けない自分に悪態をつきたくなる。

「こんな調子で間に合うのかな」

年内に絵を完成させて拓実君に告白するんだと、私は決心していた。予定から外れてしまうと、告白する勇気まで削がれてしまう。そんな強迫観念のようなものに囚われていた。

私と違い順調な稔君のキャンバスは、すでに完成間近だ。彼いわく、十二月に開催される、札幌市民コンクールに申し込む予定で仕上げている一枚なのだとか。「自分に絵の才能がないとは思わないが、成瀬と比べたら足元にも及ばないね」というのが、彼の口癖だった。

稔君が描いているキャンバスの中央で、憂いを帯びた横顔を晒《さら》している少女、成瀬さん。彼女が持っている絵の実力とは、はたしてどれほどのものなのか？　これだけの技量を持っている彼をも尊敬させてしまう彼女に、私は興味を持ち始めていた。

彼は否定こそしていたが、本当は成瀬さんのことが好きだったんじゃないかなーとも思う。もっとも、皮肉屋の彼が素直に認めるとは思えないので、問いただすつもりもないが。

「いやーしかしほんとに」

なんて綺麗な人なのだろう、彼女。私も筆を握り続けていれば、この人が住んでいる世界に到達する日が来るのかな。改めて絵画の魅力に憑りつかれると同時に、いつか成瀬さんの絵に触れる機会が来るんじゃないか？　という予感がしていた。

こうして並んで絵を描いていると、穏やかな気持ちになってくる。暖かい春の陽光降り注ぐ中、拓実君と二人で座っていた、あの日のような心地。目を閉じる。懐かしい春の一場面を、ゆっくり頭の中に描いていく。戻りたい、あの頃に。

「あの頃を、思い出すなあ」

「ん……。あれ？」

私と同じように、思い出にでも耽《ふけ》っていたのだろうか。ぽつりと落ちた稔君の呟きを、私が遮る格好になる。

「どうした煮雪？」

瞼《まぶた》を擦っていると、稔君が心配そうにこちらを覗き込んでいた。

だが私は「いや、なんでもないよ」と曖昧《あいまい》な笑みで誤魔化《ごまか》した。

「ふ〜ん。そう……」

釈然としない、そんな顔をしていた彼だが、それ以上詮索をすることなく自分の作業に戻っていった。

私が誤魔化《ごまか》したのも仕方がないこと。説明したところで、どうせ伝わるはずがないのだから。例えるならば、既視感……とでもいうべきか？　今さっき、自分が描いている絵の完成イメージがふっと湧いて見えたのだ。それが、思い描いている完成像とはわずかに違うものだったので、驚きのあまり声が出たのだ。

もちろんこれは、錯覚、もしくは妄想とでも呼ぶべきものだろう。現に今、目の前にあるのは、いつもと変わらぬ描きかけのキャンバスだ。

ただ、一点だけ気になることもある。この既視感のような幻視のようなものを、これまでにも何度か見た経験があるのだ。もっとも鮮明に覚えているのは、小学校三年生の春。拓実君から電話がかかってくるイメージを、実に一ヶ月ほど前に私は見ていた。転校を経験していたことから来る喪失の予感が、私に見せた妄想だとこれまで解釈してきたのだが、本当にそうだろうか？　すでに内容を忘れてしまったが、幻視を見たことはその後も何度かあったし、今こうしてまた見ると、何か別の要因があるんじゃ？　と疑いたくもなる。

さらに不思議なことに――電話の一件がまさにそうだが――幻視の内容が現実となって目の前に現れたりもした。もっとも、幻視が見えるのは瞬きするほどの間でしかなく、見えたからといって、できることなど何もないが。

ん。つまりこういうことか？　リワインドをすることで、三日間限定とはいえ過去を覗く力を有し、その上偶発的ながら、未来を見通す能力をも兼ね備えている私は……

「光と闇が合わさり、最強に見える」

「光と病み、ねえ。ついに厨二病でも患ったか」

「その病みじゃないよ」

冷静な稔君の突っ込みで我に返る。しまった、妄想が口から漏れていたか。

そんな、しょーもないやり取りはともかくとして。私は筆から鉛筆に持ち変えると、キャンバスの中央に下描きを加え始める。

「おいおい、この段階になってから手を加えるのか？」と稔君が驚愕の顔でこちらを見たが「念には念をね」とだけ答えておいた。

「意味わからん」

先ほど見えた幻視を信じてみることにしたのだ。これが何かの予言であるなら、絵を修正することで未来がより良い方向に変わるんじゃないかと、そんな気がしたから。

＊　＊　＊

一月ほど先の話ではあるが、十二月十八日は私の誕生日である。ついでにいうと、日曜日である。これだけの好条件が揃うのに、誕生会をやらない手はない。

拓実君を家に招いて、水彩画を披露して、感動したところにかこつけて、告白まで成功させてしまおうよ。完璧でしょ？　とは理紗の談。

ここ数日、私は理紗に相談して、そんな計画を立てていた。

水彩画の下描きは先日すべて済んだ。着色も順調な仕上がりだ。あとは彼を誘うだけ、と順調だったはずの計画は、しかし今、暗礁に乗り上げようとしていた。

主に私の、学力のせいで。

「拓実君！　一生のお願いがあります！」

二時限目の数学の授業が終わるなり、私は隣の席の拓実君に頭を下げた。

「一生のお願いという言葉は、懇願《こんがん》する時の言い回しであり、一生に一度のお願い、が短くなった表現です。一生に一度のお願いなので、お願いされた側も断りにくくなるというメリットがあります」

「冷静な分析！」

「まあ、これは冗談なんだけど。それでどうしたの？」

「実は、期末テストで赤点を取ったら団体戦メンバーから外すってコーチに脅されちゃってて。お願いします！　私に数学を教えて……！」

彼、何気に数学の点数が良いのだ。

「そんなの、コーチも冗談で言ってると思うけど？　だいたい、煮雪を団体戦メンバーから外したらこの先勝てないでしょ？」

「そうかもしれないけど。そこをなんとか」

十二月の上旬に、二学期期末テストが行われる。そこで一教科でも赤点を取ったら、団体戦メンバーから外すぞ、と告げられたのだ。低空飛行な私の成績がコーチの耳に入ったのかもしれない。コーチが本気かどうかはともかくとして、もう一個赤点を回避しなければならないやんごとなき事情があった。

赤点を取ると当然補習授業があるのだが、その時期が十二月十八日にぶつかるのだ。

それだけは困る！

「そもそも、煮雪が居眠りせずにちゃんと授業を聞いてたら、こうはならないと思うんだけどねえ……」

「仰る通りでございます。でも最近はそんなに居眠りしてないよ……！」

　夜更かしをして、漫画を描くことがなくなったしね。

「いいよ、わかった。じゃあ、うちで勉強会でもする？」

「ありがとう、恩に着るよ」

　これでまずは一安心、と安堵《あんど》したそのあとで、聞き流した単語の中に違和感を見つけて記憶を逆再生する。うん？　うちでって何？

「放課後だと時間取れないでしょ？　部活で疲れちゃうし。だから、今週末俺の家でやったらどうかなって」

　聞き間違いじゃなかった！　それってつまり、お家デートってことですか……!?

「とりあえず、参考書でも買いに行こうか」

　などという拓実君の鶴の一声により、部活動が終わったあとで駅前にある大型書店に向かうことになった。

　軽い気持ちで勉強を教えてほしいと頼んだらお家デートが実現し、先ほどから心が落ち着かない。せっかく掴んだチャンスなのだし、この勢いで誕生日の件も誘ってしまいたい。

「誕……たこ焼きって、拓実君好き？」

「そりゃあ好きだよ。というか、嫌いな人そんなにいないんじゃね？　なに？　煮雪お腹空いてるの？」

「えッ？　ああー、いやそうじゃないんだけどね。美味しいよね、やっぱ」

「ふーん、変な奴」

「た～……卓球ってやったことある拓実君？」

「お、あるよ。ていうか俺結構うまいよ？　駅前のアミューズメント施設で今度一緒にやる？」

「え？　ああ、そうだね。今度理紗も誘って行こうかー……」

何を言ってるんだ私は？　そもそもなんで理紗を誘う必要があるの？　そこは二人で、でしょ！　じゃなくて、あ、あれ？　誘うのってこんなに難しかったのー⁉

誕生会をやるんだ、と決心したあの日から悩み続けていたものの、うまい誘い文句が見つからないし、それ以前にちっとも勇気が湧いてこない。ほんと、私の臆病さにも困ったもんだ。まだ時間はあるし、焦ることもないでしょ、と弱気な思考で締めくくった私の隣で、拓実君が素っ頓狂な声を上げた。

「うわッ。この絵、なんかすごくない？」

彼の視線は、コンビニの入口付近に向いていて、そこの壁に、一枚のポスターが貼られていた。彼に釣られて立ち止まった私は、そのポスターを見て息を呑んだ。

それは、北海道高等学校新人バドミントン大会の開催を告知するポスターだ。日時と会場が記された紙の中央に、ラケットを振りかぶって跳躍する男子生徒の姿が水彩絵の具で描かれていた。一見すると、淡い色彩表現の水彩画で、使われている色はほぼ青一色。他には、白や黒といったモノトーンの配色が多少あるくらいか。だが、この絵の本当にすごいところは、使われている表現技法にある。

薄く溶いた絵の具を一定方向に線を引くように塗りながら、色を少しずつ変化させていく技法。――グラデーション。

前の色が乾かないうちに色を乗せることで、美しい滲《にじ》みを作る――ウェット・オン・ウェット。

絵の具が乾いてから次の色を乗せることで、輪郭線をシャープに際立たせる技法――ウェット・オン・ドライ。

さまざまな表現技法を水彩紙の全域に用いることで、柔らかく、それでいて印象的な線を描きだしている。恐ろしいまでに整った構図と見事なまでの陰影は、素人目にも上手な絵だとわかるだろう。だが、透明感がある一方で、頼りない印象を人によっては抱くかもしれない。でも、そうじゃない。私の目は誤魔化《ごまか》せない。この、どこか朧《おぼろ》げに見える輪郭線も、薄めの色彩表現も、すべて作者の意図するところ。むしろ『頼りない』『儚い』というイメージを抱いたならば、作者の術中に嵌《は》まったとすらいえる。

どんな意図を持って、作者がこれらの表現技法を使い分けているのか、私にははっきりとわかった。作者は、水彩紙の上に表現しようとしている。モデルとなった少年に向ける、熱心な想いを。作者は伝えようとしている。あえて色味を抑え、曖昧《あいまい》な輪郭線にすることで、絵の向こう側に存在している情景を。また、自分の気持ちを。

彼女の想いが――不思議と女性だと直感していた――私の中にまとめて押し寄せてくるようで、自然と視界が滲《にじ》んだ。誘われるようにポスターの右下部分に目を落とし、印刷されていた作者の名前を見た瞬間、すべての事柄が一本の線で繋がった。

『絵：網走第一《あばしりだいいち》高校一年生、成瀬由衣さん』

「なるせゆい」

彼女の名前が、自然と口から零れて落ちた。

「成瀬由衣」

もう一度。それは、美術部所属の稔君が、絶対に敵わないと言っていた女の子の名前。なるほど、こいつは確かに、あの稔君が白旗を上げてしまうのも無理はない。

稔君は、成瀬さんのことが好きなんじゃないかと、そんな予測を以前持った。でも、仮にそうだったとしても、彼が告白を踏みとどまるのはやむを得ないこと。作者とこの少年の間に、入っていく隙間はきっとないのだから。

また同時に理解した。

――私に、成瀬さんと同じ絵は描けない。

彼女が到達している世界の絵を、私の手で生み出そうと足掻《あが》いたところで、それは粗悪品。もしくは、質の悪い模倣品にしかならないだろう。即座に感じ取ったのは、決して埋めることが叶わぬ圧倒的な力の差。何をどうやっても敵わない。けれど同時に、彼女が待っている『世界』に、自分も到達したいと渇望した。届かないと理解しつつも、そこに手を伸ばしたいと願った。世の中にはすごい人がいるもんだ。嘆息するほかない。

「すごい奴が、いるもんだな」

拓実君の口から、まさに今自分が考えていた内容が出てきて、これには失笑してしまう。かつて絵の道を志した者として、彼女の実力が彼にもわかったのかもね。

だから「そうだね」と同意しておいた。

ふっと微笑んだその時、さっきまで悩んでいたのが嘘みたいに、するりと言葉が出た。

「来月の十八日なんだけどさ、私の誕生日なの。それで、母親が友達を呼んで誕生会をしたらどう？　と提案してくれているんだけど、拓実君もどうかな？　あ、いや、用事とかあれば全然いいんだけど！」

ごく自然に、気負わずに言えたと思う。むしろ、あまりにも自然に言えたことに、自分でも驚いて口を塞いだ。

「へー、いいじゃん。誕生会とか俺呼ばれたことないから嬉しいよ」

「え、じゃあ、いいの？」

「もちろん」

こうして、意外にもすんなりと事は進んだ。あと必要なのは、私の勇気だけだ。あの日伝えられなかった気持ちを、形にするだけ。

週末となり日曜日を迎える。いつもの電車に揺られて、拓実君の家を目指した。駅から徒歩数分という絶好の立地にあるそれは、十一階建て新築マンションの五階だ。

「うは、思っていたよりでかい」

見上げていても始まらないので、エレベーターに乗って五階に向かう。

「おう、よく来たな」とざっくばらんな口調で出迎えた拓実君は、変なロゴの付いたトレーナーを着てスウェットパンツを穿《は》いている。こんなに油断しきった格好の彼を見るのも新鮮だが、ドット柄のフレアスカートとニットセーターで決めてきた自分が自意識過剰に思えて痛々しい。

「お、お邪魔します」

緊張が表に出ないよう、唇を結んで直立不動でいると、「さっさと靴脱いであがりなよ」と変な顔をされる。

「うち、誰もいないから」

「え、なんで誰もいないの？」

「俺の母さん、日曜日は仕事だからね」

「ああ、そっか……」

お父さんいないんだったな、と思い出しながら靴を脱ぐ。壁が真っ白で真新しい感じで、男の子の家なのになんかいい匂いがした。

案内されるままに奥の部屋に向かい、部屋の中を覗き込んで私は悲鳴を上げた。

「な、なんでコイツがいるの⁉」

悲鳴が二つ重なって響いた。男の子らしくさして物がない簡素な部屋の中央にテーブルがあって、ワンピース姿の渚が座っていた。ノートと教科書を広げて驚愕の顔をしている。

「ああ、煮雪の前に、渚からも数学教えてくれってお願いされていたからね。ついでだし二人まとめてやっちゃおうかって」

プレイボーイ染みた発言をこともなげにしてみせるので、軽く眩暈がした。お家デートの五文字がガラガラと音を立て崩れていく。

「二人って、仲良かったっけ？」

「まあね。というか、俺ら中学がそもそも一緒だし」

「へ、へえ」

そういえば、渚の家と、拓実君の前住所は同じ市内だと今更気づく。全然知らなかったよ。だって君ら、部活中もほとんど話しないし。じゃあ何？　拓実君と噂になったあの日、二人が旧知の仲なのも知らずに、私は渚にドヤ顔を決めてたの？　うわ、最悪。

「早速なんだけど、中間テストの時の答案用紙見せてくれる？」

テーブルに座ると同時に声をかけられ、「あ、うん」と鞄の中から数学の答案用紙を出して拓実君に渡した。「どれどれ」と目を通し始めた彼の顔が見る間に渋くなる。

「三十五点。まあ、なんとか赤点は回避しているけど」

我が校の赤点は三十点からだ。回避したと言えば回避しているが、楽観視できる点数じゃないのは重々承知だ。

「この中に素数はいくつありますか？　の問いに、『たくさんあります』ってこの解答。本気なの？」

「間違っては、いないよね？」

「いや、そうだけど。じゃなくて答えになってないよ。それからここ。次の数式が合っている時は○を。間違っている時は正しい数式を書きなさい、の問いに、『正しい数式』って答えを書くのは先生の腹筋崩壊を狙っているの？」

「どうせわからないなら、ウケでも狙ってみようかなと」

渚が呵々《かか》と笑った。

「うるさいなあ、バカにしやがって。そういう渚は何点だったのよ！」

「ご、五十点くらいかな？」

「くらいって何よ。ちゃんと言いなさいよ！」

「渚。そこで無駄に鯖読まない。四十六点でしょ」

勉強会に来ているだけあって渚の点数も大したことなかったけれど、微妙に負けていたことで無駄に憂鬱な気分になる。

「ふむ。まあ予測はしていたけれど、二人ともなかなかに絶望的ってことね。あらかじめ資料を作っておいて良かったよ」

沈鬱な顔で、拓実君が私達の前にプリントの束を置いた。

「二学期に習った範囲の中から、出そうな問題をピックアップしてまとめてみた。数学の勉強法って案外単純でね、内容や公式を理解して、実際に繰り返し解いてマスターするのが大事なんだ。そこにある例題の解き方がわかれば、半分は取れるはず」

プリントに、解き方を添えた例題と、同じ解き方でできる応用問題がびっしり書き込まれていた。

「これ、わざわざまとめてくれたの……？」

「そりゃあね。うちのバド部のエースと準エースの頼み事じゃ断れないよ。じゃあ、例題に沿って説明していくから教科書広げて」

「ははー、長谷川拓実様」と二人の声が揃う。

「崇め奉るのはやめて……」

三時間ほど黙々と勉強を続けていた。

時計の針がチクタクと時を刻んでいく。シャーペンの芯が紙の上を滑るさらさらという音が響く。向かい合わせで座っている渚の膝が、私の膝とぶつかる。何よ、と憤《ふん》懣《まん》の情をこめて睨《にら》むと向こうも睨《にら》み返してきたので、視線を逸らして素知らぬ顔をした。

「ほら、二人とも集中して」

「ねえ、拓実。ここの問題なんだけど、どうしてこの解き方になるの？」

「ああ、ここはね」

呼び捨てだとう？　フレンドリーな渚の口調に、ささくれ立っていく心を隠して手元の問題に集中する。神経質にシャーペンの芯を出し入れする音が、時計の秒針の音と交じり合ってリズムを刻む。

拓実君が準備してくれたお茶を飲んで荒ぶる心を冷却し、いくらか落ち着いたので対面にいる二人の顔を見た。

渚って、こんな顔もするんだ。私には決して見せない、柔和な笑みを浮かべる姿に、胸の奥を小さく引っかかれる感覚がする。私の知らない二人の関係とか、あるのかな。

平常心、平常心、と視線をプリントに落とした時、電子音のメロディが響いた。拓実君が絨毯《じゅうたん》の上からスマホを拾い上げて、少々渋い顔になる。

「あ……春香《はるか》から電話だ。ちょっと出ていい？」

理由はわからないが、彼の言葉は私ではなく渚にだけ向けられていて。

「うん」と渚が頷くと、彼は壁際に移動してから電話に出る。

「えっと、今からはちょっと……。うん、友達といるんだ」

人の電話なのだしと聞き耳をたてるつもりもないが、彼が言いにくそうに潜《ひそ》める声は自然と耳に届いてしまう。それに、着信音がいつもの奴と違っていた。電話をかけてきた相手が特別な存在なんじゃないの、という疑心暗鬼が加速する。

「ごめん。私、用事思い出したから先に帰るね」

「へ、渚？」

突然の渚の声に驚くも、彼女は聞く耳を持たない。そそくさと荷物をまとめ終えると、「今日はありがと」とだけ拓実君に声がけをし、部屋を飛び出していった。

「お、おう」と弱った顔で後頭部をかいている彼に声をかける。

「知り合いから呼びだし？」

「ああ、うん」

「渚帰っちゃったし、ある程度勉強のほうも進んでいたし、私に気を遣わなくていいからさ、呼ばれたんなら行ってきなよ」

「や、でも」と逡巡《しゅんじゅん》している様子の彼だったが「いいから」と私が重ねると「ごめん」と頭を下げてもう一度電話の向こうと応対を始めた。

こうして、勉強会は解散となった。


マンションを出ると、すでに渚の姿はどこにもなかった。駅を目指して歩きながら、さっきのことを考える。

一瞬のことでよく見えなかったが、拓実君の部屋を飛び出していく時垣間見えた渚の顔、泣いているように見えたんだよね。気のせいかもしれないんだけど。

駅に着き改札を通ったところで、ポケットの中のスマホが震える。確認すると、拓実君からチャットアプリでメッセージが入っていた。

『今日、なんかごめんね』

『いや、いいよ。というか、無理を言って勉強を教えてもらったんだし、感謝こそすれ謝ってもらう道理なんてないから』

『うん。でも、それはそれだから』

そこでいったんメッセージが途切れた。話終わりかな？　と思いかけた時届いた最後のメッセージに、私の心が冷え込んだ。

『話は変わるんだけどさ、渚の奴、ちょっと気になることを漏らしてたんだ。なんでも全道大会が終わったら、部活をやめるとかなんとか』

やめる？　部活を？　なんで？

漂い始めた夜の気配を切り裂くように、函館本線の警笛が鳴った。


翌日、拓実君と渚は二人揃って学校を休んだ。

拓実君からは、休む旨の連絡が学校に入っているらしいが、渚は無断欠席だという。

どういうこと？　昨日のことが関係しているの？

拓実君を誕生会に誘えて順風満帆《じゅんぷうまんぱん》だったはずなのに、なぜか悩み事が増えた私は、部活動が始まっても気もそぞろ。膝を抱えて、たびたび溜息を漏らしているのだった。

それにしても、どうして渚は部活をやめるなんて言い出したのか。実績をあげるまでもなく、渚のプレイヤーとしての能力は一流だ。スピード、スタミナ、サーブの精度、レシーブ力、スマッシュの速さ。どこをとっても私より遥かに上。私よりも優れている点は、他にもたくさんある。各種ショットのみならず、配球の組み立てに戦術。読みと反応。

あれ……全部なんじゃ。

指折り数えているうちに虚しくなってきたが、とにかく、私よりよっぽど優れた選手なんだ。バドミントンをやめる理由なんて、何一つ考えつかない。

渚は火曜日も続けて学校を休んだ。流石《さすが》にこれはおかしいと、部活動名簿を片手に渚の家に電話をかけるが誰も出ない。理紗に訊いてもチャットアプリのアカウントを知らないというしもちろん私も知らない。

思えば、アイツは友達が多いほうじゃないんだよな。

弱った。どうしよう。気になるけど情報がない。

放課後。学校を出た私は、駅から自宅とは反対方向の電車に乗る。スマホの地図アプリを駆使しながら、やがて一軒の家の前に辿《たど》り着いた。

「ここかあ」

表札の文字は『中津川』。レンガ調の塀に囲まれた真新しい二階建ての住居だ。ガーデニングが趣味の家族がいるのだろうか。花壇には花が溢れていて、よく手入れされた庭の芝生は、日の照り返しで青々と輝いていた。

電話をしても出ないのだから、徒労になるかもしれない。酷《ひど》く重苦しい気持ちで呼び鈴を押した。しばらくして階段を下りる音が聞こえ、「どちら様？」と扉越しに渚の声がした。「宅急便です。荷物のお届けにあがりました」と声色を二オクターブほど下げて言ってみた。

扉が開いて目が合う。即座に閉めようとしてきたので、咄嗟《とっさ》に扉に手をかけたら指を四本挟まれた。

「痛い痛い痛い！」

「どうして煮雪さんがここにいるの⁉」

「待って、なぜ学校を休んだのか、話をした痛たたたたたた！」

力が緩んだので気を許したかと思いきや、再び渾身の力で扉を閉められる。指を全部へし折るつもりなのかコイツは！

渚の部屋は、壁紙も家具も白を基調としていて、お嬢様然としているというか、気品があるというか、悔しいけど悪い意味で男らしい私の部屋とは違った。絶対渚を家には招かないぞと誓う。

あれから何分か押し問答をした挙句、私の指が折れる前に渚が折れてくれた。こうしてなんとか彼女の部屋に潜入することができたわけだ。

渚はデスク脇の椅子に座って足を投げ出すと、「適当に座れば？」と私に言った。

私が大きめのクッションの上に陣取ると、微妙に嫌な顔をされる。

「で？　何しに来たわけ？」

一言めからしてご挨拶である。まあ、予想通りの反応だけど。

「なんで学校休んだの？」

まずは単刀直入に訊ねる。

「体調不良よ。なんか熱があるみたいで」

「何度あるの？」

「三十八度くらい？」

「またそうやって適当言って……。そのわりには元気そうだけど？　勢いで私の指をへし折りかねないくらいには？」

「うるさいなあ……学校に行きたくないのよ」

開き直りやがった。これでは埒《らち》が明かないと、質問を変えてみることに。

「風の噂で聞いたんだけどさ。全道大会が終わったら、部活やめるって話、本当？」

「風の噂も何も、拓実から聞いたのね？」

ええ、仰る通りです。私が頷いてみせると、これ見よがしに渚が溜息を一つ吐いた。

「私、彼以外にその話をしていないからね。あのお喋りめ……。誰にも言わないでって釘を刺したのに」

「やめて、他に何かやりたいことでもあるの？」

「やりたいこと、か。別にないけどそんなの」

「じゃあ、どうして？　一生懸命頑張ってきたのに、ここでやめたらもったいないべ」

「煮雪さんには関係ないでしょ？　もう続けたいってモチベーションがないのよ。それだけなの」

渚の顔が寂寥感を帯びる。

きっと、その発言に嘘はないのだろう。夏頃ほどではないにしろ、最近も渚はちょくちょく部活を休んでいた。全道に向けてのモチベーションが上がっていないのは明白だった。

だからって、今ここで退くわけにはいかない。それだけの力があるのに、やめるなんて納得いかない。

「もうちょっと頑張ろうよ？　渚は、うちの部に必要な人だよ。全道でもそうだけど、その先もずっと、渚の力が必要なんだよ。私、思うんだ。渚がいてくれれば、来年の秋こそ団体戦でも優勝できるって！　部内に練習相手がいないからつまんないの？

だったら、二対一で戦うとか、いろいろ方法はあると思う。私も、渚が本気を出せるように頑張るからさ。続けようよ、せっかく全道だって出られんのに」

我ながら、少々みっともない提案だと思う。でも、なりふり構ってはいられない。一対一で渚に釣り合う練習相手がいないことは、紛れもない事実なのだし。

「だから、そうじゃない」と渚はこめかみの辺りに手を当てる。

「別に、質の高い練習をしたいとか、そんなんじゃないの。単純に、続ける意欲がないの」

「嫌いになったの？　バドミントン？」

バドミントンという単語に反応して、渚が息を呑んだ。彼女の本音がわずかに透けて見えた。やっぱり嫌いになったわけじゃないんだ。でも、彼女は何かを抱え、そして隠している。

「別にそういうわけじゃない。もういいじゃない。放っておいてよ」

「やっぱりまだ、好きなんじゃない。バドミントン」

渚の瞳が揺れる。今度こそ、彼女は否定しなかった。

「だからこの間の勉強会の時も、ラケットバッグ背負ってきたんだべ？　たかが、と言っちゃなんだけど、勉強するのにあんな仰々《ぎょうぎょう》しい荷物要らないよね？」

言い募る私の声に、思案するみたいに渚が一拍置いた。

「ねえ、煮雪さんは拓実のことが好きなの？」

「へ？　へあっ⁉」

話の矛先が思いがけずこちらに向いて、私は大いに取り乱す。

え？　これってどう答えるのが正解？　だって、たぶんだけど、渚も拓実君のことが好きなんだと思うんだ。「そう。私、拓実君のことが好きなの。目に入れても痛くないくらい」こうか？　キモいな。それとも「いや、そんなことないよ」と誤魔化《ごまか》すべき？　と思っていた時、理紗との一件を回顧する。

――侑だってほんとは、拓実君のこと好きなんしょや？

そうだ、ここで逃げちゃダメだ。だから「うん。私も拓実君のことが好きだよ」と伝えるべきだと思ってそう言った。

「そっか、やっぱりね。でも、『も』って何？」

「え？　だって、渚も拓実君のこと好きなんじゃないの？」

「私が？　拓実のことを？　全然、そんなことないから」

それは、どこか芝居がかった笑みだった。笑っているようで、しかし目はあまり笑っていない。

「煮雪さん。加藤《かとう》春香って名前の子、覚えてない？　中学の頃、私や拓実と同じクラブチームに所属していた女の子なんだけど」

「加藤春香、さん？」

そもそもの話。拓実君と渚が同じクラブ所属だったのも初耳だが、二人は同じ中学出身なのだからそれはむしろ自然か。

加藤春香。しっかり口に出してみると、さっきまでそこにあったみたいに、彼女の姿と中学時代の一場面が記憶の中に浮かび上がる。一本に結わえた長い髪と、ちょっと幼い顔立ちが印象に残っている。シングルスでの対戦が二度あって、一勝一敗。それと。

「ダブルスで、渚とペアを組んでいた子だよね？」

そう訊ねると、渚が頷いた。今でこそシングルス専門の渚だが、中学時代はダブルスもしていた。ただし。

「でも、加藤さんって、中二の頃にはもう大会出ていなかったよね？　バドミントン途中でやめちゃったの？」

恐る恐る口にした。渚の沈んだ声音を聞いているだけで、暴いてはならない過去に触れているみたいな忌避感がひしひしとする。

「そうだね。春香は途中で、クラブをやめてしまったから。とはいえ、やめてしまったのは、クラブだけじゃないけど」

不穏なワードが含まれていたが、一先ず聞き流しておく。

「この間拓実君のところに電話を寄越したのも、加藤さんだよね？」

意を決して口にすると、これにも渚は同意した。やはり三人の間で何かあったんだ。

「何があったか聞かせてくれる」と問うと、「少し長くなるんだけど」と渚はぽつりぽつりと語り始める。

「前言撤回するみたいでかっこ悪いけど、私も拓実のこと、好きだったんだ」

加藤さんと渚が拓実君と出会ったのは、中学一年生の初夏のこと。クラブチームに加入した拓実君が、顔合わせで紹介された日だった。全員同じ中学だと気がついたのもその時。学校もクラブも一緒ということも相まって、三人が意気投合するまでさほど時間はかからなかった。

一目見て、渚は拓実君に心を惹《ひ》かれた。しかし、彼に惹《ひ》かれていたのは渚だけではなかった。彼の姿を目で追っていると、たびたび加藤さんとも目が合った。彼女もまた、拓実君に好意を寄せているのは明白だった。

加藤さんが控えめな性格なのを知っていた渚は、「私に遠慮しないでね」と彼女に告げ、お互いに恋のライバルであるのを確かめ合った。

「そんな時、あの事件が起きた」

渚の声が、小さく響いた。

＊　＊　＊

「渚！　一本！」

春香の掛け声に合わせてロングサーブを放つ。私が得意としているライン上に落とすサーブにも素早く対応した相手が果敢にドライブで押し込んでくる。

が、スピードでなら私も負けない。臆することなくスマッシュを打ちこみ、ネット際に詰めながらさらにスマッシュで追撃する。

拾っただけの相手のレシーブがふわっと舞い上がったのを見て、とどめとばかりにバックステップして落下点に入る。その直後――

どしん、という鈍い音とともに背中に衝撃を感じた。ステップを刻んでいる最中で地に足が付いていなかった私は、体勢を立て直すことができない。そのまま、背中にぶつかった人物と一緒に倒れ込んだ。

「いったい」と言おうとして、思いの外背中に痛みが襲ってこないことに気づく。

なぜ？　と感じた疑問は、誰かが私と床の間に挟まってクッションになってくれたのだ、と認識が追いつき解消した。

なら誰が？

考えるまでもなかった。

「あ、ぐッ……」とくぐもった悲鳴を上げ、私の下敷きになっている春香の姿が見えた。

後ろをよく見ていなかったため、私は春香とぶつかって二人縺《もつ》れるようにして転倒。私の全体重で圧迫された春香の右腕は、ありえない方向に曲がっていた。

「春香……！」

右腕をもう一方の手で押さえ、額に脂汗を滲《にじ》ませて苦悶の表情を浮かべる春香を見て、マネージャーの女の子が青ざめた顔で駆けてくる。「担架」だの「救急車」だの怒声が飛び交う中、私はただ呆然と突っ立っていることしかできなかった。

そこから先のことはよく覚えていない。涙を流したのか、泣き叫んだのか、それとも案外冷静だったのか。とにもかくにも私達は途中棄権となり、心ここにあらず、といった状態で挑んだ翌日のシングルスは、準決勝で負けた。全国で準優勝という実績を持っていた私は当然第一シード。文字通りの番狂わせだった。

大会の全日程が終了した夕方、親の車で私は病院に向かった。病院に救急搬送されたあとすぐ手術を受けた春香の右腕は、肘から少し上の骨が折れていた。

上腕骨顆上骨折《じょうわんこつかじょうこっせつ》。高い場所から落ちて手を床に突いた時や、肘を打った時に起きやすい骨折だ。

手術は無事成功したものの、靭帯《じんたい》に損傷個所があった。骨折が治ったとしても、後遺症が残る可能性が高い、と春香の母親から聞かされて、目の前が真っ暗になった。

＊＊＊

茜色に染まった病室の中、どこか温度のない平坦な声で、『バドミントンはもうやめるよ』と春香が宣言した秋の暮れの光景が、今でも頭を離れないの。そう言って、渚は話を締めくくった。

「それでも、『恋までは諦めない。この次拓実君が病室に来たら告白するよ』とも春香は言ったんだ。『そっか。頑張ってね』としか私は返せなかった。故意ではなかったけれど、春香の夢を奪ったのは私。その上、恋まで邪魔することなんてできないもんね。だから私は、この日自分の恋心に蓋をした」

長い睫毛《まつげ》を伏せた渚を見ながら、もし自分が同じ立場に置かれたらどうするだろう、とぼんやり思う。同じ選択をするのだろうか。

「それで、二人はどうなったの？」

「付き合うことになったよ。まずは友達から、ってありがちな条件でね」

以前理紗から聞かされた、『中学の頃、拓実君が付き合っていた彼女』というのが、他ならぬ加藤さんだったわけだ。

「これで二人はうまくいくと思ってた。ところが、順風満帆《じゅんぷうまんぱん》とはいかなかった」

三角関係の一端である渚が身を引いたのだから、普通であれば滞りなく関係が進展していく状況だ。

「拓実は他校に気になっている人がいたんだよね。一方的に憧れているだけだから、と彼は笑っていたけれど、春香に気持ちが向いていないのが、傍から見ていてもわかった。それでも、拓実は春香と別れなかった。きっと彼も、どうにかして春香のことを好きになろうと努力していたんだと思う。でも……そのことに、他ならぬ春香が気づき始めた」

拓実君の性格を考えると、ありうる話だと思った。タイミング的に交際を断り辛いだろうな、と話を聞きながらさっき感じたが、やっぱりそうだったんだ。バドミントンを失って塞ぎ込んでいた加藤さんを、拓実君はどうにかして支えたかったんだ。

「デートの場所はどこがいいかな？　毎日連絡したら重いかな？　彼の好みって、どんな服装かな？　そんな感じの、微笑ましい相談を何度も春香から持ちかけられた。でも次第に、相談の内容が重苦しいものに変わっていった。彼がキスしてくれないのはどうしてなのかな？　私のことそんなに好きじゃないのかな？　他に、好きな人がいるんじゃないのかな？　疑心暗鬼に陥《おちい》っていく様子が、手に取るようにわかった」

「そっか……」

酷《ひど》い掠《かす》れ声が出て、自分でも軽く驚いてしまう。

「だから、私なりに調べてみたの。拓実の過去と、他に好きな女の子がいるのか、いるとしたら、それは誰なのかって。その結果辿《たど》り着いたのが……」

「私……なんだね？」

ここで逃げちゃいけないと、正面から渚と目を合わせた。渚は頷くことで私の発言を肯定した。

「拓実に確認を取ったわけじゃないし、彼の反応と過去から導きだした、私の推測にすぎないけどね」

そう前置きをした上で、彼女は話を続けた。

「しかも、その時煮雪さんには恋人がいたんだよね。それを知ってから余計に拓実の態度は硬くなって、反応もなんだか上の空だった。彼の視線は、まったく春香のほうを向いてなかった」

「ああ……」

そのタイミングだったのか、と呻きが漏れた。私が、同じクラブに通っていた男子と、一ヶ月だけ恋人であった期間だ。形だけとはいえ付き合っていたのだから、大会の会場まで彼と並んで歩いたし、体育館の中でもふざけ合ったり談笑したりと仲良くしていた。友達以上の関係に発展しなかったとはいえ、周囲からは十分に恋人っぽく見えていたはずだ。それを、拓実君らにしっかりと目撃されていたわけだ。

最悪だ、としか言いようがない。

それでも二人の交際はまだ続いた。しかし、かりそめの恋にはやがて終わりがやってくる。

「あれは、二年生の冬だったかな。練習試合が終わったあとの帰り道で、春香が拓実に別れ話を切り出したんだよ」

拓実君からしてみれば、同情心から続けていた交際。加藤さんから距離を置いてしまうと、二人を繋ぎ止める糸は、最早残っていなかった。そうして呆気なく、二人は破局を迎えた。

「なんか、ごめんね。あの男の子とは、友達の延長線上どころか、恋人と呼ぶのもためらうような、曖昧《あいまい》な関係でしかなかったんだ。それなのに……」

二人を繋いでいた糸を断ち切る要因にはなったわけだ。なんとも皮肉な話だ。

「別に煮雪さんが悪いわけじゃないよ。元はと言えば私が、私達三人が招いたことでしかないし。きっとすべてのタイミングが悪い方向に転がったんだ。それで話が終わりになれば、まだ良かったんだけど……」

「まだ何かあるの？」

渚が沈痛な面持ちで頷いた。

「それからの春香は、どこか疲れた顔をしていた。段々と学校を休みがちになって、終いにまったく来なくなった。だから心配になって、彼女の家に行ってみたの」

そしたら、と渚が声を詰まらせる。

「春香ね、自殺しようとしていたの」

「そんな……！」

「ああ、でも大丈夫。春香の母親が娘の様子がおかしいと気づいたことで、ただの未遂に終わったから」

心に衝撃が走った。直接自分が関与していなかったとしても、身近でそんな出来事があった事実がショックだった。

「春香は精神科にしばらく通院することになった。次第に元気を取り戻したけれど、ほとんど学校にこられないまま卒業の日を迎えてしまった。春香が不登校になると、今度は拓実まで学校を休みがちになった。ああ見えて彼、責任感が強いからね。不甲斐ないと自分のことを責めていたのかもしれない」

「二人とも、卒業式に出られなかったの？」

気後れして小声で訊ねると「いや、休みがちではあったけれど、卒業式は問題なく出られたよ」と彼女は答えた。

「でも、本当に不甲斐ないのは私」

渚の顔と声音に悔恨の色が滲《にじ》む。

「きっと、ターニングポイントは何度もあった。肘に負担のかからないプレーの仕方を、春香に提案できていたら。ダブルスをやめることなく春香にプレーを見せ続けていたら。私も拓実に告白するよ、って臆することなくぶつかっていたら。壊れ始めた二人の関係を、私が取り持っていたら……。春香が不登校になったあとも、拓実は春香と連絡を取り合って励まし続けていたのに、私は怖くて何もできなかった。気がつけばもう手遅れになっていて、春香との関係は今もギクシャクしたまんま」

一つ深呼吸をしてから、「でも安心して」と努めて明るい声を彼女は出した。

「拓実から聞いた話だけど、春香、今は元気になって、地元の定時制高校に通っているんだって」

デスクの脇に提げてあったラケットケースを渚が手に取った。括りつけてあるキーホルダーを指で軽く弄る。バドミントンの、ラケットとシャトルが対になったキーホルダー。

「これね、春香とお揃いなの。中学校に入学した時、絶対ダブルスで全国に行こうねって願いをこめて買ったんだ。今でも手放せないくらい春香とのことを引きずっているのに、もう一年以上連絡を取っていない。私、怖いんだ。事故だから、って春香は笑って許してくれたけれど、本音では人生をめちゃくちゃにしたのは渚なんだよって、思っているんじゃないかなと。そう言われちゃうんじゃないかなと。不甲斐ないね。こんな私に、バドミントンを続けていく資格あるの？」

一通り話し終えてから、「ごめん」と渚が頭を下げた。

「こんなこと、煮雪さんに言ってもどうにもならないのにね」

渚はおもむろに立ち上がり、窓辺から外の景色を見る。気づけば空は夕焼けで、楽しげな子ども達の笑い声がした。夕日を背にした渚の背中を、私はただ見守るだけだ。きっと彼女は悩んでいる。自分のせいで道を断たれた加藤さんを差し置いて、バドミントンを続けて良いのかと。結果を出し続けることで、加藤さんの心の傷を、逆撫でするんじゃないのかと。

でも、結果を出していくことでしか、償えないこととか、見られない世界があるんじゃないのかな、とも思う。渚にしか見られない世界がきっとある。絶対にある。ならば、私は。

「渚。ダブルスで頂点を取ろう。バドミントンを続けられなくなった加藤さんの意思は私が継ぐ。私と一緒にダブルス組んで全国の舞台に立とうよ」

「はあ？」

理解できない。そんな顔で、渚が瞳を白黒させる。

「バッカじゃないの？　煮雪さんに、私のパートナーが務まるとでも思っているの？」

「思っていない。今の部活内のメンバーで言えば、私より澤藤先輩のほうが確実に強いし、私よりも理紗のほうが渚と相性がいいかもしれない。それでも」

渚は体を完全にこちら側に向け、私の話を聞く体勢になった。

「これから死ぬほど練習するから。実力で、渚のペアを勝ち取ってやるから。だからさ。渚、もう一度ダブルスやろうよ。全国に行く姿を加藤さんに見せてあげようよ」

夢を叶える方法はきっと一つじゃない。

全国大会に行く方法だって、きっと一つじゃない。だから――

すると彼女は、あはは、と半ば嘲るように笑った。

「意外ね。煮雪さんって、そんな熱血キャラだと思ってなかった。そうだね、うん。考えておくよ。私のペアになれるよう、精々頑張りなさい？」

やっぱりムカつくな、コイツ、とちょっと思った。

外は夜の帳が下りていた。「友達と外食してきてもいいかな？」と家に連絡を入れると、母は快く了承してくれた。「侑にしちゃ珍しいな」と弾んだ声で笑いながら。

徒歩で近所のファミリーレストランに向かい、渚と二人でパスタを食べた。私が注文したのはペペロンチーノ。渚はボロネーゼ。そんな辛いのよく食べられるね？　と言ってきたので、あら？　渚はお子ちゃまですのね？　とバカにしたら頬を膨《ふく》らませた。お返しとばかりに、口元にソースが付いていることをからかわれた。

食後のコーヒーでたっぷり三十分粘り、澤藤先輩って真面目すぎるよね、とか、理紗に最近できた年上の彼氏の話なんかをして盛り上がった。最高に楽しい時間だった。

「したっけ」

挨拶を交わし合い、駅前で渚と別れた。

正直なところ、大嫌いなはずの渚を、なぜこうまでして引きとめたいのかと、自分でも最初は戸惑った。

でも、話はわりと単純だった。例えば絵画の世界で、手の届かない存在だと感じている稔君であり成瀬さん。二人に対して嫉妬の念を抱きつつも同じ場所に到達したいと願うように、渚に対しても同じことを感じている。手の届かない存在である中津川渚のことを、私は尊敬して同時に憧れている。渚のことは確かに嫌いだったけれど、これまでも、そしてこれからも、渚は私の憧れの選手なのだから。

渚と今日話をしてから、これまでの諸々が腑に落ちていた。渚が私のことを避けていた理由。私と拓実君との間は一歩半ほど離れていて、近いんだけど、近くなくて、心の最終ラインに壁を感じるそのわけ。私が拓実君に告白しようと決意し、緊張感を漲らせていたあの日。どうして彼が『言うな』と拒絶する空気を漂わせたのかも。

彼の目は、他のもっと気がかりなことに向いていたんだ。

自分が加藤さんに与えてしまった心の傷。進展させることが叶わなかった恋。築けなかった関係。さまざまな後悔を抱え、きっと今でも引きずっている。

＊＊＊

水曜日。渚は憑き物が落ちたみたいな顔で部活に顔を出した。

真っすぐキャプテンである澤藤先輩の所に向かい、深々と頭を下げた。

「今まで部活をサボってばかりで、本当にすみませんでした。自分の力に自惚《うぬぼ》れていたつもりはありませんが、努力することの大切さを忘れて、疎かにして、部活とバドミントンから逃げていたのは事実です。すべては、私の心の弱さが招いたこと。でも、ようやく目が覚めました。私、やっぱりバドミントンが好き。全国の舞台にも立ちたいです。これから心を入れ替えて頑張りますので、私のこと、指導してくれますか?」

目尻を下げた柔和な顔で、澤藤先輩が渚の肩をぽんと叩いた。

「顔、上げて、中津川さん」

私も悩んでいたの、と澤藤先輩は言った。キャプテンなのに、一年生より弱くていいのかな、と悩んでいたの、と。最後に「中津川さんは、うちの部に絶対必要な人だから。これまで以上に頑張って欲しい」とエールを送った。

渚が一度だけ、こちらに視線を送ってくる。私が、『渚はうちの部に必要な人だから』と言ったのを思い出したのかもしれない。だから私は、こくりと深く頷いた。大丈夫だよ、とそんな意思をこめて頷いた。

久々にシングルスで渚と対戦した。今度もやはり私の負けだったけれど、スコアは十五対二十一と前回よりだいぶ詰めることができた。

「やるじゃん」と渚が私を見る。

「当たり前じゃん。いつまでもあのままだなんて思うなよ？」

友達が少ない渚は、これまで一人で体育館をあとにすることが多かった。でも今日は、私と渚と理紗の三人で駅まで歩いた。どんな話をしたのかまったく覚えていないけれど、三人でするガールズトークは最高に楽しかった。

世界は順調に回っている。一つだけ気がかりなことがあるとしたら。

今日も、拓実君が学校を休んだことだろうか。

第三章「高一の冬。最後のリワインド」

電車の揺れに身を任せ、窓の外をじっと見ていた。

日はすでにとっぷりと沈み、空は悲しげな蒼に染まっている。十月のあの日、神社の境内から見上げた空とよく似ていた。

加藤さんが拓実君に告白をして、渚が恋の舞台から降りて、二人が付き合うようになって、そこに私が水を差した。物語の中に不要な登場人物がもしいるとしたら、それは紛れもなく私だ。私さえいなければ。

弱気が溜息となって漏れたタイミングで、「こんばんは」と優子さんの声がした。

「まるで、吐く息のすべてが溜息になっているみたい。……また悩み事？」

「あ、はい。あ……いいえ」

「どっちなのよ」

複雑な顔になって、私の向かい側に優子さんが座る。悩みがあるといえばあるのだが、他愛もない内容すぎて言うのが憚《はばか》られる。どうしたものかと思案していると、「とりあえず、言ってみなさいよ」と優子さんに促された。結局そうなるんだな、と自嘲しながら、渚から聞いた話と誕生日の計画について、順序立てて話していった。

踏み切りの音が近づいてきて遠ざかる。電車の走行音は、規則正しく響いていた。

私が話し終えると、「なるほど」と優子さんが細く息を吐いた。

「うん、だいたいわかった。それですっかり後ろめたく感じちゃって、彼に告白する資格が自分にあるのかと思い悩んでいると。そういう話ね？」

「仰る通りです」

状況を伝えただけなのに、私の悩みまで炙り出されてしまった。優子さんはすべてお見通しらしい。

「しょーもないな」

「しょーもなくないですよ。直接的ではないにしろ、私の行動が影響してそうなったと知ってしまった以上、やっぱり気にはしますよ。私さえいなければ、二人は今頃普通にハッピーエンドを迎えていたかもしれないのに」

「お人よしというか、臆病というか。他人のためならいくらでも奔走できるのに、自分のことになると一気に弱気になってしまう。だからこそ優しいのかもしれないけどね、侑は」

しみじみ呟いて、彼女は車窓に目を向けた。消え入りそうな声で、こう付け加えた。

「そんなところも、どこか私と似ているのかな」

「いや……私と優子さんは全然似ていないしょや？　性格も、それに見た目だって」

優子さんはすらりと背が高いし、瞳は私と違って切れ長だ。前向きなところなんて、まったく似ても似つかない。

「ふふ。そうでもないよ？」

なぜだろう。否定した彼女の声は、妙に覇気がなく聞こえて、これ以上踏み込む気にはなれなかった。

それにしても不思議だな。どうして、いつも彼女は私の話に耳を傾けてくれるのか。でも、こうして悩みを吐き出しているうちに、私も健やかな気持ちになれる。

「侑はさ、自分のせいで彼と加藤さんが破局して、彼女が自殺未遂をするまで追い込まれてしまった。そう考えているんだよね？」

優しく問いかけてくる優子さんに、何度も頷いた。

「でも、私に言わせると、侑の行動がどうだったにしろ、結局辿《たど》った結末は同じだったんじゃないかなって思えるんだ」

「そうでしょうか……？」

私があの男子といるところを目撃されなければ、二人はずっと幸せでいられた。たとえ間接的な理由だとしても、やっぱり私のせいなんじゃないの？

「自分がこうしていたら、なんて考えているのかもしれないけれど、どっちにしても同じ結果になるんじゃないの？　だってその彼は、侑のことが好きだったんでしょ？」

その言葉にハッとした。拓実君が私のことを好きだった、というのはあくまでも渚の推測だが、それはさておき根底にある彼の気持ちは覆らない。

「ちょっと視点を変えてみようか。もしも、二人が交際を始める前に、侑と彼が出会っていたとしたら、加藤さんは今よりもっと幸せになれたと思う？」

「ん……それは」

これは自惚《うぬぼ》れかもしれないが、もし中学の頃私と拓実君が再会していたとしたら、今とは違いすんなり付き合っていたようにも思う。でもそうなることで、加藤さんが幸せになるという未来は、残念ながら想像できなかった。

「推論なのでなんとも言えませんが、少なくとも、幸せにはなれない気がします」

そうでしょ？　と優子さんが複雑な顔になる。

「結局、そんなもんなんだよ。人生にはいろんな分岐点があって、その都度選択することで私達はその先を歩んでいく。みんなが幸せになれる選択肢なんてないし、どれが正解かなんて誰にもわからない。だから、後悔することは常にあるんだよ」

優子さんの言葉がすとんと胸に落ちた。確かにそうだ。私があの男子と付き合わなかったら、とか、そもそもバドミントンを始めてなかったら、とか考えたところで、それがすべての人にとって最善の道になるとは限らない。

「もしかすると、これまでしてきた選択の中には、間違いもあったかもしれない。でも、そういった選択の一つひとつが結晶となって、今の侑が構成されているんだよ。だからさ、胸張ろう。今進んでいるこの道を、正しい道に変えていけばいいじゃない」

私が正しい道にする、か。

「それにさ、侑が何か干渉したことにより、二人が今の結末に至ったわけでもないんでしょ？」

「はい」

タイミングは確かに悪かった。とはいえ、直接彼らに私が何かをしたわけじゃない。

自分のせいだと思うのは、ただの思い上がりなのだろうか。

「でも、この先の未来ならいくらでも変えていける。というわけで、ここで私から一つ提案。少し考え方を変えてごらん」

「考え方？」

「そう。今、侑が一番後ろめたく感じているのは、このタイミングでのうのうと自分だけ誕生日を祝ってもらおうとしていることであり、そのついでに告白までしてしまおう、としていること。そうなんだよね？」

違います、とは言えなかった。同時に気づかされる。私は、いったい誰のために身を引こうとしているのか。それは加藤さんの救済になるのかと。偽善者だね、と心の中の自分に言われた気がした。

「侑が自分の誕生日を祝えないというのなら、私が祝ってあげる」

「優子さんが？」

「そう、私が。侑がどんなに拒んだとしても、勝手に押しかけて祝うから。で？　誕生会には何人来る予定なの？」

「えっと……。彼の他に、友人が一人です」

「え？　思ったより少ない。もしかして、侑って意外にもぼっち？」

「いや、そうじゃないんですけど、人数少ないほうがごく自然に二人きりにできるからって、友達に吹き込まれまして」

渚にも声がけはしたのだが、地元でバドミントンの強化練習会があって、そっちに参加するので来られないと言われた。だから、来るのは理紗と拓実君だけだ。

「そういうわけね。じゃあ、あとは若い人に任せてって感じで、私も当日は早めにお暇するわね」

「いいですよ……！　そんなに気を遣わないでください」

変に気を遣われると、それはそれで緊張するんですよ。

私の意思ではなく優子さんの意思で祝う。そう解釈をずらすことによって、私が後ろめたく感じないよう配慮してくれているんだ。彼女が言いたいのは、どんな物事でも、考え方一つで良くも悪くも解釈できる、ということなのだろう。そこに思い至ると、私の心は相応に軽くなった。心中で澱《よど》んでいた重くて暗い気持ちが、雲散霧消していくようだった。そうだよ。いろいろな後悔を抱えているのはみんな同じなんだ。拓実君にしろ、私にしろ。ならばきっと、前を向いて、今自分がやれることをやるべき、なんだ。

結局、優子さんに背中を押されて、自分の行動を決めるんだな。意志薄弱な自分に呆れつつも、私は決心した。

「わかりました。予定通りやりますよ誕生会。告白もどうにかして頑張ってみます」

「うん、そうこなくっちゃ。そっかあ、じゃあもう少しで、彼氏候補の男の子を拝めるわけか。なんか楽しみ」

「なんか、恥ずかしいですね……。候補のままで、昇格しないかもしれないのに」

私は自宅の住所を優子さんに伝えた。「じゃあ、当日は車で行くからね」と言って、駐車スペースの有無と当日家族がいるかどうかを優子さんが訊ねてきた。

「車を置く場所なら問題ないです。家族は……母親と弟くらいですかね家にいるの。父親はたぶん仕事です」

「そっか」

「というか、優子さんって免許持っていたんですね？」

「私だって一応大人だよ」と優子さんが仏頂面になる。

「車は親のものを借りるけどね」

こうして、当初の予定通りに誕生会を開くことにした。準備のために、明日から奔走する必要があるだろう。

問題は拓実君がいつ学校に出てくるかだったが、彼は翌日何事もなかったように登校してきた。

「どうして三日も学校休んだの？」と拓実君にやんわりと問うと「葬儀に出ていたんだ」と心もち視線を落として言った。

「葬儀？」

咄嗟《とっさ》に、これはだいぶまずいことを聞いたんじゃ？　と気づき困惑すると「いや、俺の親とか親戚じゃないけどね」と薄い笑みで返された。

「亡くなったのは、友達の親父さんなんだ」

「あ……。そうだったんだ……」

「そいつの親父さん、癌《がん》だったらしいんだ。そんな話全然聞いてなかったからさ、ちょっと驚いちゃって。水臭いよな。言ってくれたら良かったのに」

「うん……」

「覚えてる？　この間、俺のところに電話寄越した奴なんだけど」

——驚きで思考が凍りつく。

「あいつさ、自分の父親の葬儀なのに、一度も涙見せなかった」

加藤さんのことを、可愛そうだなと思う心の丁度裏側で、やるせなさとよく似た痛みが自己主張を始めた。なんだろう、これは。どうして今、私の胸が痛むのか。

「中学の頃から、いろいろ無理する奴だった。どんなに辛いことがあっても、不安な気持ちを表に出さず、なんでもない顔して笑う奴だった。だからさ、俺、なんか放っておけなくて」

彼の話を聞きながら、心にのしかかっているやるせなさの正体に気づいた。私と加藤さんでは、積み重ねてきたものが違う。積み重ねてきた時間が違う。私と彼の心の距離は、お互いの気持ちを確かめ合ったあの日、確かにあと数センチだと感じた。

でも、今はどう？

拓実君がいて、その両隣に私と加藤さんがいたとして、今年再会したことで私のほうに寄っていた彼の心が、この数日で加藤さんのほうに傾いたのだと感じた。同情してもらえる加藤さんのことを、不謹慎にも羨ましいと思ってしまった。

そうか、私嫉妬しているんだ。こんな自分、すごく惨めだし嫌いだ。

——他に好きな奴がいるから。

これって、加藤さんのことだったの？

全部、私の自惚《うぬぼ》れでしかなかったの？

私達の心の距離は、今、何センチ？


十二月十三日。火曜日。

「終わった。ようやく」

安堵《あんど》の呟きと一緒に漏れたのは、深い溜息一つ。

放課後の美術室。キャンバスから視線を外し、凝り固まった肩を解すように大きく伸びをすると、背中から稔君の声がした。

「ついに完成か。ほう……なかなか悪くないね」

「そこは素直に『すごく良いね』って褒めときなさいよ」

私が不満を言うと、ああ、すごく良いと彼は即座に訂正した。

「台詞《せりふ》、そのまんまじゃん。全然心がこもってないね」なんて苦笑いしつつも、皮肉屋の彼にしては素直に褒めてくれるんだな、と意外に思う。

部活動休養日のたびに足しげく美術室に通って描いた水彩画が、本日やっと完成したのである。

「輪郭線の描き方が柔らかい反面、色彩表現は繊細ながらも力強さを感じる。でも……なんだろう？　描いている途中で色の塗り方少し変えた？　気のせいかもしれないが、最初に見た時よりタッチがなめらかになったような？」

「へへ、ありがと」

「お前、褒めるとつけあがるタイプだよね」

実際、彼の指摘通りだった。途中から、画風をちょっとだけ変えていた。

「今までの自分の描き方と、すこーしだけ変えてみたんだ。輪郭線をあえて曖昧《あいまい》に処理することで、全体に優しい雰囲気が出るようにね」

意図的に線を柔らかくすることで、彼に対する私の恋情を表し、色数を減らし、しかし強弱をしっかりつけることで、情景に奥行きと想像の余地を残した。歴史的名作には余白あり、と聞いたことがあるが、言うまでもなく『成瀬さんの絵』に影響を受けた結果である。

ふうん、と彼が満足気に頷く。

「上手だけど、型に嵌《は》まった描き方でちょっと硬いかな、と最初の頃残念に思っていたんだ。でも、そんな違和感が消えてなくなった。掛け値なしに良いと思うよ」

「褒めたところで、なんにも出ませんよ」

べーと私は舌を出した。

「でも、いろいろと教えてくれて本当にありがとね。お陰様で、満足いく絵が描けたよ」

「いやいや。こんな僕でも役に立てたのなら、それだけでも嬉しいよ」

稔君は自分のキャンバスの前に座り直し、「そうか。煮雪は、もう美術室に来る用事がなくなったのか」と名残惜しそうに言う。彼は成瀬さんの肖像画をかなり前に描き終えて、現在は次の作品である風景画を手がけていた。

「隣のクラスだし、その気になればいつでも会えるしょや？」

大袈裟《おおげさ》だな、と私が笑うと「まあ、そうだけど」と彼が呟いた。

「告白、頑張れよ」

「おう、ありがとう」

先日の数学のテスト。私にしては大躍進の五十点だった。赤点は無事回避し、あとは告白するのみだ。絵をパネルバッグにしまい、意気揚々と部屋を出ようとしたところで、稔君に呼び止められる。

「なあ、煮雪」

「うん、なに？」

真剣な声だ、と思いながら振り返る。

「この間僕が言ったこと、あれ、結構本気だから」

キャンバスに向き合ったまま、後ろ姿の彼がそう言った。

「この間……って?」

意味がわからないとばかりに問い返すと、ふふ、と困った顔で彼がこっちを向いた。

「悪いけど、同じことを二度も言うほど、僕は図太い人間じゃないんでね」

そこで、笑みが自虐的なものに変わる。

——そのイチョウの彼氏に振られたら、代わりに僕が拾ってやってもいいぞ。

露骨な反応の変化に、以前言われた台詞《せりふ》を思い出した。全身の血流が、顔に集中していくのを自覚する。思えば、私は男の子から真っすぐ好意を向けられた経験に乏しい。沸々と湧いてくる羞恥心を処理しきれず、稔君の顔から視線を逸らした。

それでもここは、彼の想いに応えておくのがきっと流儀。恥ずかしいのをこらえて顔を上げると、今の気持ちを彼に伝えた。

「たとえ冗談だったとしても嬉しいよ。本当に世話になったね、ありがとう。また……そのうち顔を出すから」

ああ、待ってる、そんな台詞《せりふ》が、返ってきたように思えた。

北海道の冬は厳しい。午前中から雪がちらついている今日はまたことさらで、忍び込んでくる冷気を締め出すためパーカーの前をかき合わせる。制服の下にはセーターも着込んでいるのだが効果は薄く、寒気が無数の針となって全身をくまなく刺した。今週末、寒気団が来るとの予報もあった。明日から厚手のコートを着たほうがいいかもしれない。

駅が近づいて、さまざまな店舗が軒を連ねるアーケード街に入ると、私と同じ制服姿の一団が見えた。さらにその前方に、とぼとぼと、一人で駅を目指している拓実君の姿を見つける。

声をかけようかな……としばし葛藤するも、思い直してやめておく。

やがて横断歩道の信号が赤に変わる。彼も、人の流れも立ち止まる。彼に気づかれぬよう十メートルほど離れた場所で足を止め、抱えた荷物に目を落とした。

今話しかけてしまったら、彼に内緒で絵を描いていた意味がなくなってしまう。我慢。もう少しだけ我慢だ。信号が青に変わるまでの時間が、普段の倍くらい長く感じられた。

信号が変わると、再び時間が動き出す。心弛《こころゆる》びして一つ息を吐くと、まるでそこに壁でもあるみたいに、不自然な場所で止めていた足を動かした。

視界の先で、やにわに彼が路地を曲がった。あれ？　どこ行くんだろう？　不審に思った私の歩調が少し上がる。プライベートを覗き見ることへの罪悪感と、彼の行き先が気になる……という好奇心とが頭の中でせめぎあう。

二つの感情を天秤にかけた結果、後者が勝った。

これではただのストーカーだ。嘆息しながら、彼が消えた路地の角から顔を覗かせた。狭い路地の左右に見えるのは、それなりに築年数が経っていそうな民家の数々。誰もいない？　と視線をスライドした時民家の玄関先にいた野良猫と目が合い、逃げるように顔を引っ込めた。何に驚いているんだ私は。相手はただの猫だぞ。自嘲しながら顔を出して、今度こそ私は驚いた。

ノスタルジックな雰囲気の喫茶店がある。その店先に、拓実君と楽しそうに談笑している他校の女子生徒がいた。その人物が誰なのか知らずにいれば、こんなにダメージを受けることもなかっただろう。でも、私は彼女の素性に気づいてしまった。

黒髪のショートヘア。最後に見た時よりだいぶ髪が短くなっていたが、幼げな顔とさほど高くない背丈は当時のままだった。

加藤春香さん……だ。

やがて二人は、肩を並べて喫茶店の中に入っていった。そこまでを見届けたところで、竦《すく》んでいた私の足がようやく動く。路地の入り口から、逃げる方向に。とてもじゃないけれど、店内に入った二人の様子を窺《うかが》うだけの勇気はなかった。

全身の血が冷えわたって、動悸が激しくなる。段々と小走りに移行しながら、それもそうだよなあ、と思う。私が知らない、中学時代の拓実君を知っている女の子、加藤春香。同時に彼の元恋人。二人は、中学時代の三年間を一緒に過ごしている。私の知らない場所で、私の知らないものを共有してきている。これまで彼は、どんな笑顔を彼女に向けてきたのか、なんてことを意識すると、冷や水を浴びたみたいに心が冷えた。

ずるいよ、と嫉妬の感情がぶわっと湧いたが、こんなの八つ当たりでしかない。

渚によると、キスもまだ済ませていない……とのことだったが、そのあとに続いた顛末《てんまつ》を思えば、不完全燃焼のまま終わらせた恋に、お互いが未練を残していたとしても不思議じゃない。だからこうして――

「デートなのかな？　デート……なんだよね」

一時の気の迷いとでもいうべきか。リワインドをしたらどうなるだろうなんて考えが頭を過《よぎ》るが、すぐに無意味だと結論づけた。三日戻したところで二人の関係に変化なんてない。私の辛い記憶が消えてなくなることもないのだ。やっぱり不便な能力だな。こんな結果になるのなら、彼のあとを追いかけるんじゃなかった。知らずにいれば、ずっと幸せな気持ちでいられたのに。後悔ばかりが次々と首をもたげてくる。

「元々、こんな運命だったのかな」

弱気な言葉が、口をついて出た。運命って言葉は好きじゃない。最初から決まっている人生なんて残酷だと思うし、私の能力で打ち破ることができない象徴でもあるから。

両手で抱えている水彩画が、とたんに重くて煩わしいものに思えてくる。苦心してようやく描き上げたのに、無駄になってしまうのだろうか？　運命に屈してしまうのだろうか？　告白をする前に、お役御免となってしまうのだろうか？　その可能性に気がつくと、どうしようもなく悲しくなって視界が滲《にじ》んだ。

ヤだな。

「ただいまぁ……」

重い足取りで家に着き玄関を開けると、入ってすぐの床の上で、ポプラが丸くなって寝ていた。私の気配に勘づいたのだろう。寝ぼけ眼で顔を上げて、尻尾をぴんと立ててすり寄ってくる。

「よしよし」

優しく頭を撫でてやる。今日も、ポプラだけは変わることなく私の味方だった。

十二月十四日。水曜日。

部活動を終えると、拓実君と理紗と私の三人で学校を出る。それは、これまで何度もあったはずのシチュエーション。それなのに、酷《ひど》く懐かしい気持ちになる。

それもそのはず。二ヶ月くらい前から、拓実君はちょくちょく単独行動をしていた。

その理由が塾ばかりではないと今更悟った私は、他愛もない話題で盛り上がる二人の会話にいまいち入っていけない。ふと、理紗の背中が加藤さんとダブって見える。

妙な妄想はやめろ。いなくなれ煩悩。

結局、ろくすっぽ会話に参加できないまま二人と別れる。

見上げた先にある空は、切ない夕焼けの色だ。暖色のオレンジに夜の寒色が混じり始めた空は、さながら美術館に展示されている絵画のようで。綺麗な反面、それはどこか物悲しくも思え、あまり見なくていいように瞳を伏せた。

「ただいま」

玄関の引き戸を開けると、今日はポプラじゃなくて優斗が立っていた。

「あ、姉ちゃん……」

弟は、イタズラが見つかった時の子どもみたいに――というか、実際にまだガキだが――バツの悪そうな顔で俯いた。濁した語尾同様、声までいまいち覇気がない。

「暗い顔なんかしてどうしたの？　さ・て・は、私が冷蔵庫に隠していたプリンを勝手に食っちまったんだべ？」

冗談で場を和ませようとしたのだが、それでもなお、弟の顔は浮かないままだ。

「ん……どうかした？」

流石《さすが》にこれはおかしいと、ストレートな質問をぶつけた。

「ああ、侑、帰っていたんだ」

二の句を告げない弟に代わり答えたのは、リビングからひょっこり顔を出した母。

「お母さん、いたんだ。今日はまた早いんだね」

「なあ、侑。落ち着いて聞いてくれよ」

いつになく真剣な表情の母に、私の背筋も自然と伸びる。

「ポプラが車に撥《は》ねられたんだ」

氷のように冷たい何かが、背中を這い回る感覚。稲妻に打たれたような衝撃が全身を貫く。

「ポプラが……？　嘘だ。それでポプラはどうなったの？」

軽い怪我《けが》で済んだんじゃないのか。一縷《いちる》の望みをかけた私の問いかけは、母が首を横に振ったことで否定される。

「なんで、そんなことになるの……」

子どもじみた泣き言と一緒に、熱い雫が頬を伝って流れた。黒い子猫を救えなかった、あの冬の日と同じように。

ポプラの墓は、家の裏手側にあった。庭木の根本に、盛り上げられた土が小山になっており『ポプラの墓』と木の板が立てられていた。

最初に発見したのは、学校帰りだった優斗。自宅の近間にある路上で血に塗《まみ》れたポプラを見つけた時、すでに息がなかったらしい。弟一人ではどうすることもできず、母の帰宅を待って亡骸を回収し、この場所に埋葬した。拾ってからもう数ヶ月。ポプラはかなり成長しており、外遊びをしたい盛りだった。とはいえ精神的にも肉体的にもまだ未成熟で、車に対する警戒心が薄かったのかもね、と母は言った。こうなってしまうのも、きっとやむを得ないことだった。運が悪かった、という言葉はあまり使いたくないが。

「ごめんね。守ってあげられなくて」

手を合わせて黙祷を捧げる。ポプラが天国へ行けますように。本当に天国なんてものがあるのなら、あの時の黒い子猫も待っていてくれるのかな……とふと思う。

十二月十五日。木曜日。

悪い出来事ほど、なぜか続いてしまうもの。この日もまた良くないことが起こる。

昨日から、私は思案に暮れていた。リワインドをした上で、ポプラを家の中に数日間閉じ込めておけば、事故に遭う未来を回避できるんじゃないだろうかと。もっとも相手は動物なのだし、行動を完全にコントロールするのは至難だ。昨日の悲劇をたとえ回避したとしても、軟禁状態を解いたとたんに家を抜け出して、結局車に轢《ひ》かれてしまうんじゃないの？　無駄に終わるリワインドなら、しないほうがいい。そう考えると、どうにも踏ん切りがつかないのだった。

堂々巡りの思考のまま、放課後を迎える。体育館に向かって廊下を歩いていると、血相を変えて走ってくる渚と出くわした。

「渚……？　どうしたの？」

ただならぬ気配を感じ取り、すれ違いざまに声をかけた。渚はたった今私の存在に気づいたように、瞠目《どうもく》した。

「キーホルダー。落とした」

「キーホルダー？」

渚の慌てようと、彼女が左手で握りしめているラケットケースとを交互に見て得心した。探し物は、加藤さんとお揃いにしたあのキーホルダーなのだと。

「いつ落としたの？」

「わかんない」

渚の声は震え、すでに顔面蒼白だ。

「今朝、家を出た時は間違いなくあったんだ。でも……いつの間にかなくなっていた。気づいたのさっきだから、もう全然わかんない」

落ち着いて、と渚を宥め、ラケットケースを確認する。キーチェーンの途中から、繋ぎ目の一つが欠けていた。経年劣化なのか、何かに引っかけた拍子なのかは定かじゃないが、千切れて落ちたと見るのが妥当だろうか。

「ようお二人さん。……ん、どしたの？」

少々遅れてきた理紗が、背中から声をかけてくる。

「理紗、丁度いいところに。私ら少し遅れるって、澤藤先輩に伝えておいてくんない？」

「ん、構わないけど」

事情を簡単に説明したあとで、渚と一緒にキーホルダーを探して回った。体育館から教室に至るまでの廊下。教室の机とその周辺。トイレ。中庭。昇降口……今日、渚が行った場所を辿《たど》って、二人で必死に駆けずり回った。

でも、結局見つからなかった。

いったん諦めて練習に合流したものの、渚は終始上の空。集中できていないのが、はっきりプレーに表れる。渚の動きは全体的に切れがなく、シングルスの練習試合で澤藤先輩に負けた。今年に入ってから一セットすら落としたことのない彼女が、僅差とはいえ〇対二のストレート負けである。「気持ちが入っていない」とコーチに厳しく叱責されて項垂れる渚に、私はそっと声をかけた。

「今日の帰り道、もう一度家までの道のりを確認してみて。それから今夜、キーホルダーが見つかったかどうか、結果を私に教えて」

狐につままれたような顔で私を見ていた渚だが、気を取り直したように頷いた。

「わかった」

夜になると、壁に立てかけておいたキャンバスをじっと眺めて、渚からの連絡を待った。絨毯《じゅうたん》の上に寝転んでいると、チャットアプリの着信音が鳴る。タップして確認すると、渚からのメッセージが入っていた。

『駅から自宅までの間を、二回探してみた。でも、見つからなかった。なんか心配かけちゃってごめんね。もう、大丈夫だから』

やっぱりダメだったか。決心を一つ胸の内で固め、彼女に返信した。

『大丈夫だよ。私がなんとかしてあげる』

『うん？　よくわかんないけどありがとう』

返ってきたのは、疑問形のメッセージ。渚が理解できないのも無理はないよね、と苦笑しながら、一度だけ深呼吸をする。ポプラの一件しかなかったら、あるいは決断できなかったかもしれない。

ごめんなさい世界中のみんな。三日間だけ時間を巻き戻します。すっかりルーチンとなった謝罪の言葉を呟いたのち、私は集中力を高めていった。

「巻き戻し《リワインド》――」

＊＊＊

そわそわとして、朝からどこか落ち着かなかった。

今日は十二月十八日。いよいよ私の誕生日。鏡台の前に座って、自分の顔を見つめる。頑張らなくちゃ、と決意の声が自然と漏れた。

外出するわけでもないのに、と思いながら、慣れない化粧をするため鏡の前で小一時間ほど悪戦苦闘をしていた。化粧なんてしたところで、まず、意味はないだろう。してもしなくても、結果は何も変わらないだろう。それでも、と私は思う。これ以上後悔しないためにも、自分にできることのすべてをしなくちゃならない。

ファンデーション、濃すぎるんじゃないかな？　チークって、どのくらい塗ればいいのかな？　口紅の色、これは奇抜じゃないか？　散々悩んだ末に納得できる仕上がりになった頃には、壁掛け時計の短針が八時を指そうとしていた。

ヤバい、こうしちゃいられない。

部屋を出ようとしたタイミングで、ポプラが足元にまとわりついてきた。

「ゴメンね。今日は日曜日だけど、あんまり構ってあげられないんだ」

寂しそうに鳴いたポプラを部屋の中に押し込み、扉をしっかり閉めた。

木曜日の夜にリワインドをしたあとから、ポプラを二階の自室に軟禁状態にしている。遊びたい盛りの子猫に可哀そうな仕打ちだな、と正直思うが、車に轢《ひ》かれる未来を知っているのだからと、ここは心を鬼にする。その甲斐あって、ポプラは日曜日となった今日でもちゃんと生きている。

「ケーキよし。飲み物よし。料理よし」

準備状況を指差し確認していると、「気合入っているじゃない？」と朝食の後片づけをしながら母が声をかけてくる。言葉は足りていないが、きっと化粧のことだろう。昨晩遅くまで、料理の準備を母が手伝ってくれた。疲れているだろうに、勤勉な母は今日も早起きだ。

「まあ、それはね。どうかな？　おかしくないかな？」

んー。どれどれ、と中腰になって母が私の顔を覗き込む。

「うん。いいんじゃない？　これくらいのナチュラルメイクのほうが、侑には似合っていると思うよ」

「良かった。ありがと」

二階に戻ろうとした時インターホンの音が鳴る。たぶん、優子さんだな。

「はーい」と声を上げ玄関の扉を開けると同時に、横殴りの強い風に扉ごと持っていかれる。わわッと叫んで踏ん張った。外は猛烈な吹雪で、自宅周辺は見渡す限りの銀世界だ。

「嘘でしょ。なまら雪降ってる」

天候が悪いのは知っていたが、まさかこれほどとは。吹きつける風は肌を刺すように冷たく、今年一番と思える寒さに身震いをした。

「残念ながらこれが現実だ。どえらい天気になったもんだねえ」

勢いよく扉が開くことを考慮したのか、玄関から少し離れた場所に優子さんが立っていた。マフラーとコートに積もった雪を、苦い顔で払った。

「この車、雪道苦手だから大変だったよ。ところで、どこに停めたらいい？」

丁度家の真ん前に、やたらと車高の低い車が停まっている。スポーツカーだろうか。車に詳しくないのでわからないが。

「ああ、家の前の、そこら辺にでも停めてください」

庭の一角に車を誘導して停めてもらい、優子さんと母が軽く挨拶を交わし合い、それから私は彼女を自室に案内した。

「彼と友達は、今こっちに向かっている途中です。あと三十分くらいで着くんじゃないかな。それはそうと」

階段を上りながら振り向くと、「ん？」と彼女が小首を傾げる。

「『侑の姉の優子です』という自己紹介はやめてください。うちの母真面目なので真に受けます」

　返す言葉に詰まって、目を丸くした母の顔が頭に浮かぶ。

「冗談がすぎたかしら？」

「ほんとにもう……」

　部屋に入るなり、興味深そうに優子さんが室内を見渡した。

「うわあ、女の子らしい部屋だねえ、という台詞《せりふ》を準備していたんだけど、とりあえず無駄になった」

「自覚は、あります」

　パソコンを置いたデスク。書棚に鏡台等々が置かれた私の部屋は、物が少ないわけではないが、どこか殺風景だ。モノトーン色の家具が多いからか、全体的に色の統一感がないせいか。あと、ハンガーに下がっている服のセンスもたぶん良くない。

「部屋の中で一番目立っているのが美少女フィギュア、というのは、さて、どうだろう」

　優子さんが、書棚の上に並んだフィギュアをしげしげと見る。

「書棚の中身はBL漫画ばかりだし。……まあ、これはしょうがないか」

　諦めた、みたいな声を出された。え、そんなにまずいかな？

　漫画の背表紙を目で追っていた優子さんが、「これは？」と隅に押し込んでおいたスケッチブックに着目した。

「小学生の頃に私が描いた絵です。見ますか？」

「いいの？　見たい見たい」

スケッチブックを書棚から取り出すと、ローテーブルを囲んで二人で座る。最初のページを捲《めく》った瞬間、「わあ」と優子さんが感嘆の声を上げた。

最初のページに描かれていたのは、木枯らし吹く秋の駅舎だ。そういえば、こんなのも描いたっけなあ、と追想する。

そこから、雪に閉ざされた公園。雪解けが進んだ校庭。思い出の桜の木、と続いた。ページを捲《めく》るたび、優子さんが大袈裟《おおげさ》なリアクションをする。娘の学習発表会を観にきた保護者みたいな柔和な顔で、スケッチブックの絵に見入っていた。

「そんなに、うまいもんでもないですけどね」

最後のページは、描きかけの彼の顔だ。

「これが描けなくなってから、もう、七年です」

本日、私は拓実君に告白をします。

転校生としてやってきた彼と出会い、私が初恋をしたあの日からもう七年。……思えば、長くて辛い片想いだった。彼が私の気持ちに応えてくれるのか、そんなのもちろんわからない。でも、どっちでもいいやと私は思う。彼の答えがどうだったとしても、結果を受け止めて前を向くって決めたのだから。私の告白は、きっと加藤さんの恋路を邪魔するだろう。でも、ゴメンね。私だって、このまま自分の気持ちに嘘をつき続けるのはやっぱり辛い。

「告白、頑張ろうね」と優子さんが言った。

「そうですね」と私は答えた。

空気がしんみりとしたその時、私のスマホが震えた。電話の主は理紗だ。どうしたのかな。首を傾げて「もしもし」と電話に応じた。

『ああ、侑？　ごめん。誕生会だけど、行けなくなった』

理紗の声は酷《ひど》く掠《かす》れていて、電話の向こう側はやたらと騒々しい。何かあったのだろうかと、不安の雲が胸中に広がる。

『そっちに向かっている途中で、乗っていたバスが事故を起こしたんだよ』

「え、ほんとに⁉　で、大丈夫なの？」

『私ならいい。軽傷で済んだから。でも、私を庇ったせいで、拓実君が頭を強く打って』

――意識不明の重体なの。

「え？」

頭の中が真っ白になる。視界が即座に暗転する。まるで水底にでもいるみたいに、すべての音がくぐもって聞こえ始める。

『出血が酷《ひど》くて、意識が全然なくて、さっき救急車が来て市内の病院に向かったの。私もこれから病院に行くんだけど、拓実君についていくのは無理だから、一先ず侑に連絡しなくちゃってそう思って』

電話口の理紗の声がどんどん遠くなる。スマホを落とさないように握り締めているのがやっとで、脱力した体が部屋の床ごと地の底に沈んでいく錯覚がする。喉の奥はからからで、頭の中はさっきから酷《ひど》いノイズだらけだ。

「侑」

理紗と、優子さんの声とが重なり、そこで私は我に返った。

「あ……はい」

『救急隊員に拓実君の連絡先を教える時、彼のスマホで家族の番号をチェックしておいたの。これから言う番号に、電話をかけてみて。何か教えてもらえるかもしれないから』

番号をメモする手が震える。ありがとう、とだけなんとか伝える。

『ごめん。家の車来たからこれで電話切るね。何かわかったら教えて』

そこで電話が切れた。

「落ち着いて、侑。まずは一回深呼吸」

優子さんの声に合わせて、深く息を吸って吐いた。波立っていた心の水面が、少しだけ静まった気がする。

「よし。まず電話をしてみよう。そこで彼の搬送先を教えてもらえたら、二人で向かおうか」

「あ、はい。いや、でも」

「私のことなら気にしなくていい。大丈夫。病院まで、私が車で送ってあげるから。侑の気持ちが落ち着くまで、ずっと私が側にいるから。だから信じなさい。彼は絶対に助かるって」

私の不安を見透かしたようなその声に、ツーンと鼻の奥が痺《しび》れて瞼《まぶた》の裏が熱くなる。

何度目かの電話で、彼の母親と繋がった。搬送先の病院を確認して、私と優子さんは家を飛び出した。

いまだ雪は降り続いていたが、空にはほんのわずか雲の切れ間がある。差し込んだ日の光は、一筋の光明となるだろうか。

私は、奇跡という言葉が嫌いだ。

なぜってそれは、自分の力で手繰《たぐ》り寄せることが決して叶わぬものだから。ただ、起こることを祈り、願う。運命の流れに身を任せるだけの人生なんて、私の性に合わないじゃないか。

それでも今日ばかりは、神様に奇跡を祈るほかなかった。

「お願いですから、彼のことを助けてください」と、願わずにはいられなかった。

拓実君が救急搬送されたのは、札幌市で一番大きく、設備も整っている市民病院だった。駐車場に車を停めて外に出ると、白い外壁の建物を見上げる。横殴りの強い風はすっかり凪《な》いでいたが、風が強かったことを物語るように、歩道のいたるところに吹き溜まりが形成されていた。

病院の中は、今朝からの悪天候が嘘じゃないかと思えるほど明るい。人が多く賑やかで、ロビーの内壁も、備えつけのベンチも真っ白だ。目に染みるほどの白さに圧倒されて、一瞬視界がゆらめいた。

母親が話を通してくれていたので、彼が中央手術室に搬送されたことを受付ですんなり教えてもらえる。覚悟はしていたことだが、手術という単語に息が詰まる。忙しなく動く心臓。少し落ち着いてほしい。

深呼吸をしてから優子さんと目配せをする。「行こう」とだけ囁《ささや》き合い、階段を上って二階を目指した。

慌ただしく歩き回る看護師と何度かすれ違う。廊下を突き当たりまで進んで右に折れると、そこに中央手術室があった。リノリウムの床のその先に、『手術中』と書かれた赤いランプが点灯した大きな扉がある。廊下の両側に長椅子が置かれていて、右壁側の椅子に、一組の老夫婦と四十代くらいの中年女性が座っていた。状況から見て、拓実君の祖父母と母親だろうか。

すみません、と言うよりも早く、母親らしき人が私に声をかけてきた。

「もしかして、あなたが電話をくれた煮雪さん？」

「はい。拓実君の友達で、煮雪侑と言います。いきなり電話をしてすみませんでした。事故に遭ったと連絡をもらってから、私もすごく動転してしまって」

「ううん、大丈夫よ。心配させてしまったようで、ごめんなさいね。天気が悪い中、わざわざ来てくれたんでしょう？」

「いえ。わざわざ、なんて思ってないです。当然のことをしたまでです」

「昔ね、うちの拓実がよくあなたの話をしてくれたのよ。そっか。なんか、思っていた通りの女の子ね」

母親に電話をした時、私が名乗り出たら、電話口の声が柔らかくなった理由がわかった。少し気恥ずかしいが、今はそんなことを気にしている場合じゃない。

「それで、彼の容態は実際のところ、どうなんですか？」

優子さんが、気遣う口調で割り込むと、母親の表情にスッと陰が差し込んだ。

「正直、あまり良くないんです」

涙ながらに、母親が語ってくれた事故の状況はこうだった。

直接的な事故原因は、強風により起こった地吹雪。視界不良の中、対向車線にはみ出した大型トラックと路線バスが正面衝突を起こしたのだという。双方の車両は前部が大破し、運転手二名が胸部を強く打って重体。バスの乗客にも重傷者が何名か出て、それぞれ病院に救急搬送された。バス左側最前列の席に座っていた拓実君も、隣の理紗を庇ったことで頭を強く打った。外傷から来る出血が酷《ひど》く意識が朦朧《もうろう》としており、救急隊員の問いかけにも辛うじて応対する程度だったらしい。

「出血が予想以上に多いため、先ほど輸血をすることについて説明され、同意を求められました。今はただ、祈ることしかできません……」

輸血、という単語に、心の奥底に不安の種が芽生える。沈痛な面持ちで話し終えた母親に、かける言葉が見つからない。私も母親と同じように俯いてしまった。

空いている側の椅子に座り、優子さんと二人で手術が終わるまで待つことにした。

無言で待っている時間は長く感じる。未来永劫続くかのようだ。早く手術が終わってほしいと願うその裏で、結果を知りたくないと恐れる自分が同時にいた。

一時間くらいが経過した頃、渚からスマホにメッセージが入る。たぶん理紗から聞いたのだろう。現在の状況を包み隠さず報告すると、心配するような文面とともに、『了解』の旨が返ってきた。スマホをポケットにしまい、再びこうべを垂れた。

拓実君は今、必死に戦っているんだ。ただ、生きたいとだけ強く願い、先の見えない暗闇の中、かすかに見える希望の光を求めて手を伸ばしているのだろうか。壁掛け時計の秒針が、規則的に時を刻んでいた。遠くから時々人の声がする。早鐘を打つ心音が、乱れた自分の息遣いが、頭の中で渦《うず》を巻く雑念が、それらすべてが耳障りなノイズに感じられる。すべての音が、悪意を持って私を嘲笑《あざわら》っているようだ。

急に胸が苦しくなって咳き込んだ。

「大丈夫？」

心配そうな顔で、優子さんが背中を擦《さす》ってくれる。

「はい」

発した声はあまりにか細く、自分でも驚いた。

伏せていた顔を上げたその時、手術中の灯りが消える。限界まで膨《ふく》らんでいた緊張感が弛緩し、誰かが「ふ」と息をついた。それでも私の心は緩まない。待ち望んでいた瞬間が来たはずなのに、押し寄せてくる不安の波が、私の心を激しく揺さぶった。

騒々しい心臓の位置に手を添え、周りの人が立つのに合わせて私も立った。

待つこと数十秒。自動ドアが開き、手術を担当したと思われる男性医師が二名出てくる。二人のうち年配の医師が「ご家族の方は？」と問うと、彼の家族が名乗りをあげた。

声を上げることもできず、ただ呆然と、医師と家族の会話に耳を傾けていた。

端々に登場してくる単語の意味を理解していくにつれ、足が震え、立っていることすらままならなくなる。気を抜くと足元が揺らいでしまいそうで、優子さんに支えられて壁にもたれた。

頭部の外傷は大きく、当初から難しい手術になると予想されました、という言葉から、説明は始まった。

――出血が酷《ひど》かったのは、裂傷があった部位とその周辺。術中に血圧の著しい低下が見られたため、ご家族の同意を得て輸血を行いました。その後、心肺機能が一時的に低下しましたが外科手術としては無事成功。ですが――大脳の損傷箇所は、予想した以上に広範囲で深刻でした。視床下部と脳幹はまだ機能し続けていますが、大脳の大部分が活動を停止して、いわゆる植物状態に陥《おちい》りました。

淡々と、そんな内容を医師が説明していった。

「とはいえ、植物状態に陥《おちい》ってから一ヶ月以内であれば、奇跡的に回復した事例もあります。希望を、捨てないでください」

あらかじめ決められていたとしか思えぬ医師の言葉で、会話は締めくくられた。

なんなの……その事務的な話し方は。もう少し気遣いのある伝え方ができるんじゃないの？　ただ結果のみを伝えていく医師の様子を見ているうちに、強い憤りを覚えた。全身が一つの感情で支配されていくと、体に力が入らなくなり、両手を床について蹲《うずくま》った。

とはいえ、私がどんなに憤慨したところで結果は覆らない。彼が置かれている状況がとても厳しいことを、この場にいるすべての人が理解していた。だからこそ、誰一人として声を発することができずただ俯いていて、唯一聞こえてくる母親の嗚咽《おえつ》だけが、手術室前の廊下に木霊《こだま》していた。

――奇跡なんて、そうそう起こるものじゃない。

そんな話をよく耳にする。そんなの、私だってわかっている。

それでも、今日ばかりは奇跡の値段、下げておいてくれても良かったんじゃないかな、神様。願いを聞き届けてくれない神様に、心中で不満をぶちまけた。ぽろぽろと、ひとりでに零れ落ちる涙を拭いながら、しばらくの間、私は立ち上がることができずにいた。

拓実君の病室として準備されたのは、五階ナースステーション隣の個室だった。

入院用の荷物や着替えを取りに行くため家族らが退室すると、私と優子さんの二人が病室に残された。備えつけの丸椅子に座り、ベッドの上にいる彼をじっと見つめる。

頭に包帯が巻かれていることを除けば、彼の寝顔は何事もなかったみたいに穏やかだ。

けれど、繋がれている人工呼吸器の存在が、彼の左腕から何本も伸びた点滴の管が、閉ざされたままの瞳と、反面、薄っすらと開いたままの唇が、そういった、視覚から得られる情報のすべてが「彼が目覚めることは、もうないんだよ」と私に宣告してくるようだ。目の前がチカチカとして、ぐらりと視界が揺らいで反転しているようで、ああ、まずいな、と思う。

「ごめんなさい」謝罪の声が、自然と口をついて出る。

「ごめんなさい。私のせいで……」

私の肩に、優子さんがそっと手を置いた。

「気持ちはわかる。でも少し落ち着いて、侑。別にあなたが悪いわけじゃないのだし」

「違うんです。私は、彼の運命を変える力を持っているんです。いえ、正しくは持っていた、なのかもしれません。それなのに、不用意に能力を使ってしまったから、一番必要なはずの今、使うことができないんです」

「どういうこと……？」

当惑で彼女の眉間に皺《しわ》が寄る。理解できないのも無理はない。これから私が伝えようとしていることは、あまりにも非現実的な話なのだから。

私が持っている不可思議な能力、リワインドを使えば、彼が事故に遭う運命を回避することは容易《たやす》い。事故そのものを防ぐのは無理だとしても、別の交通手段を使うよう、彼に促すことは可能だ。これは決して最善手ではない。彼さえ助かれば、その他の怪我人《けがにん》はどうなってもいいのか？と非難されてもしょうがない内容なのだから。けれど、それすらも叶わないのだ。藁《わら》にも縋《すが》りたい心境なのに、それすらも許されないなんて。これは全部自分のせい、自業自得だ。

「少し突飛《とっぴ》な話をします。信じてもらえなくても構いません」

「侑？」

「私には、時間を巻き戻す力があるんです」

意を決してカミングアウトすると、優子さんが目を丸くした。次第に真剣な面持ちに変わると「それで？」と先を促した。

「戻せるのは三日間だけという、お粗末な能力ではありますが。……それでも、この力を使って時間を巻き戻せば、彼がバス事故に遭う未来を変えることができるんです。それなのに――」

「能力にはなんらかの制約があって、今の侑には使うことができない。そんな解釈で合っているかしら？」

ところが優子さんは、さほど驚いた様子もなく、私が言おうとしていた台詞《せりふ》を引き継いだ。

「……仰る通りです。私の能力は、使用後に一定期間のインターバルがあって、一度力を行使すると、七日先まで再使用はできません」

「前に力を使ったのはいつなの？」

「三日前。木曜日の夜です」

木曜日、と復唱したのち、両目を閉じ、腕組みをして彼女は黙考した。

「——つまり？この次、侑が能力を使えるようになるのは、十二月二十二日の夜。そこから三日時間を巻き戻したとしても、十二月十九日までしか戻せない。なので、今日起こった事故の結果を変えることは叶わない。これで合っているかしら？」

恐るべき理解の早さだな、と舌を巻いてしまう。前々から感じていたが、優子さんは頭の回転が速いし考え方も柔軟だ。まさに才色兼備。ほんと、この人には敵わない。

「合っています。それで全部合っています。だから、私のせいなんです。もっと熟考した上で、能力を使えばこんなことにはならなかった」

虫の良い話だな、と不謹慎にも笑いそうになる。渚を救いたかったことも、ポプラを助けたかったことも、すべて私の本心だ。拓実君を襲う悲劇を知らなければ、結局同じタイミングで能力を使うだろうに。終わったあとでならなんとでも言える。

それでも。「私のせいなんです」涙が目を覆う中、彼の手を握った。

意識はなくとも、絡めた指先は温かい。脈だってちゃんとある。それなのに、彼の瞼《まぶた》が開くことはもうないのだろうか。私の名を、呼んではくれないのだろうか。その声を、聞くことは叶わないのだろうか。私の気持ちはもう伝えられない。永遠に秘めたままになるんだ、と認識すると、堰《せき》を切ったように涙が溢れた。彼の手を握りしめたまま、布団の上に突っ伏して泣いた。激しくなるばかりの感情のうねりを、抑える術はもうなかった。

幼子のように泣きじゃくっている私の頭に、優子さんが触れる。髪の毛を梳くように何度か撫でた。

「侑。そのままでいいから、落ち着いて聞いてね。これから何個か質問をする。それに、イエスかノーで答えて頂戴」

「どういう、ことですか？」

「細かいことはいいから。わかった？」

「は、はい……」

いいから黙って私の言う通りにして。そんな彼女の強い意志が透けて見えて、それ以上言い返せなくなった。いったい彼女は、何を言わんとしているのだろう。

「侑には兄弟っている？」

「はい。弟が一人だけいます」

「うん。だよね」

優子さんの声が少しだけ沈んだ。

「お父さんのこと、大好き？」

「はい、大好きです」

「そっか、良かった」

今度は少し、トーンが上がった。

「誕生会のことなんだけどさ、私が促さなければ中止にした？」

どうして今、そんなことを訊くんだろう？　どう答えるべきか正直迷った。優子さんの説得によりやると決めたイベントなので、ここで『イエス』と答えてしまえば、彼女のせいで、拓実君が事故に遭ったという話にならないか？　それだけは、言っちゃいけない気がする……

私の逡巡《しゅんじゅん》を見透かしたように、優子さんが嘆息した。

「気を遣っているのなら、そんなの不要だよ。ただ粛々と、本当のことだけを言って」

優子さんには、何から何までお見通しなんだな。その言葉に背を押され、本音を言う覚悟が決まる。

「はい……。優子さんの説得がなければ、おそらくやりませんでした」

満足したように、彼女が深く頷いた。

「じゃあ、これが最後の質問ね。彼のこと好き？　誰よりも愛しているって言える？」

拓実君のことを想うと、再び視界が滲《にじ》んだ。零れ落ちた涙を拭い、必死に声を絞り出した。

「はい、大好きです」

「オーケー。正直に答えてくれてありがとう。これで私も、覚悟を決められるってもんだ」

優子さんは私の背後に回ると、背中からぎゅっと抱きしめてきた。意想外の力の強さに、ちょっぴり困惑してしまう。

「これから、想像もしていないようなことがいくつか起こるわ。最初は、少し戸惑うかもしれない。でも、それは夢なんかじゃなくて、すべて真実だから。今いるこの世界も真実だけど、これから見るものも同じ。だからさ、侑が本当にやるべきことだけは見失ってはダメよ？　ただ、前だけを向いて進んで行くこと。誓えるね？」

「え……？　何を言っているのか、よくわからないのですが」

「大丈夫。全部私に任せてね」

直後――鼻を啜る音が背中から聞こえた。私は、彼女が泣いているのだと直感した。

「……優子さん？」

「ほら、ダメだよ。振り向かないで前だけを見て」

くるりと振り向こうとしたところを、彼女の右手に制される。

「さようなら、侑。でも……絶対にまた会えるって、私は信じているから」

「優子さん⁉」

静かに、決然と放たれた別れの言葉に、今度こそ驚いて振り向いた。

「……リセット」

さらに続いた一言とともに、私の視界が暗転する。何があったのかと考える暇もなく、深い闇の底へと意識が吸い込まれていった。

＊　＊　＊

夢を見ているのかな、と思う。

不思議な明るさに満ちた空間を私は歩いている。見渡す限り辺りは真っ白で、視界がほとんど利かない。白い、霧のような靄《もや》のようなものが立ち込めている。

何分か。それとも何時間なのか。どれだけ彷徨《さまよ》っているのかもわからない。白い霧に包まれた道を、ただ進んでいるだけだ。

この道の先に何があるのだろうか？　そもそも、私はどこに向かっているのか？

不安と疑問が首をもたげ、引き返そうと立ち止まると、女性の声がした。

——侑。

すぐ近くを誰かが歩いているのに気づく。その人物をよく知っている気がする。背はわりと高く、丈の長いワンピース姿だ。知っている人のはずなのに、それ以上のことは思い出せない。どうして？　と次の疑問に首を傾げると、女性が私の手を取って引いた。

「迷わないで。出口はこっちだから」

ずっと前から、そう……ずっと昔から、知っている人の声。そんな確信めいた何かが、心の中で弾けた。彼女の細い指先をしっかり握り返すと、いくつかの単語の羅列が脳裏に浮かんでくる。そうだ、彼女の名前は——

次第に、自分が何を視界に入れているのか理解し始める。

木目の天井が見える。突然胸の辺りが苦しくなって、激しく咳き込んだ。その拍子に、意識を覆っていた薄い闇が晴れ、はっきりと視野が開けた。

パソコンが置かれたデスク。日焼けして、色褪《いろあ》せた壁紙。目を覚ました場所はさっきまでいた病室ではなく、自分の部屋だった。私はベッドの上に横になっていて、背中は気持ちが悪くなるくらいにじっとりと汗ばんでいる。

長い夢を見ていたと思う。私はその夢の中で誰かに手を引かれて、それから……どうしたんだっけ？　確かに知っている人だった気がするのに、思い出そうとすればするほど、夢の輪郭線は崩れて朧《おぼろ》げになっていく。そうして終いには……完全に、忘れた。

まあ、いっか。夢なんて大概そんなもんだ。考えるのを止めて上半身だけを起こすと、しばらく呆然としていた。カーテンの隙間から朝日が差し込んでいた。目覚めの感じが、リワインドをした直後のそれと良く似ていた。だが、おかしい。

どうして自分の部屋にいるんだろう、私は。

わからない。確かに拓実君の病室にいて、彼の手を握りしめていたはずなのに。病院を出て、自宅に帰り着くまでの記憶が欠落している。優子さんの車で送ってもらったのだろうか？　なぜ、自分が家にいるのかも、どうやって病院から戻ってきたのかも、それどころか、今が何日の何時なのかもよくわからない。

そうだよ。今って何時なの？

部屋中に視線を配り、絨毯《じゅうたん》の上に無造作に置いてあったスマホを拾う。画面をタップして、現在の日時を確認した。八時五十分。多少寝過ごしてしまったようだが、時間は別にいい。問題は日にちのほうだった。

【十二月十八日】

いやいやいや、それはありえないッ！

驚愕からスマホを二度見したが、何度確認しても十二月十八日の朝で間違いない。端的に言って、時間が今朝まで戻っている。

「──なんなの、これは⁉」

ええっと、そう。私と優子さんが部屋でスケッチブックを眺めていた頃の時間だ。なら、どうして私はのんびり寝ていた？　優子さんはなぜ部屋にいない？　いや、問題の本質はそこじゃない。なぜ時間が戻っているかなんだ。

もしかして、スマホの時計が狂っている？

そうだよ。そうとしか思えない。

階段を転げるように降りて階下に向かう。リビングに入ると、ソファに並んで座る母と優斗がいた。テレビから流れている地方ニュースに見入っている。

「お。ねーちゃん、バスとトラックが正面衝突だってさ」

「え、バス事故？」

首だけを回し、他人事みたいに告げた優斗の声に、驚いてテレビの画面を注視した。

『今日の八時二十分頃、札幌市近郊の山沿いで、トラックとバスが正面衝突する事故がありました。当時現場は風と雪が非常に強く、一瞬、視界がゼロになってしまうホワイトアウトという現象が起こっていたようです。それにともなう視界不良により、トラックの運転手がハンドル操作を誤ったことが事故の原因ではないかと見て警察は――』

「そうだよ！　バス事故！」

声高に叫んだ私を、困惑と驚きが半々の顔で母が見る。

「どうしたの、突然大きな声を出したりして」

「お母さん。今日って、十二月十八日で合ってる？」

「当たり前だべ。アンタ、ほんとにどうしたの？」

よくわからないが、やっぱり時間が戻っているで確定らしい。え？　ほんとに？　どちらにしても、いの一番にやるべきことは拓実君と理紗の安否確認だ。だって二人はこのバスに乗っていて――

震える指先で、チャットアプリでメッセージを打つ。

『今、どこにいる？』

返信なんて、あるだろうか、という不安を他所に、あっさり既読がつき返信もあった。

『おはよう。いや、家にいるけど？』

『おっはよー、侑。ん？　家にいるけどどした？』

良かった。本当に良かった。これには安堵《あんど》から気が抜けた。心配事がなくなりクリアになった思考で、今の状況を整理していく。

スマホの時刻。母の発言。テレビの報道。これらを確認した限りでは、今は十二月十八日の朝で間違いなさそう。家の中を歩き回っているうちにわかったが、私の誕生会を行う準備がされていなかった。なぜかわからないけど、いろいろと違うんだ。

誕生会はやらない。だから優子さんは来ていないし、拓実君もバス事故に遭遇しない。こういうことか？　まさに『こうなってほしい』と私が望んでいた状況だ。

では、誰がこの状況を作り出したかだが、そんなことができるのは、世界でただ一人。私だけだ。

私がやったの？　どうやって……？

あらゆる可能性を考慮して、仮説を一つ組んでいく。

ポプラが車に撥《は》ねられたのが今から四日前。渚がキーホルダーを紛失したのがその翌日。悪いことが立て続けに起きたので、過去を改変する目的で私はリワインドを行使した。

ここまでは、間違いないはず。

そうして迎えた十八日。拓実君はバス事故に遭遇して植物状態に陥《おちい》った。本来であればただちに能力を使うべき場面だが、能力のインターバルの渦中にいた私はリワインドを行使できない。悲観した私は――ありえないことだと理解しつつも――木曜日に使ったリワインドを、なかったことにできないものかと思案する。そして、ここから本当にありえない話なのだが、なんらかの手段を用いて、実際になかったことにした。インターバルを解消した私は、植物状態に陥《おちい》った彼の傍《かたわ》らでリワインドを行使する。三日前である十二月十五日の昼まで戻り、拓実君達に連絡を入れて誕生会を取りやめにした。

こう考えると、現在の状況すべてが線となって繋がる。いや、ほんとに？　渚のキーホルダーであれば、落とした時間がわからない以上確たることは言えないが、ぎりぎりなんとかなるかもしれない。だが、その前日に死んでしまうポプラを救うのは無理だ。一日だけ間に合わない。悲しいけれど、ポプラは変わることなく冷たい土の下ってことだ。

細くて長い息が漏れた。それはそれで、辛いんだけどな。

ポプラと拓実君の命を天秤にかけたみたいで複雑だ。天井を振り仰いだ時、「にゃあ」と猫なで声を上げ、ポプラが足元にすり寄ってくる。

「よしよし。どうした、お腹でも空いたか？」

背中に触れると、ぴんとヒゲを伸ばして今度は頭を寄せてくる。愛い奴め。なんて、喉元を撫でながらあることに気づき驚愕する。

「なんでポプラが生きてるの⁉」

ポプラが車に轢《ひ》かれるのは十四日。だが、拓実君の状況を確認したあとでリワインドを使ったとするなら、どう考えても十五日の昼までしか戻せない。必然的に、拓実君とポプラの双方が無事である世界は存在しえないんだ！

この瞬間、先ほど立てた仮説があっさり崩れ去った。

ちょっと待って、さっき返信してきたのは本当に拓実君なの？　何もかもが信じられなくなって心臓がどきどきする。いてもたってもいられなくなり、拓実君に電話をかけた。三度呼び出し音が鳴ったあと、彼が応対した。

『もしもし？』

「拓実君？　拓実君で合っているよね？」

『なんだそりゃ？　当たり前でしょ。今、お前が電話をかけた相手は誰なのよ？』

「良かった……。ねえ、今本当に家にいるの？」

『それさっきも訊かれたけど？　間違いなく家にいるよ』

「そっか」

ちゃんと声が聞けたことで、いよいよ腰が抜けてしまった。

三日間しか戻せない私の能力では、『渚のキーホルダー』はともかくとして、『ポプラ』と『拓実君』の両者を同時に救うのは絶対に不可能だ。つまり、この状況を作り出したのは私じゃない？　そこに考えが至ると、優子さんに言われた言葉が頭を過《よぎ》る。

――これから、想像もしていないようなことがいくつか起こるわ。最初は、少し戸惑うかもしれない。でも、それは夢なんかじゃなくて、すべて真実だから。

記憶に残っている最後の場面。優子さんは確かにこう言った。ということは、目が覚める前に見ていた世界はまやかしで、今いる世界が本物？　明後日の方向に飛んでいった思考に、自分でも困惑してしまう。いや違う。優子さんは「今いるこの世界も真実」とも言っていた。記憶の中にある世界も真実で、今いるこの世界もそう。待って、そんなことってあるの？

とにかく、これだけは言える。この状況を作り出したのは、たぶん――優子さんだ。

「体調はどう？　平気だよね？　どこも怪我《けが》してないよね？」

『さっきから、言っていることが支離滅裂になってんぞ？　なんか妙な夢でも見たの？』

念押しで訊ねるも、哀れみのこもった声で返される。彼の視点でみれば、おかしいのは紛れもなく私なのだから、そんな反応をされるのも至極当然か。

「あはは……なんでもない。そうそう、ちょっと妙な夢を見ちゃってね。現実と夢の区別がつかないというか」

『なんだそりゃ』

テレビの音声に耳を傾けながら、「怪我人《けがにん》とか結構出ているの？」と母に訊ねた。

「う〜ん。運転手は二人とも重体となって病院に搬送されたようだから、予断を許さない状況かもしれないね。他にも何人か怪我人《けがにん》が出ているみたいだけど、今のところ、亡くなった人はいないみたい」

「そっか……」

ということは、拓実君が座るはずだった最前列は、この世界では空席だったのだろうか。正直、まだまだわからないことが多すぎる。まずは優子さんの助言通り、今の状況を受け入れていくしかないのだろう。変わらず事故が起きたのは残念だが、拓実君は無事だったのだから私としてはそれだけでも嬉しい。

なんて、やっぱり不謹慎だよ。と収まりのつかない思考を巡らしていると、電話口の向こうから拓実君の声がした。

『なあ、煮雪』

あ、まだ通話中だった。

「うん、なに？」

『なに、じゃない。お前、今日全体的にどこかおかしい』

「ああ、ごめんね」

『妙にのんびりしているけど、今日の約束、忘れてないよね？』

約束？　私は拓実君と、何か約束事を交わしていただろうか？

「ああ～約束ね。もちろん……と言いたいんだけどごめん。約束ってなんだっけ？ど忘れしちゃった」

お前なあ、と心底呆れた声で彼が言う。

『市民絵画コンクールを、一緒に見に行こうって約束していたじゃん。本気で忘れていたの？』

「ああ～……市民絵画コンクール、ね」

うん、まったくわからない。もしかしてアレか。稔君が作品を応募したコンクールのことか。というか、それを二人で見に行くの？　それって、デートの約束なの？

何やらこの世界の私は、大変な状況に置かれているようだ。

待ち合わせをした場所は札幌駅の改札前。時刻は十時三十分らしい。自分がしたであろう約束に、らしい、という表現もどうかと思うが。

拓実君との電話を終えた時点で九時半を回っていたため、化粧をしている暇はなく、てんやわんやで家を出ることに。白のニットセーターを着て、ボトムはデニムのパンツ。もっと可愛らしい服が良かったかな、と後悔もあるが、吟味しているだけの時間的余裕がなかった。せっかくの初デートなのに悲しすぎる。穴があったら入りたい、というか逃げ出したい。

一応……告白をするつもりで、水彩画をパネルバッグに入れて持参していた。

電車に乗って、すっかり冬らしくなった街の景観を車窓から見つめる。状況があまりにも変わりすぎていて、頭の整理が追いつかない。

私のために優子さんが能力を使った、と仮定したとして、いったいそれはどんなものなのか。日付が変わっていないのだから、リワインドのような時間操作系とは少し違うのかも。無論、本人に訊けば手っ取り早いのはわかっている。だがここで、今更のように重大な問題に気づいた。彼女の連絡先を、私は一切知らない。チャットアプリのIDを交換していないし、電話番号もメールアドレスも知らない。ついでにいうと、住んでいる町すらわからない。

なんということでしょう。この段階になってから後悔してもあとの祭りだが。まあ、心配しなくてもそのうちに、電車の中でまた会えるだろう。その時にでも、礼を言うついでに訊ねてみようか。

そう結論を与えると、目を閉じて電車の揺れに身を委《ゆだ》ねた。

札幌駅のホームに降りる。まだ時間あるな、とスマホで確認してから歩き始める。改札口を出て拓実君の姿を捜すと、駅の入口付近で壁にもたれているのが見えた。長袖シャツにチェスターコートを羽織っている。ちょっとだけ余所《よそ》行きって感じ？

「ごめん、待たせた？」と声をかけると「いや、今来たとこさ」と彼が返す。まるで恋愛ドラマの一場面みたい、と高揚しかけた私の心を、彼の隣からひょっこり顔を出した三人目が粉々に砕いた。

なんで加藤さんがいるの⁉

クルーネックの白いトップスに、ふわりと広がったフレアスカート。流行の冬コーデもかくやという可愛らしい出で立ちの彼女は、穿《は》いたスカート同様ふわりと笑んで、こちらに会釈を送ってくる。

普段着の私とは雲泥《うんでい》の差！　着ている洋服の格差に意気消沈！

いやいや、そんなことよりも。何この修羅場の予感。二人きりのデートだと思っていたのに冗談でしょ？　全然聞いてないんですけど。真冬の海もかくやと波立っている心を必死に宥め、笑みを返した。ちゃんと笑えているだろうか、私。彼女が咲いた向日葵《ひまわり》なら、差し詰め私は萎《しお》れた薔薇《ばら》。なんてな。

「紹介するよ。この間話した、中学時代の友達で加藤春香」

「初めまして。でもないいんだけど、私のこと覚えてるかな？」

「覚えてるよ。何度か対戦したことあるよね。そっか……加藤さんも一緒だったんだ」

これじゃまるで皮肉じゃないか、と自分の発言に頭を抱える。

「ああ、ごめん。言ってなかったもんな」

悪びれもせず言ってのける彼に、軽く苛立つ。何それ、元々この予定だったの？　この状況ってさ、どう考えても私が邪魔者なんじゃないの？

「覚えてくれてたんだ。嬉しい。……もしかして、私邪魔だったかな？」

私の心でも読んだのか。はたまた顔に出てたのか。加藤さんが気まずい顔になる。

「あはは……そんなことないよ」

愛想笑いをした私の隣で、「じゃあ出発しますか」と能天気に彼が言う。バス停まで三人で移動し、そこから路線バスで美術館を目指すことに。

バスの中でも二人は並んで席を取る。楽しげな笑い声が、断続的に響いてくる。

「芸術の森美術館に行くのって、だいたい二年ぶりかなあ」

「あ〜……かな？　あの日も今日みたいな、酷《ひど》い天気だったよね。なまら雪降ってた記憶あるわ」

「そうそう、覚えてる覚えてる。なっつかしいなあ」

なんなんですかねコレ。罰ゲームなんですかねコレ。一つ後ろの席で、パネルバッグをぎゅっと抱きしめ心がざわつく私。二人には共通の話題、というか思い出があるが、私にはそんなのないからいまいち会話に入っていけない。

バスに乗る直前、拓実君が「その荷物、何?」と私に訊ねてきた。「いやー、別に」と言葉を濁しておいたが、水彩画を描く趣味があった彼のこと。おおよそ察しはつくだろう。それ以上突っ込んでこなかったのは、彼なりの優しさなのか。それとも単に、私に興味がないだけか。

まーどっちでもいーんですけどね!

「あーほら、あの子可愛い」

加藤さんが窓の外を指差した。チェック柄のマフラーを首に巻いた、セーラー服姿の女の子が雪が降る中佇んでいた。

「ほんとだ。中学の頃の春香に似ているかも」

「またまたお世辞なんか言っちゃって。え、そうかな」

似てないよ、と口をついて出そうになった本音を慌てて飲み込んだ。なんだろうこれは。身悶《みもだ》えするようなこの胸の痛みを、処理する方法・手段がありません。嫉妬の感情なんてゴミ箱にポイしたいけど、これ、燃えるゴミでしょうか、燃えないゴミでしょうか。嫉妬の炎が燃えているから、燃えるゴミか。なんてな。

はあ……

到着した美術館は、外壁が落ち着いた色をした、綺麗な建物だった。すぐ隣に大きな池を備えており、眺めているだけで心が癒されていくようだ。

もっとも、私の心にリラクゼーション効果は表れないが。

入館料を支払う時、加藤さんの財布に渚とお揃いのキーホルダーが揺れているのが見えた。女の友情はハムより薄い、なんていうが、案外捨てたもんじゃないかもね。

休日の午前中ということもあり、館内はそれなりに混雑していた。老若男女、さまざまな人の姿が見えた。市民コンクールなので、大半は素人が手がけた作品なのだが、展示されているのは入賞作品のみであるらしく、私が思うより数段レベルの高い絵画展だった。館内の展示は、小中学生の微笑ましい絵画から始まり、入口から奥に進むにつれて、高校生や一般の人が手がけた作品に移っていくようだった。

「すごいねえ」

率直な感想を口にしながら、興奮気味に歩を進めていく加藤さん。そんな彼女の背中を見つめ、心がひりひりしている私。

「小学生が描いた絵を眺めていると、なんだか昔のことを思い出すね」

満開の桜をダイナミックに描いた水彩画の前で足を止め、私はぽつりと呟いた。

「そうだなあ。煮雪と満開の桜を見上げて筆を走らせていたあの日のことを、今でも鮮明に思い出せるのに、あれはわずか半年ほどの出来事だったんだよな。俺はさ、来年も、そのまた次の年も、二人で絵を描けるもんだと信じて疑わなかったんだけどな」

瞳を閉じて、感慨深げに彼が言う。過去形なのが、ちょっとだけ胸に痛い。でも――そうやって、記憶に留めてくれているのなんか嬉しい。それだけでも、私の心は少しだけ救われる。

「二人でさ、美術部に入ろうって約束した日のこと、覚えてる？」

「もちろん。俺のせいで、守れなくなったんだよな」

「いや、別に拓実君のせいじゃないしょや。親の都合による転校じゃどうしようもないし。それにさ、私だって、結局絵を描くのをやめちゃっていたわけだし……」

二人でスケッチブックを広げていた日々の記憶が、瞳を眇《すが》めたくなるほど眩しい思い出の光景が蘇《よみがえ》ってくる。小学生が描く絵は実に純粋だ。こうして眺めているだけで、心が落ち着いてくる。今抱えているしがらみのすべてが、どうでもよく思えてくる。どうでもよくなったら――いいのに。

その時、一枚の絵画のまん前で、加藤さんが足を止めた。

「うわあ、これすごいなー」

まん丸に目を見開いて、食い入るように見つめているそれは、高坂稔君の作品だ。

濃いめの青を基調とした背景は、かすかな寂しさや憂いを感じさせるもの。キャンバスの中央にくっきりと浮かび上がっているのは、対照的に雪のように白い肌を持った少女の横顔。中学時代、彼が羨望の眼差しを向けていた、成瀬由衣さんの姿だ。緩やかに波打った艶のある髪も、切れ長の瞳と長い睫毛《まつげ》も、薄めの唇とほんのり色を灯した頬も。それらすべては非凡な構図の元、力強い色彩表現で描かれていた。

一度見ている絵画なのに、引き寄せられて目が釘づけになる。やっぱりすごい。

「うん。ほんとに上手だねえ」と私が溜息混じりに呟くと、作者の名前を確認した拓実君が鼻息も荒く言った。

「これ、高坂の作品なのかよ。アイツとはほとんど話したこともないんだけど、めっちゃ絵がうまかったんだな」

「そうだよ。彼いわく、中学時代は美術部の部長をしていたんだってさ。この絵の女の子も、前の学校で美術部に所属していたらしい」

得々として語ると、彼の表情が段々苦いものになる。

「なんだよお前。高坂と、結構仲が良さそうなのな」

「一応、友達なんで？」

「ふ〜ん……」

いよいよ彼は、つまらなそうな顔をした。何がそんなに不満なのかね。そんな彼の傍《かたわ》らで、「この絵のモデルの人って、作者の恋人なのかな？」と加藤さんが首を捻る。

私と同じ感想を彼女も抱いていることに、ちょっとだけ可笑《おか》しくなる。

「私も気になったから訊ねてみたんだけど、はっきり違うと否定された。でも、たぶんだけど、好意は持っていたんじゃないかなあ？　私はそう思ってる」

「へー……だとしたら、なんかロマンチック。この子綺麗だもんね」

稔君の気持ち、勝手に代弁しちゃったけど、当たらずといえども遠からずだと思うんだ。

「中学時代と言えば、拓実君ってしばらくの間、クラスに馴染めなかったんだよね」

「春香、その話は……」

らしくもなく、うろたえてみせる彼。

「へえ、中学時代の彼って、どんな感じだったの？」

好奇心をあらわに私が前のめりになると、茶目っ気たっぷりに加藤さんが笑う。

「そうだなあ。どっちかと言えば、大人しめ男子って感じだったかな。そのせいか、一年生の一学期から二学期の中頃までは、全然友達ができなかったんだよ」

そこで彼女は、一度言葉を切った。「私、以外はね」

どくん――言葉の意味をかみ締めて、私の心臓が大きく跳ねる。

「何度も転校を繰り返していたからな。友達を作るのが、すっかり億劫になっていたんだ」

襟足の辺りをかきながら、言い訳染みた声を彼が出す。

「そうだねえ……」

加藤さんは拓実君の顔を一瞥《いちべつ》したのち、再び歩き出す。ベンチに座しているみたいな、穏やかな口調で話し始める。

「青森から、春先に突然やってきた男の子。そこそこイケメン。女の子の誰も彼もが、放っておくわけはなかった」

なんだか、今年の初夏の話とよく似ている。

「でもね、彼はつれなかった。誰かにアプローチされても必ずこう言ってはぐらかす。俺、好きな奴が別の学校にいるから、と」

「おい――」

話を遮ろうと拓実君があたふたするが、加藤さんは止まらない。ふふ、と軽く笑い、なおも続ける。

「そっか。そんな顔して恋とかしているんだ、と思ったら、それから拓実君のことが男子に見えて、目が離せなくなった。私は元々そんなに明るい性格でもなかったし、コイバナとか持ち出す勇気もなかったから、誰が好きなの、と突っ込んでは訊けなかった。本音を隠して、下世話な話ばかり。それでも、バドミントンのクラブで一緒だったのもあって、次第に彼とは仲良くなった。そして益々――好きになっていった」

加藤さんは天井を仰いだ。煌めいていた世界の記憶を、手繰《たぐ》ろうとするみたいに。

「けれど、彼はなかなかなびいてくれなかった。顔も知らない他校の女の子が、とんでもないライバルに思えた。そんな時だったかな。私は酷《ひど》い怪我《けが》をしたの。一ヶ月以上も入院することになって、バドミントンを続けられなくなるほどの怪我《けが》を」

その話は渚からも聞いていたので、口を挟まず無言で頷いた。

「なまら落ち込んだんだ。でも同時に、ここがチャンスだと思った。普段素っ気ない彼も、今なら私のことを見てくれるかもって」

チャンスという言葉にぞくりとした。拓実君のために時には狡猾で、時にはしおらしい、一生懸命な彼女の姿に、拓実君も惹《ひ》かれたのだろうか。

ここから先は、渚から聞いた話とだいたい同じだった。加藤さんから告白をし、二人の交際がスタートした。天にも昇る心地だった。だが、幸せだったのは最初の数ヶ月だけで、次第に潮目が変わっていく。私のデート現場を彼が見て、態度が次第に硬くなって。

「中学二年の春だったかな。あの出来事があったのは」

「あの出来事？」

何かが起きたとわかる不穏なワードに、心に小さな波が立つ。

「うん。拓実君のお父さんが、亡くなったの」

死んだ？　彼の父親が？

「それは……本当なの？」

訊ねた声は、自分でも驚くほど震えている。「ああ、本当だ」と、加藤さんに代わって拓実君が答えた。

全然知らなかった。それもそうだ。私は中学時代の拓実君を知らないのだから。加藤さんと私との差が、また少し開いた気がした。

「母親と一緒に北海道に戻ってきてから、間もなく一年になろうという時期だったかな？　青森に残してきた親父から、突然電話がかかってきたんだ。『一日だけでもいいんだ。青森に戻ってこないか？　お前の顔が見たいんだ』ってね」

だが拓実君は、父親の懇願《こんがん》を突っぱねた。

離婚の原因は夫婦間の気持ちのすれ違いだったが、そもそも原因となったのは、父親の浮気だった。だからどうしても、彼は釈然としなかった。会いたいのであれば、そっちがくればいいだろう。青森から札幌なんて、そこまで遠くもないのだし。これ以上俺達を振り回さないでくれ、と一方的に電話を切った。今頃虫の良い話だ、と憤りすら感じていた。ところが、数ヶ月後に彼は知ることになる。父親は北海道に来ないんじゃなくて、来られなかったんだと。

――父親の死によって。

彼の元に電話を寄越した春先、父親の病巣は全身に転移しており、すでに末期《まっき》癌《がん》の状態だった。もちろん、病院を離れることなどできない。それでも、せめて最後に息子の顔が見られればと、父親は連絡を寄越したのだった。

「俺は後悔した。せめて母親に相談すれば良かった、意固地にならずに父親に会いに行けば良かったと。しかし、遺影となった親父は、何も答えてくれない。俺はまた一つ、後悔を重ねてしまったんだな、とそんなことばかりを延々考えていた」

「まるで抜け殻みたいだった」

同調して呟いた加藤さんの瞳は、わずかに潤んで見えた。

「友達と談笑している時も、顔は笑っているんだけれど、心がまったくこもっていなかった。空虚な笑みを見ていると、以前の拓実君はもういないんだと痛感した。同情心で繋ぎ止めていた関係は、すでに破綻していた」

でもね、と彼女の瞳が、再び狡猾な光を放つ。

「それすらもチャンスだと思った。同じように、心に深い傷を負っている私になら癒せると思った。彼の心に寄り添うことができるのは、私だけの特権だと思った」

「うん」

ここでようやく、絞り出すように一つ相槌を打った。

――七年という歳月の中で、いろいろあったもんな。

そうか。この話だったのか。中学時代、二人の間にはいろいろな困難があって、その中で二人手を取り合い、支え合いながら生きてきたんだ。一度拗《こじ》れた関係も、父親を失うという身を切るような痛みを互いに経験し共有したことで、先日、再び強固に繋がったんだ。やっぱり私だけ蚊帳《かや》の外。私が入っていく隙間なんて……全然ないよ。

「ありがとう、春香。春香のおかげで、実際俺は救われていたんだ。春香のことを好きになれたらどんなにいいかと、何度も思った」

それでも、今は好きになったんでしょ？

「うん。加藤さん、優しいもんね。ちゃんと大事にしてあげないとダメだよ？」

瞼《まぶた》の裏がじわりと熱くなる。これ以上、二人の話を聞いているの辛いよ。私の足は完全に止まってしまった。ごめん、と踵《きびす》を返したところで、後ろから加藤さんに手を握られる。「待って」と。

「本当は、私が拓実君のことを支えてあげたかった。でもね、私じゃダメだったの。彼が抱えている心の傷を癒してあげられるのは、煮雪さんだけなんだよ？」

「どういう、こと……？」

加藤さんがすっと身を引いて、代わりに拓実君が私の隣に進み出た。「もう少しだけ、見ていこうよ」といたずらっぽく笑んで、先行した彼の背中。本音を言うと帰りたいが、諦めて隣に並んだ。彼は言い出したら聞かないタイプだ。多少意固地になることもあるが、かといって独りよがりじゃないのは、こうしてそれとなく歩調を合わせてくれる様を見ているとよくわかる。素直じゃないけど、優しいんだよね。

後ろの加藤さんは何も言わない。気まずい沈黙が横たわる。加藤さんに言われた台詞《せりふ》が、頭の中をぐるぐると回る。

彼の痛みを癒せるのは私だけ、と確かに彼女はそう言った。いったいどういう意味なのだろう？　よりを戻して、二人は元の鞘に収まったんじゃないの？

散らばった思考は、一向に収まりを見せない。息苦しさを感じ始めた頃合いに、拓実君がぴたりと足を止める。「見て」と彼が指差した先。壁に展示されている一枚の絵を視界に収め、私はしばし呼吸を忘れた。

それは、キャンバス一杯に、満開の桜が描かれている水彩画。視界を覆い尽くすように広がった花びらのピンクと、隙間から覗いた空の青とのコントラストが鮮やかだ。枝葉の緑と茶色が、所々にさらなる彩りを添える。散った花びらの桜色が、春の訪れを感じさせる若草色の地面をまだら模様に染めていた。そんな、草地の上に座っているのは一人の少女。年の頃は、十歳ほどだろうか。膝の上にスケッチブックを広げ、突然吹いた強風に顔を背け、風でさらわれないよう、つば広の帽子を手で押さえていた。

花嵐が、満開だった桜の花を惜しみなく散らせる。無数の花びらが、キャンバス全体を美しく舞う――

作品のタイトルは『想い出の場所』。

作者の名前は『長谷川拓実』君。

拓実君に説明を受けるまでもなく理解できた。これは、私と彼だけが共有している想い出の光景を描いたもの。キャンバスの中央でスケッチブックを抱えている少女は、紛れもなく小学生の頃の私。だって、この満開の桜の木は、私と彼が並んで見上げた、いいいいい想い出の日の桜なんだもん。

「この場所に座って空を見上げていると、まるでピンク色の大きな傘の下に潜り込んだ心地だよね」

数歩進んで自身が描いた絵の前に立つと、くるっとターンして彼が私の目を見た。それは、あの頃何度も見た仕草。何度も繰り返し聞いた声。とても懐かしい匂いがした。

甘くて切ない――春の匂い。

「どうして？　いつの間にこんなの描いていたの？」

私の問いかけに、代わりに答えたのは加藤さん。

「私と彼は、二人で同じ光景を見て、手を取り合って中学時代の三年間を歩んだ。だから、何年経っても私達の心は、また繋がることができるとそう信じていた。でも、そんなことなかった。彼の気持ちは、一度たりとも私のほうに向いたことはないの」

「そんなことは」という彼の声を加藤さんが否定する。

「いいよ。今更そんな気遣い」

「でも……。この間、一緒に喫茶店にいたでしょ？　私はてっきり……」

「ああ、見られていたんだ？」

参ったなあ、と当惑して眉尻を下げた加藤さんを見て思う。二人の密会があるのは、この世界線でも変わらないんだと。

「あの日、連絡をくれたのは彼のほうからだった。それで私も、あわよくばよりを戻せるのかな……なんて、自惚《うぬぼ》れちゃったのはほんと。でも、全然そんなことなかった。昔のことをちゃんと謝りたいって、頭を下げられておしまい」

それは、傷ついたような笑みだった。

「それで終わりにしても、まあ、私は良かったんだけど、せっかくだからと、一個だけ我がままを聞いてもらうことにした。拓実君が本当に好きな女の子に告白するところを、私も見届けたいってお願いしたの。あなた達が辿《たど》る顛末《てんまつ》を知っておく権利……私にはあると思うんだ」

驚きで、弾かれたように顔を上げると、拓実君と目が合った。

それが答えだった。

私は、勝手に全部わかったつもりになって、彼のことを諦めていた。全然わかっていなかったのは、むしろ私のほう。

「この絵を描き始めたのは、三ヶ月ほど前かな？　俺ってさ、物事の上っ面しか見えていない人間なんだよね。煮雪の気持ちも考えず、傷つけたまま転校して。親父のことを理解したつもりになっていたけど、本質が全然見えていなかった。春香とのことにしてもそう。塞ぎ込んでいた春香の心に寄り添い、好きになろうと努力しているうちに、そんな自分の浅ましさに気がついた。結局俺は、自分が心に負った傷を隠すために、本質から逃げ、心地よい場所に身を委《ゆだ》ねていたにすぎないんだと」

彼の瞳のその奥に、私の姿が反転して映っている。像が、かすかに揺らいだ。

「親に転校先はどこがいい？　と聞かれてなんとなく道北高校の名前を出した。そこで偶然にも煮雪と再会して、これって運命なんじゃ？　と自惚《うぬぼ》れそうになった。昔のこともあって嫌われているとばかり思っていたけど、そんなことないって気づいたら、あの頃の気持ちが再燃してくるのがわかった。でもそこで簡単に身を委《ゆだ》ねてしまったら、春香の時と同じじゃね、とも思った、そしたらなんだか怖くなった」

うん。私も間違えてきたから、その気持ちよくわかるよ。何かを大切にすることも、誰かを好きになるってことも、きっとそんなに単純じゃないんだ。

青春って難しい。だから何度も間違える。

「いろんな人を傷つけてきた今の俺じゃ、煮雪と向き合う資格がないと思った。そこで、抱えてきた未練や後悔を、一つずつ解消していくことにした」

「うん」

「親父の墓前に花をたむけて、ごめんなって伝えた。その上で、過去は過去と割り切って、前を向くんだって誓った」

「うん」

「春香に付けた心の傷、どうにかしてやらなくちゃと思った。なあなあにしたままじゃ、絶対ダメだと思った」

「うん」

「それで、仕上げがこの絵だった。煮雪とのこと、ちゃんとやり直したいから。上辺だけの気持ちじゃないって証明したいから、絵を描かなきゃダメだと思った。それが俺なりのケジメ。だからこんなに時間がかかった。なんかごめんな」

でもさ、と彼は天井を見上げた。その表情は、黄昏時《たそがれどき》の空を見上げた、あの日のものとよく似ていた。

「実のところ怖かった。最後に一枚壁を立てて拒絶していたら、そのうち煮雪の心が離れていくんじゃないかって」

あはは……こらえきれず、私の口から笑みが漏れる。

「未練潰しか。私と、おんなじことやっているんだね」

彼の隣に進み出ると、水彩画をパネルバッグから出して壁に立てかけた。

「拓実君とか稔君のと比べたらさ、私の絵なんて、恥ずかしくなっちゃうような出来かもだけど」

何が始まったんだ？　という好奇の視線が、複数こちらに向いた。

私のキャンバスに描かれている風景は、彼のものとは対照的に——秋。天まで聳《そび》えるかの如く高くて太いイチョウの木が、下から見上げた構図、いわゆる仰視で描かれている。キャンバスを埋め尽くした黄色い葉の隙間から覗くのは、夕焼け色に、ほんのわずか藍色が混ざった空。暖かい記憶の中に、一片紛れ込んだ私の不安を示すような色。そんな木の根元に佇んでいるのは、暮れかけの空に浮かんだ一番星を見上げる制服姿の少年。

そして、彼の姿を遠巻きに見つめて微笑んでいる制服姿の私。幻視が見えたあと、こうなってほしいという願いをこめ描き加えた私の姿。気持ちを伝えたくて、でも、伝えられなかったあの日の光景――

この日、抱えきれないほどの痛みを心に負ったことを鮮明に覚えている。それでも、キャンバスには意図的に明るめの色を多く使った。夕焼け空。イチョウの葉。地面の色。沈みかけの太陽から真っすぐ伸びた光。地面に厚く堆積した落ち葉。黄色は私の大好きな色であると同時に、楽観さ、もしくは幸せを象徴する色なのだから。これは、ある意味私なりの願掛け。

「敵わないな。相談もなしに、絵画の中で思い出の光景をリレーしちゃうんだ。二人ともすごいね。まさに運命の人だよ」

声を震わせ、蹲《うずくま》った加藤さんの肩に手を置き彼が言った。

「すごく柔らかくて、いい絵だね」と。

「私って、昔はもっと硬い絵を描いていたからね。そんな自分を変えたくて、画風から変えてみたんだよ」

昔から自分はそんな傾向があった。絵画にしてもそう。目で捉えた風景を正確に模写することが得意だったが、言い換えれば、とりあえず形から入る人間だった。自分が思い描いていた理想と異なると、中身が埋められないことに気がつくと、器そのものに興味を失ってしまう。結果として絵はやめてしまったし、美術部に入る夢も手放した。気がつくと、恋ができなくなっていた。手に入らないとわかるとすぐ諦めてしまう。そんな、意志薄弱な人間が私だった。本当に、口先だけ。

「形にばかりこだわる自分を変えたかったの」と私は言った。

「ケジメを付けなくちゃ、前に進めないってそう思ったの」と強く宣言した。

「埋まらなくたっていい。埋められなくたっていい。私は、私だから。自分の気持ちを、何よりも大切にしたいって思った。だから私も、もう一度絵を描くことにしたの。自分の気持ち、その原点に立ち返るため。どうかな、この絵……悪くないでしょ？」

「うん、すごく素敵だ」

決して逸らされることのない彼の瞳が、今はちょっとだけ眩しい。

「ねえ、拓実君が受験しようと思っている大学ってもしかして……」

「ああ、東京にある芸術大学だよ」

根本のところでは、昔から彼は何も変わっていないんだな、と思う。変わってしまったのは、むしろ私のほうなんだ。そのことを恥ずかしいと思いながらも、胸の奥から込み上げてくるのは温かい気持ち。とても懐かしく感じるあの日の気持ち。好き、という気持ちが全身を温かく包み込む。あなたのことを誰よりも好きだということを、ただ伝えたい。

「拓実君、好きだよ」

考えるより先に、言葉が口をついて出る。驚いている彼の瞳に、私の姿がしっかりと映る。まん丸に目を見開くと、あの頃と同じ佐々木君の顔だ。

自分でも不思議だな、と思えるほど心は凪《な》いでいて、だからごく自然に言えた。気持ちを伝えるまで七年もかかったんだなあ……とか、馬鹿みたいなことをやっぱり思う。

「ちょ、お前……」

抗議の声を上げた彼を無視して、そのまま両手で抱きついた。周囲の視線が集まっているのを背中で感じたが、そんなの、もうどうでも良かった。

「俺から告白しようと思っていたのに、先に言うなよな」という拗ねた口調のそのあとで「俺も好きだ」という言葉が返ってきたから。

「それから、ハッピーバースデー」

「え？　知ってたの私の誕生日？」

この世界ではたぶん言ってないのに。

「当たり前じゃん。そのくらいはリサーチ済みだよ」

優子さん。ちゃんと言えたよ。今私、とっても幸せ。

割れていた私のハートが、この瞬間一つになった。

こうして、恋人同士となった私達であるが、予想していたほどの関係の変化は起こらなかった。交際前からチャットアプリなどＳＮＳでのやり取りを頻繁に交わしていたし、学校までの登下校時も、一緒に歩く機会が多かったから。ついでに言えば、席すら隣だ。何より私達が、互いに変化することを望んでいなかったから、かもしれないが。

私達の交際がスタートしたことに勘づくと、渚と理紗の態度が露骨に変わった。ありもしない理由を並べ立てては、二人きりにしようと画策してきた。

「余計なことはしなくていいから」と、私は彼女らに重ねて念押しをした。

目立った進展がないことをたびたび二人に弄られたが、本当に余計なお世話なのである。君達にまで距離を置かれると、変に意識して逆に恥ずかしくなってしまうんよ。

それが、私の本音だった。

美術館に行った日から数日が過ぎて、長い冬休みに入る。北国の学校では、雪の降らない地域より冬季休暇が長いらしい、というのは、雪国の人だけが知っている雑学の一つ。期間としては、一週間から十日ほど違うのだとか。北海道だからもちろん他の地域より長い休みなのだろうけど、ゆっくりとデートをしたい――そんな風に、心を躍《おど》らせている暇なんて全然なかった。

冬休みが終わると、すぐバドミントンの全道大会がやってくる。部活動は、私の気持ちも休暇もお構いなしに、忙しくなっていく一方だ。寂しいけれどもしょうがない。私達はまだ高校一年生。自堕落な生活を満喫するのはもう少し先でもいいだろう。一先ず今はバドミントンだと、渚と一緒にシャトルを追っていた。

部活動が終わったあとの帰り道。渚と二人で歩いていると、雪がちらつく空と銀箔の雲を見上げて、彼女がぽつりと呟いた。「この間さ、春香と仲直りしたの」と。

「へー、良かったじゃん」

私もこの間、加藤さんと会ったよ、とは言わなかったし、キーホルダーの話もしないでおいた。きっと、それは野暮なことだから。ここから二人の関係は、修復されていくはずだから。

女の友情はハムより薄い？　なら、ハムを積み重ねていくまでさ。自分達の力でね。

ここ最近、渚は明らかに変わった。彼女の変化に戸惑っているのは、何も私だけではないだろう。部活動をサボることはなくなったし、練習にも精力的に取り組んでいる。険のある顔をしなくなり、誰とでも分け隔てなく接するようになった。夢の実現に向け、努力を惜しまなくなった渚に最早死角はない。一時届きそうだと感じた背中は、再び成層圏の彼方だ。でも、それでいい。それでこそ、私の憧れの選手だ。

ふふ、と小さく笑みを零すと渚が変な顔をした。

「何よ」

「なんでもない」

冬休みは、忙しくも平穏に過ぎ去っていった。

その一方で、心はずっとざわついていた。ひたひたと足音を立てて、悪意が迫ってくる感覚とでも言うべきか。何かが間違っている。何かまずいことが起ころうとしている、という不安が育ち続けていた。理由はただ一つ。世界が変わった十二月十八日以降、私は優子さんと一度も会えていなかった。

学校に向かう電車の中で。部活動が終わったそのあとも。冬休みに入ってからも、電車に乗るたび彼女の姿を捜し求めていた。私が塞ぎ込んでいれば、悩みを抱え俯いていれば、こちらから何もせずとも、優子さんは私の向かい側に座って足を組み、『何か、悩み事でもあるのかな？』と耳を傾けてくれたものだ。

それなのに、もうずっと彼女の姿を見ていない。私から話しかけたいとどんなに願っても、それは叶わないのだ。冬休み期間に入ってから、利用している電車の時間帯が少しずれている。けれど、会えなくなっている理由は、それとは違うところにある気がする。思わず叫びだしたくなる違和感が、私の心中で澱《よど》み渦巻《うずま》いていた。

そのあとも彼女と会えぬまま、年が明けて元日を迎える。

気晴らしに初詣でも行こうぜ、なんて告げてきた拓実君のメッセージにオーケースタンプで返し、午前九時に家を出る。札幌駅のコンコースで落ちあうと、その足で大きなイチョウの木がある神社に向かった。

流石《さすが》に正月である。普段は閑散としている境内が、今日は溢れんばかりの人の波。晴れ着に袴、老若男女、多くの人でごった返している空間を見つめ、よし、と声を上げ突入しようとする彼。待ってよ、それじゃはぐれちゃうしょや。彼が着ているコートの袖をぎゅっと掴むと、鈍感な彼もやっと気がついたのか、あ、と声を上げ振り向いた。

「気が利かなくてごめん」

しっかりと絡めてきた手は、大きめで少しごつごつとしている。硬い感触はいかにも運動部って感じだけど、案外指先は細くて長い。手汗は大丈夫だろうか、と今更心配になりながらも、ああやっぱり彼の手だ、と昔のことを思い出して、懐かしさに胸がキュッと切なくなる。

「せーの」

人波をかきわけ、拝殿の中央まで到達した私達。二人同時に賽銭《さいせん》を入れて、真上に祀られている大きな鈴をガラガラと鳴らした。

手を合わせ、『こんな穏やかな日々がずっと続きますように』という平凡な願い事を祈った。それともう一つ。『優子さんに、早く会えますように』

むしろこちらの願いが切実だ。奇跡を願っているわけでもないし、これくらいだったら叶うよね？　神様。

そうこうしている間にも後ろがつかえている。ゆっくり祈っている場合じゃないねと、そそくさと退散することにした。

「煮雪はさ、何をお願いしたの？」

「今とおんなじ平穏な毎日が、ずっと続きますようにって。そう、お願いしたよ。それはそうと――」

「ん？」

声に懐疑を滲《にじ》ませると、彼の足が止まった。参拝客で混雑している境内では、ただ立っているだけでも邪魔になってしまう。彼の手を引いて、すっかり冬木となったイチョウの木の真下まで移動した。

「拓実君こそ、何をお願いしたのさ？　今もだけど……あの時も」

あの時、なんて表現をぼやかしたが、私が告白しようと決意を固め、でも言い出せなかった十月の話だ。文脈から察してくれたようで、「ああ」と体面が悪い顔になる。

「必勝祈願だよ。言わなかったっけ?」

とぼけたように彼が言う。確かに必勝祈願をしよう、という名目だったからね。それはよく覚えているよ。でも「バドミントンの?」疑うように、質問を重ねた。

「それもそうだけど……。自分の問題が全部片づいたら、煮雪への告白がうまくいきますようにって」

そっちの必勝祈願かよ、と嬉しく思う反面、ちょっと呆れてもしまう。

「よく言うよ。『告白するな』っていうオーラをばりばりにかもしだしておいてさあ……。願い事と言動が一致してないしょや」

さすがにこれは、非難する権利があると思う。

「あの時は……うん、ごめん。自分でもめんどくさいリアクションをしたと思っているよ。まだ、煮雪の告白を受け入れる覚悟ができていなかったからね。それに――」

「それに?」

「ほら、俺のこと、忘れているんじゃないかって内心思っていたからさ」

「それを言われると耳が痛い」

ある意味、事実なだけに。かつて私が取った冷たい反応とか、申し訳なさそうに背中を丸めた彼の姿とか、いろんな場面が蘇《よみがえ》ってくる。私にも非があったのだし、彼だけを尋問するのは酷だな、なんて考えているうちに、失笑してしまう。

「だってさ、そういう弱気なところだけは、しっかり昔のままなんだもん」

「そう、なんかなあ……」

「そうだよ」

身長だけはやたらと伸びて格好よくなったし、馴れ馴れしくも図々しくもなったしで、変わった部分も確かに多いけれど、デリカシーに欠けているようで、その実しっかり気遣いをしてくれるところとか、ちゃんと昔のままだよ。

「でも、あの時の一件は確かに俺が悪いようなもん。そうだな、罪滅ぼしに、一つだけなんでも願いを聞いてあげるよ」

「今、なんでも聞くって言ったよね？」

「その返しは女の子がする奴じゃない」

「じゃあさ、海行きたい」

「流氷が浮かぶオホーツク海？」

「さすがに夏だよ」

真顔で言うから可笑《おか》しくなってしまう。

「えっ。ということは、俺に水着姿見せてくれるの？」

「そりゃあ、海だしね。必然的にそうなるかな。……見たいの？」

彼は小動物みたいに、激しく首を縦に揺らした。可愛い。ところが「でも」と下がった彼の視線は、セーター越しに盛り……上がらない私の胸元に。前言撤回。可愛くない。

「いや、ちゃんとあるからッ！　着痩せしているだけだからッ」

「着痩せパワーってすげーな。ダイエット中の菅原にあとで教えてやらなくちゃ」

「それだけはヤメて」

叩こうとすると、軽やかなステップでひょいと躱《かわ》される。ほんと逃げ足だけは速いんだから！　このうえなく邪気のない笑顔を見ているうちに、ずるいなって思ってしまう。そんな顔されたら、怒れなくなっちゃうしょや。

「というか、どこ見てんのよ。エッチ」

照れ隠しに拗ねてみせる。

「そりゃエッチだよ。俺だって男だし」

「馬脚を現したな？」

でも嬉しいよ。それはつまり、私をちゃんと異性として見てくれているってことだもんね。私達も、いつかきっとそういうことをするんだろうね。いつかね。もしかしたら、近い将来にね。

「ねえ」

「ん、どした？」

「願い事、やっぱりこっちにするわ。もう、煮雪って呼ばれるのヤだ。よそよそしい感じがして寂しいから、下の名前で呼んでほしい。だって私……拓実君の恋人なんでしょ？」

言いながら恥ずかしくなってきて、段々語尾が弱くなる。「ああ」と呟き、彼が落ち着きなく辺りを見た。

「え～と、侑」

居住まいを正して発した声は、雑踏の中に埋もれてしまうほどひそやかで。なんなんですかねそれ。しょうがないなあ、なんて、さっきのお返しに意地悪したくなる。

「もう一回」

「……侑」

「全然聞こえませーん。ワンモアプリーズ、拓実くん？」

「お前なあ……」

諦めたように一度天を仰ぎ、それから彼が私の目を見た。

「侑。君のことが、好きだ」

それは思いのほか大きい声で。自分で蒔いた種ながらこいつは恥ずかしい。まあ、このくらいでいいですかね。

「私も、大好き」

言った瞬間、左手に骨ばった指が絡んでぐいと引っ張られる。わわ、とよろけて彼の胸元に鼻がぶつかると、そのまま両手で抱きしめられる。懐かしいシャンプーの匂いがして、抵抗しようとしていた心がすっと削がれた。拓実君？　と名を呼ぶと、間近に彼の顔がある。無言の中に彼の意図を察して、静かに瞼《まぶた》を閉じた。周りの注目を浴びてそうだな、と認識すると、じんわりと頬が熱くなる。きっと、耳たぶまで真っ赤なのだろうな。

ところが彼は、私の期待になかなか応えてくれない。もう……こんな時だけしっかり意気地なしなんだから。しょうがない、ここは私が一肌脱ごうか、と動こうとした矢先、彼の唇が重なってくる。

それは、勢い余って歯と歯がぶつかってしまうような不器用なキスで。「へたくそ」と不満を述べると、二人でひとしきり笑った。「大好き」と私がもう一度言うと「俺も」と彼が返してくれる。知り合いがいたらどうしよう、と感じ始めた不安は、再び重なってきた彼の唇で塞がれた。

二度目のキスはさっきよりも優しくて、唇の柔らかさと温もりが、余韻として残る長いキスだった。

だらだらと過ごす休日は消化が早い。明日から部活だ。正月休みのおかわりプリーズ、とカレンダーを眺める一月三日。リビングでポプラと戯れていると、一本の電話が鳴った。「はい、煮雪です」と応対した父の声が、次第に緊迫した色を帯びる。子機を片手に廊下に出て行く背中を見つめ、家族に聞かれたくない話だったのかな、と思う。

数分してリビングの扉が開き、顔を出した父が私に手招きをした。

ん、なんだろ。廊下に出た私に、開口一番父が言った。

「侑。急な話で悪いが、これから父さんと病院に行こう」

「病院？　なんで？」

「侑に会わせたい人がいるんだ」

「私に会わせたい人？」

「ああ。驚かないで聞いてくれ」

会わせたい人が病院にいる？　思い当たる節なんてない、と首を傾げる私に、重ねて父はこう言った。

「お前には、姉がいるんだ。お前から見て、伯父に当たる人物のところで生活をしているから、知らなかっただろうけどな。姉の存在を隠していたのには、まあ……いろいろ事情があってな。詳しいことは、病院まで向かう途中で説明するよ」

急いで出かける準備をするように、という父の声を憮然たる面持ちで聞く。存在を隠されていた姉、その候補たる人物の姿が、私の頭にはくっきりと浮かんでいた。

セーターとタイトスカートに着替えると、母に電話の内容と、これから外出してくる旨を伝えて父と二人で家を出る。弟には何も話さなかった。これから向かう病院にいるのは私の実の姉。優斗とは異母姉弟《いぼきょうだい》にあたるのだが、取り急ぎ彼女の存在を明かす必要はない、というのが父の判断なのだろう。私としても、異論を唱えるつもりはない。

病院まで向かう車の中で、正面を見据えたまま、滔々汨々《とうとうこつこつ》と父が語り始めた。

「お前と姉は、歳が五つほど違う。あいつが俺の手元を離れたのが、小学校に上がってすぐの頃だから、侑は……そうだなあ。一歳半になったあたりか」

つまり、私と姉が離れて暮らすようになったのは、実の母が亡くなった時期の前後ということだ。姉の存在を隠されていたことを含め、なんらかの事情がありそうだ。

「俺が経営していた自動車整備工場が、倒産した話は知っているよな？」

「……うん。お祖母ちゃんから、何度か聞かされていたから」

幼少期、私は父方の実家で暮らしていたため、父の昔話を祖父母からよく聞かされていた。父が再婚し、弟が生まれ、購入した戸建ての家への引っ越しと、環境が目まぐるしく変化したのもこの頃だ。

父が経営していた自動車整備工場が倒産したのは、私が一歳半の頃。自動車整備工場の売上は、車検整備によるものがもっとも大きい。カー用品店や中古車店など、整備業務を兼任する業種が台頭してくると、父の工場も影響を受け、年々売上が落ちていった。古くからの常連客を頼りに新しい顧客を獲得しようと必死になったが、頑張れば頑張るほど借金ばかりが膨《ふく》らんでいく。そんな折、大口の取引先が倒産した煽《あお》りを受けて、火の車だった会社の経営はついに破綻した。

自己破産の申し立てをする以外の方法がなくなっていた。このままでは、最低限の生活すらままならなくなる、と危惧した父と母――煮雪貴子《たかこ》は、協議した上で離婚をすることにした。自己破産をすると、個人資産はすべて没収されてしまう。だが、離婚にともなう財産分与をしておけば、没収される資産は半分で済む。

「貴子にこれ以上迷惑をかけたくなかった、というのもだが、俺達の関係も、冷え込み始めていたからな」と語る父の横顔を見ながら、苦渋の決断だったのだろうな、と思う。

一方で問題もあった。

離婚をしたあと間もなくして自己破産することになるため、離婚後も元妻と交流があると、偽装離婚ではないかと疑われかねない。だから父は、離婚が成立したあとすみやかに母との繋がりを絶った。事情が複雑だったから、私と優斗に真相を伝えるタイミングについて、父はずっと悩んでいたんだろうな、と思う。

その後、会社は倒産し、父は自己破産の申し立てをした。持ち家と資産のすべてを失った父は、実家に身を寄せることになった。

離婚が成立する際、娘二人の親権を夫婦で分け合うことにした。母親のほうに姉を。父親のほうに妹――つまり、私だ。当初、年少の私を母親が引き取る方向で話を進めていたのだが、姉が頑なに拒んだのだという。母親には自分がついていくと。

「当時あいつはまだ六歳。ようやく分別がつき始めた頃だし、俺より貴子のほうが良かったんだろうさ」と父は、きまり悪げに頭をかいた。

親権を分け合ったのは、引き取った娘の存在で、それぞれが寂しさを紛らわすためだったが、状況が落ち着いたら折をみて交流したいとの希望もあった。だが、そううまくことは運ばなかった。

「お母さんが、事故で亡くなったんだね？」

「その通り。あれは、今思い出しても不思議な……そして、不幸な事故だった」

完全に縁が切れる前に思い出を作ろうと、母親が私達を連れ出したあの日、悲劇は起きた。アクセルとブレーキを踏み間違えたのか、突然急発進をした車が歩道に乗り上げてきて、私と母親を撥《は》ね飛ばしたのだ。

「侑も聞いたことがあるだろうが、貴子は侑をきつく胸に抱いて背を丸めていた。彼女の身体がクッションになって、侑の命は……というか、お前はほぼ無傷で済んだ。不思議だったのは、数メートル離れた場所の歩道で、お前の姉もほぼ無傷で蹲《うずくま》って泣いていたこと。『誰かに突き飛ばされた』と言っていたが、誰が押したのかは判然としないままだ。とにかく、あれだけの事故だったにもかかわらず、二人とも無事だった。奇跡みたいなこの出来事を思い出すたび、貴子が二人を護ってくれたんじゃないか、とそう思ってしまうんだ」

母親の胸に私が抱かれていた、という話は知っている。だが、もちろん姉の話は初耳だ。歩道に突っ込んでくる車を視認したあと、私を胸に抱えることは、まあ、できるだろう。だがもしも、私を庇うと同時に車から姉を遠ざけていたとしたらどうか？　そんな芸当をやってのける時間的猶予が、はたしてあるだろうか？

ここで私はピンと来る。とある仮説を立ててみた。

「ねえ、父さん。母さんが生きていた頃、何か不思議な力を持っている、なんて話を聞かされたことない？　もしくは、母さんにまつわるそんな噂とか」

カマをかけたにすぎなかったが、父がハッとした顔で息を呑んだ。

「どうして、それを知っているんだ……？」

ああ、やっぱりそうなんだ。私の立てた仮説が、この瞬間現実味を帯びた。

　この推論が正しければ、私の姉たる人物は、やはり彼女しかいない。

「侑の言う通りだ。確かに貴子は、自分が持っている不思議な能力について、俺に告白してきたことがある。『私には、三秒間だけだけど、時間を巻き戻す力がある』と。荒唐無稽な話で、俺自身半信半疑だったし、彼女も信じてくれなくて良いよ、と笑っていたがな。だから今の今まで忘れていたんだが、どうしてそれを……？」

「ああ、だよね。ごめん、ちょっと整理してから話す」

　三秒、か……

　ごく限られた時間しか戻せない反面、制約が少なくて使い出のある能力だった可能性はある。母親がいない今となっては、詳細を知る由もないのだが。この、なんとも不可思議な事故の顛末《てんまつ》は、偶発的に起きたものではきっとないだろう。母親が能力を使って、私と姉を護ってくれたんだ。わずか『三秒』という時間的猶予を用いて。同時に、自分の命を犠牲にして。

　推論になるが、姉の背中を押して事故現場から遠ざけたあとで、私を胸に抱いて車に背を向けたのだろう。そこに考えが至ると、胸の奥深いところに熱の塊が宿った。熱がじわじわと体の内側をせり上がり、瞼《まぶた》の裏に到達したところで下唇をかんだ。

「だが、そんなことがあってなお、俺は貴子の葬儀に出ることもお前の姉に会うこともできなかった。自己破産をした直後だ。債権者や周囲の目を思うと、会うことに問題があったからな。お前の姉を引き取るのは、それこそもっと難しいことだった」

　私に、姉の話は秘密とした。会えない日々が続くうちに、姉も、私と会うことをきっと諦めた。間もなく今の母と出会い、父が再婚したのだから尚更だ。

父の話が一段落したのを確認し、今度は自分の話を始める。

「母さんの能力の話は、なんとなくそうかな？　と思っただけ」

　こう前置きをしたあとで、自分にも同様の力があることを包み隠さず伝えていった。

父は驚嘆で目を丸くしたが、うん、とだけ呟き、私の話に黙って耳を傾けた。自分の妻と娘がよく似た能力の話をカミングアウトしてきたことで、疑うより先に真実味を見出したのかもしれない。

「なるほどな。こうして考えてみると、俺の推察もあながち間違っていないのかもな。貴子、お前……」

　走馬灯のように、さまざまな光景が去来しているのだろうか。甘いものと苦いものを、一緒にかんだみたいな顔を父がした。心の振幅が収まった頃合いを見計らい、私はようやく本題を切り出した。

「それで？　どうして今頃になって突然、姉さんの存在を明かそうと思ったの？　……と言いたいところなんだけど、あまり良くないのね？　姉さんの置かれている状況」

話の水を向けてみると、父は苦い顔で首肯した。そのまま視線を中空に留める。

「昨年の十二月十八日。バス事故があったのを覚えているか？」

「うん。もちろん」

忘れるはずなんてない。優子さんがなんらかの力を用いて改変してくれる前の世界で、拓実君が巻き込まれた事故なのだし。でも、なんで今その話？　そう思うと同時に、二つの情報が繋がって線となった。一滴の不安が胸に落ちて、暗い染みとなって広がってゆく。

「あの時のバスに、お前の姉が乗っていたんだ。彼女は脊髄《せきずい》と脳に損傷を負ってしまい、あれからずっと昏睡状態が続いている」

ああ、そうだ。やっぱりそうだ。どうして、当たってほしくない予感だけことごとく当たってしまうのだろう？

「それで、お前の姉の名前なんだが」と話し始めた父の声を遮った。

「山口優子さん、なんだね？」

「知っていたのか⁉」と父がいよいよ驚きの声を上げた。

「知っていたも何も、何度も会ってるよ」と私は沈痛な思いを隠して頷いた。

私が理紗と喧嘩をしたあの日も。

拓実君に告白できずに落ち込んでいたあの日も。

加藤さんと拓実君の過去に触れて、足を止めてしまったあの日も。彼が植物状態に陥《おちい》って、涙したあの日も。何度も、何度も……どうして、見ず知らずの私に手を差し伸べてくれるのか。どうして、私の事情をつぶさに感じ取ってくれるのか。不思議でしょうがなかった。

──侑の姉の優子です。

いつもの冗談だと思い軽く聞き流していたが、彼女はずっと前から、それこそ初めて出会ったあの日から、私が妹だという事実に気づいていたんだ。

「水臭いよ。そんなのって、ないよ」

優子さん……いや、お姉ちゃん。拓実君と私を救うために何をしたの？　どうして彼の身代わりとなって、昏睡状態に陥《おちい》っているの？　それじゃあ……なんの意味もないしょや。握り締めた拳の上に、涙が一つ、また一つと雨粒みたいに落ちる。

優子さんの容態、それだけがただ心配だった。他のことに頭が回らなくなってしまい、病院に着くまでの間、俯いて目元を拭い続けていた。

優子さんが入院しているのは、札幌市の市民病院だった。世界が変わる前、拓実君が救急搬送されたのと同じ場所だ。同じ路線バス。同じ病院。奇妙なこれら二つの整合は、偶然かそれとも必然か。私の知らないところで正体不明の何かが進行している気がして、胸騒ぎが強くなる。

ゆっくりと開く自動ドアを苛々しながら潜ると、ロビーで待ち受けていた見知らぬ中年男性が、私達に声をかけてきた。

「早かったじゃないか。正月なのに呼び出して、申し訳なかったね」

「お久しぶりです。義兄さん」

父の受け答えから推測すると、おそらく実の母親の兄——つまり私にとっては伯父——といったところか。正月三が日中なのにもかかわらず、スーツを着てネクタイまで締めている。普段から多忙な人物なのかもしれない。

遠巻きに見ていた私に気づき、柔和な笑みを彼が浮かべる。

「なるほど……君が侑ちゃんか。確かに目元や輪郭なんかが、優子とよく似ている」

そうなのかな。自覚はないけれど。「初めまして。煮雪侑です」と会釈で返した。

「容態に変化があった、ということでしたが?」と父が訊ねると、そうだ、と男性が表情を引き締めた。

「詳しいことは、上に向かいながら話そう」

伯父に促されて、病院のエレベーターに乗る。五階のボタンを迷わず押した、男性の指先をぼんやりと見つめた。エレベーター内部に貼られた案内板の、『五階：外科病棟』という文字が、悪い夢なら覚めてくれ、と願う私の心を逆撫でする。これが現実だと、目を逸らすなと宣告してくる。

「優子の容態なのだが」と男性が話し始めた。

命に別状はなかったが、脳に損傷を負ったことで長期的な意識障害に陥《おちい》った。意識が戻らないまま二週間が過ぎていたが、先日、脳波に微細な変化が認められた。しかし、意識が回復することはなく、脳波は再び深い睡眠状態を示したことなどを、順序立てて説明してくれた。

「つまり、どういうことなんですか？　意識が戻る可能性はあるんですか？」

結論を待ちきれずに口を挟むと「わからない」と男性は首を捻った。

「突然やってきた脳波の変化が、回復の兆しを示すものなのか、それとも悪い兆候なのか。どう転ぶか誰にもわからないんだよ。だからこそ、今日君を呼んだんだ。顔を合わせぬまま、今生の別れになるのは辛いだろう？」

「それは、まあ」

最悪の可能性を示唆されて、背筋がぞくりと粟立った。あってはならない結末と、それを否定したい考えとが代わる代わるに去来して、心が擦り切れていく。

「優子の手を取って、名前を呼んでやってくれ。もしかしたら、声が届くかもしれない」

「……わかりました」

五階に着き、エレベーターが開いた。ナースセンターの前を通過し、隣にある病室の前で男性が足を止めた。個室らしい部屋の入り口には『山口優子』とプレートが掲げられていた。

「じゃあ、悪いけどいったん仕事に戻るよ。正月なのに休みなしさ」

ありがとうございました、と会釈した父の肩にぽんと手を置き、男性は踵《きびす》を返した。

ふ、と小さく息をつき「じゃあ、入ろうか」と父が私を促した。ごくりと喉を鳴らして頷き、静かに扉を開けて病室の中に入った。

窓から溢れる外光が、室内を陰と陽に塗り分ける。医療機器が奏でる電子音が、鼓《こ》膜《まく》から忍び込んでくる。黄色のカーテン越しに見えたベッドの上、水色の病衣を着た人物が横たわっていた。何本も管が繋がれており、口には酸素マスクが被せられている。

やせ細ったその女性が優子さんだと、すぐには理解できなかった。他人の空似では、とあらぬ期待を寄せて頬をつねってみたが普通に痛い。だよね、と場違いにも笑いそうになって、けれど、笑うことはできなかった。

あんなに艶やかだった髪の毛はすっかりぼさぼさで、頬がこけたすっぴんの顔は、記憶の中にある優子さんより遥かに野暮ったい。こんなところだけ私とよく似ている。

「お姉ちゃん……」

ベッドの傍《かたわ》らに立ち、優子さんを見下ろした。その表情は、眠っているだけなんじゃないの、と思うほど穏やかだ。父は私の対面に立ち、無言で彼女の姿を見ていた。

腫《は》れものにでも触るみたいに、そっと彼女の手を握る。白くて、細くて、力加減を間違えたら割れてしまいそうなほど繊細な掌《てのひら》。優子さんの手、こんな感じだったろうか。たかが数週間前のことなのに、元気だった頃の彼女の姿がうまく像を結ばない。

聞きたいことがたくさんあったのにな。自然と深い溜息が漏れる――その時のこと。

優子さんの指先が突然動き、私の手を握り返した。ひッと短く悲鳴を上げ視線を落とすと、彼女の瞼《まぶた》がわずかに開いていた。

「……ヤッホー侑、久しぶり」

その声は、まるでファンタジー映画に出てくる魔女のように、酷《ひど》くしわがれていて。

それでも紛うことなき優子さんのものだった。

「とはいっても、何日振りなのか、目が覚めたばかりでよくわかっていないんだけどね」

しっかり目が合うと、優子さんが薄い笑みをたたえた。

「驚かさないでくれよ」

「驚かせないでくださいよ」

驚きで仰け反っていた私と父から、安堵《あんど》の声が重なって漏れた。

昏睡状態に陥《おちい》ると、長引くほど回復が難しくなる。だいたい二週間から三週間が山で、そこを超えると、意識が戻る確率は格段に下がる。

そこで、意識が戻る戻らないにかかわらず、一月四日に私達を引き合わせようと、父と山口家の間で調整がされていた。そんな中、三日早く優子さんは目覚めたのだが、十五年振りの再会をドラマチックに演出したい、という優子さんの一声により、事情を隠したまま今日電話を寄こしたらしい。

いやいや。姉妹として会うのは十五年振りでも、私達は先月も会っているでしょうに。

「容態に変化があった。もしかしたら、ここ数日が山かもしれない。一日早いが来られるか？　なんて神妙な口ぶりで言うから肝を冷やしたよ。まったく、義兄さんも人が悪い」と父が天井を仰いだ。

「お父さんと会うのだって久々なのに、なんかごめんね」

意識が戻ったばかりで体力的にまだまだ不十分なのだろう。ベッドの上に体を横たえたまま、優子さんは応対した。大きくなったな、お前にはたくさん苦労をかけた、本当にすまなかった、と繰り返し父が詫びた。

母親が事故で他界したあと、優子さんは、子宝に恵まれなかった母方の兄夫婦の家に養子縁組されることになった。姓が山口に変わったのもその時だ。先ほど病室まで案内してくれたのが、母親の兄——つまり、優子さんの養父にあたる人物とのことだ。

「お父さん。侑と二人だけで話をさせてもらってもいいかな？」

「ああ、構わんよ。姉妹水入らずでする話もあるだろうしな。そうだな、三十分ほど、病院の中を散策してくるよ」

ポケットから煙草の箱を取り出して、父が歩き始める。

「お父さん！　病院の敷地内は禁煙だよ！」と私がいさめると「ああわかってる」と軽く返し、背中越しに父は手を振った。

本当にわかっているのかな。扉の向こうに消えた背中を見送ったのち、丸椅子を引いて腰かけた。優子さんがもう一度私の手を握る。

「もう……全部聞いているんだよね？」

「もちろんです。誕生日の時、変なことを言ってごめんなさい」

天井を見上げたまま、彼女は首を横に振った。いいのよ、と。

「お父さんの事情が事情だったからね。私達は姉妹とはいえ自由に会うことは許されなかったんだし、そうこうしているうちに、侑には新しい家族もできていた。今更、姉だと名乗り出るのも、姉だと呼ばれるのも、本音を言うと気が引けちゃう——」

「関係ないしょや」

「え？」

「どんな事情があっても関係ない。だって、私達が姉妹であることに変わりはないんだもん。たとえ籍が別々だったとしても、お姉ちゃんはずっと私のお姉ちゃんでしょ？」

彼女はそんなことを気にしていたのか。戸籍とか、血縁とか、そんなものどっちだっていい。優斗に慕ってほしいと私が願うように、私だって、優子さんのことを姉だと思い甘えたいんだから。

「……そうかもね。ずっと隠していて、なんかごめんね」

謝罪の言葉を吐く息に乗せ、絡めていた手を優子さんが解いた。そのまま空に彷徨《さまよ》わせる。私の顔に触れたいのだろうと判断し、床に膝をついて優子さんの掌《てのひら》に顔を寄せた。端正な指先が私の頬を慈しむように撫でる。温かい。温もりがちゃんと伝わってくる。そんな当たり前のことが嬉しくなって、私は彼女の指を両手で包み込んだ。

「お姉ちゃん。これからする質問に、正直に答えるって約束して」

「うん……」

私の声に気圧された、というよりは、訊かれることを覚悟していた反応だった。

「私が元々いた世界においては、拓実君……ううん、私の彼はバス事故に遭った。これは間違いないんだよね？」

拓実君の呼び方を途中で変えると、優子さんが口角を少し上げる。ゆったりと、息継ぎでもするみたいに話し始める。

「そうね、彼が事故に遭ったことは確か。でも、残念ながら侑の考察は、半分正解で半分ハズレ」

「……どういう、意味ですか？」

「だって、彼は今、怪我《けが》なんかしてないでしょ？　バス事故に巻き込まれてないでしょ？」

必死に考え、導きだした答えをあっさり否定されたようで、戸惑ってしまう。優子さんが世界を造り替えてくれたんじゃないの？　それなのに、なぜ疑問形で言うんだろう？

「うん、怪我《けが》なんてしてないよ。でもそれは、お姉ちゃんが何かをして、身代わりになってくれたからなんじゃないの？　私はそう、思っていたんだけど」

優子さんは私の頬に触れていた手を離すと、唇の端に触れてくる。そのまま唇の端から下唇までをゆっくりと人差し指でなぞった。

「侑は素敵な女性になったね。もう、彼とキスはしたのかな？」

羞恥心が込み上げ、カッと頬が熱を帯びる。

「妙なことを言って誤魔化《ごまか》さないでください！　……ねえ、ちゃんと教えてほしい」

目尻を下げ「うん、ごめんね」と彼女が囁《ささや》いた。

「じゃあ、私にも能力があるってことには、もう勘づいているのね？」

この瞬間、『母親からの遺伝により、時間を操作する能力が備わった』という私の推論が真実へと変わる。私が頷いたのを視認し、言葉を選ぶように静かに彼女が続きを話した。

「正しく言えば、彼が事故に遭った世界を変えるために、私が特別何かをしたわけでもないの。ただ、元ある世界に戻しただけのこと」

元ある世界？　飛躍していく話に理解が追いつかない。

「お姉ちゃんの力は、私のものとは違うの？」

彼女が首を横に振る。

「そういうわけでもない。私が持っている能力は、侑と同じリワインドだよ。ただし、戻せる時間がだいぶ違うけどね。私の能力が巻き戻すのは、きっちり三十日間」

「三十日……？」

これには唖然としてしまう。一ヶ月もだなんて、私が持っている能力とは比較にならないほど強い力。でも、と即座に感じた矛盾点。やっぱりそれはおかしくないか。

「私が目覚めた時、日付が変わっていませんでしたよ？　変わることなく、十二月十八日のまま」

一ヶ月時間を戻したのであれば、十一月十八日になっていなければならない。どう考えても、辻褄《つじつま》が合わないんだ。

「そうね。あの時使った能力は、リワインドではなかったから。私が持っている、もう一つの力」

「別の……力？」

能力が二つあるの？　と驚きがさらに強くなる。

彼女は静かに頷いた。

「リセット――。簡単に力の内容を説明するとしたら。そうね、リワインドした事実を、なかったことにする能力かしら。だから今いるこの世界が、本来あるべき正しい世界なの。侑が元々いた世界は、むしろこっちなの」

最初の世界――今私がいる世界――における十二月十八日。優子さんは出かける用事があって最寄り駅から路線バスに乗った。そこで遭遇したのが、あの事故だ。バスとトラックが正面衝突をする直前、身の危険を感じてリワインドを使ったのだという。

「こうして生み出されたのが二度目の世界。彼が事故に遭遇した、侑の記憶に色濃く残っているほうね」

ない頭をフル回転して考える。ここまででなんとなく理解できたこと。

今いる世界が一度目で、私がはっきり覚えているほうが二度目。その、二度目の世界においてのみ、優子さんは私に誕生会の開催を促した。そう考えると、双方の世界で流れが変わっているのも頷ける。

「十二月十八日。私が事故に遭うことを知っていたからね。だから、侑の誕生会の話を聞いた時ピーンと来たの。ここで私も侑の家に行くと約束をすれば、未来がより良い方向に変わるんじゃないかと」

でもね、と彼女の表情が露骨に曇る。

「辿《たど》った結末は、あまりいいものじゃなかった」

「うん」

優子さんの選択を責めるみたいに感じて、ためらいがちに頷いた。

用事をキャンセルしたことで、彼女が事故に遭う未来は回避された。だが、運命とはなんとも皮肉なもの。誕生会の開催が呼び水となり、同じ路線バスを利用した拓実君が事故に遭遇してしまう。一度目の世界では巻き込まれるはずのなかった不幸な事故に。

「だから私は、『リセット』して二度目の世界をなかったことにした」

ポプラが事故に遭ったり、渚がキーホルダーを紛失したり、それらを私が防いだのも、すべて『二度目以降』の世界の話。だから、リセットされて元の世界に戻ったことで、すべての事柄に、元々存在していた結末が再び与えられた。

「さて、ここでカミングアウト。実をいうと、リセットを使ったのは今回が初めてなのです。リワインドを使ってから一ヶ月近く経過してからできるのか？　という心配もあったけれど、無事に成功して良かったよ」

「ほんとなんですか、それは」

これには驚きを通り越して少々呆れてしまう。

「うん。でもやれるって確信はあった。なんでそんなことができるのか、と訊かれてもうまく答えられないんだけど、でも、そういう『できる』って感覚、侑もわかるでしょ？」

何事にも検証が不可欠、と私は思うのだが、ぶっつけ本番なのだという。本当に、彼女はすごく度胸がある。「能力にどんな制限があるかわからないからさ。もし、十八日を超えていたら危なかったかもね」と他人事みたいに優子さんが言った。

「でもね、これはある意味懸けだった。リワインドを使うと、する前の記憶がほとんどなくなってしまうじゃない？」

「え？　なくなりませんよ？」

「え？」

話がかみ合わず、二人で顔を見合わせた。

私が持っている記憶保持の能力について説明すると、それでか、と優子さんが頷いた。

「何気なく聞き流していたけど、私がリセットをしても、侑の記憶が影響を受けていないのはそういえば変な話だね。そうか、それも能力ゆえか。侑、アンタすごいね」

驚いた。記憶を継承できるのが、当たり前だとばかり思っていたから。

優子さんの場合、リワインドをすると、その間際数時間ほどの記憶しか継承できない。それ以前、約三十日間の記憶をすべて失ってしまうのだという。

「どんな状況でリワインドしたかは覚えているんだけど、それが精々」

そこで優子さんは、リセットをする直前に、根掘り葉掘り私に質問をした。戻した先の世界でも、彼がバス事故に遭っていたなら、決死の努力も水泡に帰するから。

「だからさ、すごく嬉しいんだ。ちゃんと彼が無事でいてくれたこと。こっちの世界で目覚めた時、私も彼も、二人とも大怪我《おおけが》をしていました、なんて結末だったら最悪だべさ?」

満足げに何度も頷き、乾いた声で優子さんが笑う。もう、笑い事じゃないですよ、と彼女の胸をぽかぽかと叩いた。

「結果として拓実君は助かったのだし、こんなことを言う資格、私にはないのかもしれません。でも、自分が助かるって保証もないのに無茶しすぎです……。もし、お姉ちゃんがもっと酷《ひど》い怪我《けが》を負っていたり、最悪死んでいたりしたらどうするつもりだったんですか？　姉妹として再会することなく、私だけが残されていたらどうするつもりだったんですか！」

涙声になった私をあやすように、優子さんの手が頭の上に乗った。

「でも、生きてる」

「そんなの……結果論です」

「いいんだよ、最高の結果になったもん。私にとっては、侑が幸せになって笑ってくれる未来が、何より大切なんだ。侑の笑顔を見られるんだったら、私の命なんて安いもんだよ」

彼女の手が私の頭を優しく撫でる。

「でも、お姉ちゃんが死んだら、私泣くよ」

「嬉しいこと言ってくれるねえ……そう言ってもらいたかった。侑が、お姉ちゃんって呼んでくれる未来を、何度も何度も、夢に見ていた」

それに、と彼女が続ける。

「私はちゃんと生きてる。だから笑ってよ侑。私の、大切なたった一人の妹」

涙が滲《にじ》んだ。鼻の奥もツーンと痛む。優子さんの、いや、お姉ちゃんの顔をもっとしっかり見たいのに、最近泣き虫な私はやっぱりここでもこらえられない。頬を伝う涙が邪魔をして視界がぼやけてしまう。何度も彼女の名を呼んで、何度も感謝を伝えた。ありがとう、と。

「ねえ、お姉ちゃん。今年の六月頃にも、リワインドを使ったしょや？」

そう問うと、彼女は心底驚いた顔で目を見開いた。

「六月っていうと、電車が脱線事故を起こした時か。確かに使っている。結果としてあれは軽い事故で済んだから、使うまでもなかったんだけどね。でも、怖かったんだよねあの時。それで思わず……ね。それにしても、よく気づいていたね？」

「ううん。あの頃はまだ、そんな可能性これっぽっちも考えていなかったけど」

お姉ちゃんと出会ったあの日、電車の脱線事故が起きたのは十八時三十分頃だった。

ここからは私の推論だ。あの日、私とお姉ちゃんは、まったく同じタイミングでリワインドを使ったのだろう。そのため、私とお姉ちゃんの双方が、前回と違う動きをしていた。しかし、『記憶保持』の力を持っている私の視点からだと、予定調和から外れているお姉ちゃんの動きは非常に目に付く。これが、あの日感じた違和感の正体。

この能力は、他人がリワインドを使ったケースにおいては無力なのだろう。この世界での真実と、私の記憶とで食い違いがあることからもそう予測できる。ただ、いくつか例外がありそう。例えば、非常に印象的な記憶の断片のみ、ごく稀に持ち越すのかもしれない。そう考えると、これまで見てきた奇妙な幻視の数々に説明がつく。水彩画を描いていた時に幻視――水彩画の完成像――を見たのは、世界が二つに分かれた丁度起点部分だったのだから。

「それから、去年の十月かな？　私が子猫を拾ったあの頃にも、リワインドを使ったんじゃ？　もしかして私……あの時も何か失敗して落ち込んでた？」

こちらは単に、カマをかけたにすぎない。ところが彼女は、

「ありゃりゃ、そこまでお見通しなのか。回避できた未来だから、言わずに秘めておくつもりだったんだけど」

と言った。やっぱりそうなんだ。あの当時も感じていたことだが、秋頃のお姉ちゃんはいろいろと察しが良すぎて不自然だった。

「あの日、侑は子猫を拾わずに見過ごしてきたことを、酷《ひど》く後悔していたんだよね。それだけじゃない。親友と喧嘩して気まずくなったこととかを引きずっていて、泣きっ面に蜂だった。見ているだけでも痛々しいくらいにね。だから、悩んだ末にリワインドした」

「だから、彼に対する私の気持ちを確認したんですね。諦めずに立ち上がるのが大事だと、助言をくれたんですね？」

念押しで確認すると、彼女は無言で頷いた。

「まあ、もっとも？　大して状況は変わらなかったし、結果だけを見ると、案外微妙

なんだけどね」

「そんなことないよ」

もしかしたら最初の世界で、私はリワインドを使っていなかったのかも。だとしたら、理紗と険悪なままだったかもしれないし、少なくともポプラは助かっていなかった。

微妙、なんてことはない。

どの段階からかはわからないが、私の人生のレールは、お姉ちゃんによってそっと差し替えられていたんだ。この時ばかりじゃない。私は何度も彼女に救われてきた。何度も。そう、何度も。六月のあの日。私達のいずれかが能力を使っていなかったら、出会えなかったのだろうか？　この幸せな結末に、辿《たど》り着けなかったのだろうか？

そんな疑問が、泡沫《うたかた》のように浮かんで消えた。でも、どちらでもいいこと。いろんな可能性があっただろうけど、今向かおうとしている未来が、きっと最高のものだから。

——胸張ろう。今進んでいるこの道を、正しい道に変えていけばいいじゃない。

お姉ちゃんに言われた台詞《せりふ》が、蘇《よみがえ》った。

そうだね。辛くなった時は、立ち止まってもいい。俯いてもいい。でも、少しだけ休んだら、顔を上げて再び前へ。くよくよしたってしょうがない。大事なのは過去を振り返ることではなく――

　今を、大切に生きること。

「それと、もう一つ訊きたいことがあるの。お母さんが死んだあの日、私とお姉ちゃんの命を守ってくれたのはお母さんだと思うんだけど、どう思う？」

　今日、父から聞いた母親の能力の話をする。記憶の糸を手繰《たぐ》るみたいにしばらく沈黙したのち、「たぶん、そうだと思う」と彼女は頷いた。

　やっぱりそうだよね――

「事故があった日の話、聞かせてくれる？」

　当時六歳のお姉ちゃんの記憶にどこまで残っているかは、正直わからない。それでもと訊ねてみた。

「うん」と頷き、お姉ちゃんは当時のことをつまびらかにした。

　あの悲劇が起こった日。お姉ちゃんが歩道を歩いていると、突然強い力で背中を押されたのだという。その勢いで歩道の上に転げ、膝を擦り剥いた上に額に痣ができた。痛みと驚きで泣きながら顔を上げると、後ろにいたはずの母親の姿がなかった。

　代わりに視界に飛び込んできたのは、歩道に乗り上げた車。そのまた数メートル先に、母親が背中を丸めて横たわっていた。

空が嫌味なほど青い。遠くから悲鳴が聞こえてくる。強い恐怖と混乱を湛えた喧騒の中、増えていく人の背をかきわけ、動かなくなった母親の背中に近づいた。母親が着ている服を染めていく赤が、真下にじわじわと広がっていく赤黒い血だまりが、履いていた靴を濡らした。この瞬間お姉ちゃんは、母親の命が失われたことを理解した。

視界が強く滲《にじ》む。震えの収まらない唇から止め処なく嗚咽《おえつ》が漏れる。お姉ちゃんはこの日、初めてのリワインドを行使した。

――これは、私達姉妹による考察だが、精神的に強いショックを受けた時、この能力は発現するのかもしれない。

しかし、何も変えられなかったのだという。お姉ちゃんは、リワインドを行使した間際の記憶しか継承できない。初めて能力を使ったため、起きていることを正しく判断する術もなかった。

なんの対策も打てぬまま、まったく同じ状況で事故が繰り返される。なんなのこれ？　こんな能力、なんの役にも立たない！　お姉ちゃんは、強く悔やんだ。

ともあれ、これだけは真実。

お母さんは、私達の命を――二度とも護った。

「やっぱりこれは、偶然なんかじゃないと私は思うんだよね」

私も同感だった。写真でしか見たことのない天国にいるお母さん。今こうして私が生きていられるのは、きっとお母さんのおかげなんだ。

「お父さんに私の親権を残したのも、お母さんが死ぬのを知っていたからなんだね？」

そう問いかけると、お姉ちゃんが少々弱った顔になる。

「気づかれなければ黙っているつもりだったのに。侑に隠し事をするのは難しそうだねえ……。なんだか私、まだ話したこともない彼氏のことが心配になってきたわ」

隠し事なんてしなければいいんです、と笑いながら、お姉ちゃんの手を強く握った。

彼女の温もりが、そこにあるのを確かめるみたいに。

姉妹でありながら、接点を作れないという皮肉な星の元に生まれた私達の運命の糸は、きっと細くて頼りなかった。それでも、必死に束ねてより集めて、こうして今確かに繋がった。だからさ——

私、もう我慢しなくていいよね？　思い切り甘えても泣いてもいいよね？

今こそ、心の奥底に閉じ込めていた感情を解放する。

——ありがとう、お姉ちゃん。

もう一度、言うよ。

——生きていてくれて、ありがとう。

何度でも、言うよ。

お姉ちゃんの掌《てのひら》を両手でしっかり握り締めて、自分の頬に当てた。山吹色の斜陽が、病室の窓から差し込んでいた。それは、私が大好きな幸せを象徴する色だ。

窓の外に広がっている暮れかけの空には、一筋の飛行機雲が斜めに線を引いていた。飛行機雲によって、窓から見える空はくっきりと二つに分けられている。

もしかすると、私達の能力によって、この世界も二つに分けられてしまったのかもしれない。でも、たとえそうだったとしても、その両方でみんなが幸せになっていれば良いなと、そんなことを、ふと思った。

エピローグ

函館本線の車内は帰宅途中の人で混み始めていて、座る場所を多少探す必要があった。車窓から見える道路の脇に、何本かの桜の樹が立っていて、すっかり葉桜となった寂しげな景観を晒《さら》していた。

ふと――今年もまた、六月が来たんだな、とそう思った。母親と死に別れたあの季節。同時に、妹とも。

物思いに耽《ふけ》った自分を内心で笑う。何を感傷的になっているのかしら、と。

ふ、と息をつき車内に目を戻すと、自分が座る席の品定めを始めた。

どうして人目も気にせず大声で騒ぐのかしら。どうして私のほうが、車両を変えなければならないのかしら。隣の車両で騒ぎ続ける数人の子どもと、ろくに躾《しつけ》もできない母親達の姿を思い出して、自らを襲った理不尽な仕打ちに思わず肩を竦《すく》めた。あれじゃゆっくり読書もできやしない。子どもは元気が一番、と言うけれど、最低限のTPOはわきまえてほしい。

その時、一人の女子高生の姿が目にとまる。瞬間、心でかすかな光が瞬く。膝の上に紙を広げたまま居眠りをしている彼女を見た時、すぐわかった。

ああ、この子なんだって。

特徴的な、毛先が外はねした亜麻色のショートボブ。赤ぶちの眼鏡。割れたガラスの破片のように、ばらばらの状態だったそれらの情報の欠片《ピース》が、彼女という名の枠に次々嵌《は》まっていく。

そう、きっとこの子の名前は。

なんとも不思議な感覚だった。私が持っているあなたの情報は実際少ない。お父さんから聞いたいくつかのエピソードと、数年前にこっそりもらった、小学生時代の写真だけなのに。何個かピースが嵌《は》まっただけで、こうもわかってしまうんだ。

今、隣に座ったら——と私は思う。あなたは驚くかしら。どんな顔をするかしら。

高鳴っていく心臓を宥め、黙って隣に座ってみる。

うたた寝をしている妹の顔をしばし堪能したのち、侑の肩をぽんと叩いた。

「次の駅で降りるんじゃないの?」

＊　＊　＊

「ああ～ヤバい。遅れちゃうよー、お父さん早くー」

　のんびり支度をしている父を急かしてリビングを飛び出した。

　三月二十日に○印がついた廊下のカレンダーに目を向けて、逸《はや》る心を抑えていたその時、スマホから軽快なメロディが流れてくる。電話の主は稔君だ。こりゃまた珍しいこともあるものだ。

「もしもし」

『おう、僕だ。高坂だけど』

「ああ、どうしたの突然。稔君のほうから電話を寄越すなんて、珍しいしょや。雨か槍でも降りそうだからやめて」

『いつも通りの毒舌で、逆に安心するわ』と電話口の声が笑う。

『今ね、網走に来ているんだ。それでさあ』

「へ⁉　網走？　なんでまたそんな遠い場所に」

『いや、僕は元々網走の生まれだからね。春休みを利用して帰省したんだよ。それで、とある人に煮雪の話をしたら、ぜひ話をしたいって言うからさ』

　言われてみると、彼は北海道の東端から引っ越してきたんだったな、と腑に落ちる。

「それって、もしかして……成瀬さん？」

『お。僕がした話を覚えていたのか。なら話が早い。今少しだけ話する？』

「え……？　いいの？」

だから声が弾んでいるのか。憧れの人と話をさせてもらえるなんて、恐れ多いな、と恐縮しながら代わってもらう。

「もしもし」

『こんにちは。初めまして』

柔らかくも凛然としたよく通るその声は、端々に意思の強さをうかがわせる。うん、イメージ通りだな、と私は思う。ついでに誰かに似ているとも。

心が強い人の声って、やっぱりこんな感じなんだ。

三寒四温の季節が過ぎて、優子さんが姉だとわかったあの日から、数えて二度目となる春を迎えていた。早朝の南小樽駅《みなみおたるえき》のホームには、山口家の三人と、父と私達の六人しかいなかった。ちらちらと、空から舞い降りてきたのは季節外れの粉雪だ。拓実君と空を仰いで「雪だ」と二人の声が揃う。とはいえ、空を覆う雲は薄く、雲間から日も差している。どうやら積もることなく止む気配だ。

どうりで冷え込んでいるわけだ、とこれまた季節外れなマフラーを巻き直しているとと「まるで、桜の花びらが舞っているみたいだね」と拓実君が呟いた。広げた彼の掌《てのひら》に雪の結晶が触れ、名残雪の名に相応しく、儚く消えてなくなった。

「え、そう？　そうかなあ……」

「そうだよ」

桜の名所として知られる南小樽駅の周辺は、ソメイヨシノの木に囲まれている。見頃を迎える五月上旬になると、ホームに降りた瞬間に見事な枝ぶりの桜が出迎えてくれて、思わず「綺麗！」と声を上げてしまうほどだ。

もっとも、今はまだ蕾《つぼみ》もまばら。桜の木をバックに雪が舞う景色は幻想的だが、彩は簡素でどこか寒々しい。心の中を吹き抜ける寂しさも加速していく。

「スケッチブックを二人で広げてさ、桜の木を見上げた日のこと覚えているでしょ？あの日、風に吹かれて花びらが舞い降りてきた光景を、どこか彷彿とさせる気がしない？」

ふうん、と気のない返事をしながらも、私達が共有している懐かしい日々の光景は、その多くが雪と桜が舞う季節で占められているんだなあ、なんて感慨深く思う。だから「うん、似ているかもね」と訂正しておいた。桜の蕾《つぼみ》と雪がセットになったレアな光景も、今日という一日も、きっといつの日か大切な思い出に変わるだろうから。

桜を横目に物思いに耽《ふけ》っていると、脇腹をお姉ちゃんにくすぐられる。

「うひゃひゃひゃ……止めてくださいよ！」

「うひゃひゃってアンタ。もうちょっと女の子らしい笑い方しなさいよ。彼氏が引いているでしょーが」

お姉ちゃん——優子さんが心底残念そうな顔をすると「いや、慣れているんで大丈夫っす」と拓実君が真顔で返す。

「下品な笑い声に慣れているって、先々がちょっと心配だね……」

「くすぐったいんだからしょうがないでしょー？　それはとどのつまり、私が彼の前で、いつも自然体でいられるってことなんです」

「あーはいはい、なるほどね。ご馳走様」

肩を竦《すく》めて逃げ出したお姉ちゃんに抗議の声を上げながら、辛くも心憂くもなる。こんな他愛ないやり取りも、もうできなくなっちゃうのかなあ、と。

昨年の冬。札幌市で行われた北海道高等学校新人バドミントン大会で、私と理紗のペアは残念ながら三回戦で敗退してしまう。

その一方で渚は、シングルスで優勝して全国大会に駒を進めた。そのあとに行われた全国の舞台でも彼女は躍進し、ベスト四に入賞した。

北海道に中津川渚あり——彼女は一躍、時の人となった。

四月から、私達も三年生。いよいよ最後となる勝負の年だ。渚も、今度こそベスト四の壁を打ち破るだろうと私は確信している。新キャプテンとして就任したからには、私だって負けてらんないしょや。

渚。シングルスで、立てよ頂点？　ダブルスは、私と立とう。

渚の活躍に引っ張られ、部員達の士気も日々上がっていた。

お姉ちゃんは事故があったあと、数ヶ月の入院期間とリハビリを経て退院した。『脳と脊髄《せきずい》に損傷がある』と聞かされていたので不安の種が尽きなかったが、心配していた、後遺症が残ることもなかった。不幸中の幸い、とでも言うべきか。

リハビリの期間中、ただ歩くだけでもお姉ちゃんは苦心していた。それでも一年以上が経過した今となっては、激しい運動をしても問題ない程度にまで回復した。

……ああ、そうだね。一つ大事なことを。

リワインドの能力は、あの冬の日以来、一度も使っていない。というか、使えなくなったと言ったほうが早い。私も、そしてお姉ちゃんも。原因は今でもよくわからない。『リワインドを行ったあとでさまざまな変化が起き、過度な精神的ショックを受けたことが、直接的な原因なのかな』と、二人の間では結論を与えている。いずれにしても、都合のいい能力に頼って過去を振り返るのはやめなくちゃ、と考えていた矢先のこと。これはむしろ丁度良い機会だった。

これでようやく、私達も普通の女の子に戻れるんだ。

「ちゃんと自炊するのよ」とお姉ちゃんの養母が言った。

「何かあったら連絡を寄こせ」と養父が声をかけた。

彼女は「昨日から、そればっかりじゃん」と不満そうに下唇を突き出した。

私の父は、控えめにただ一言だけ添えた。「元気でな、優子。向こうに行っても頑張れよ」と。

頷いたお姉ちゃんを父が抱き寄せると、彼女も父の背中に両手を回す。うん、うんと何度も頷いた彼女の頬を、涙が一筋伝って落ちた。

お姉ちゃんが泣いたところ、初めて見たかも。

二年前の六月。お姉ちゃんと再会したあの初夏の日も、彼女は優しい笑みを浮かべていた。そのあとも、彼女は私に笑顔を見せ続けていた。電車の中で、向かい合わせに座ったあの夕刻も。私が言葉を失い、俯いてしまった冬の日も。自分の感情を押し殺すことで、私に心地よい空気を届けてくれていたのかもしれない。

私も、いろんなモノを失いながら生きてきた。

顔も声も覚えていないまま、死別した母親。寒い冬の日、救えなかった子猫。喧嘩別れをした初恋の男の子――その後、再会を果たしたけれども――。私の希望は両手から一つずつ零れ落ちて、それでも一つずつ拾い集めて、今、この場所に立っている。

一方で、お姉ちゃんはどんな人生を送ってきたのだろうか。凄惨な事故現場。目の当たりにした母親の最後の姿。間もなく続いた父との別れ。唯一の姉妹である私とも、離れて暮らす道を自ら選んだ。自身が遭遇したバス事故を『リワインド』で帳消しにして手に入れた未来も、『リセット』して拓実君を救った。

描きかけのスケッチブックが、放置しておくだけで段々埃《ほこり》を被ってゆくように、ただ生活をしているだけでも、そこここに悲しみが降り積もっていたに違いない。父ときつく抱き合いながら、小刻みに震えるお姉ちゃんの背中が、これまでどれほど孤独だったのか、どれだけ心が乾いていたのかを如実に物語っていた。

例えば、目覚めた時見えた天井が、生まれた家のものじゃないと確かめる朝。

例えば、学校の友人が、自分の兄弟の話を悪気なく伝えてきた瞬間。

例えば、大学の入学願書に両親の名前を書き入れる時。

例えば、事故に遭って昏睡状態に陥《おちい》り、病院のベッドの上で目覚めたその瞬間。例えば……他にも、例えば……

それでもお姉ちゃんは、私の前では常に笑顔を振り撒いていた。

『いつも笑顔でいる人には、意外な心理が隠されていることがあります』

そんな記事を、昔読んだ記憶がある。お姉ちゃんの場合は意外でもなんでもない。張りつけた笑顔の裏に隠していたのは、いくつもの悲しみや寂しさだったのだから。

今日お姉ちゃんは、生まれ育った北海道を出て東京へと旅立つ。三月の頭に無事大学を卒業した彼女は、東京にある企業への就職が決まり、四月からアパートで一人暮らしを始めるのだ。またすぐに会えるだろうと思う一方で、当分会えなくなるかもしれないという不安も同時に感じる。

緑と白に塗り分けられた車両全体に朝日を浴び、電車が私達の待つホームに入ってきた。私はお姉ちゃんと抱き合いながら、別れの挨拶を交わした。

「元気でね」と私が言った。

「大好きだよ」とお姉ちゃんが答える。

心中だけでそっと思う。お姉ちゃんが辛くなった時、壁にあたって立ち止まってしまった時、私の姿を思い出してくれますように。お姉ちゃんが強い悲しみを抱えてしまった時、その瞳から自然に涙が零れますように。この先彼女が、生き辛く感じることがありませんように。悲しみや苦しみを、一人で抱え込んだりしませんように。

「また、連絡するね。お姉ちゃん」

それでも塞ぎ込んでしまった時、今度は私に、お姉ちゃんが自分の悩みを打ち明けてくれますように。この次は、私から心地よい空気を届けるから。

ドアが開いて、スーツケースを抱えたお姉ちゃんが電車に乗り込んだ。車内と駅のホームが二つの世界に分かたれた瞬間、際限なく寂しさが湧いてくる。

姉妹としての関係を取り戻したあと、私達は何度も一緒に遊んだ。水着を着て海へ。拓実君と三人でキャンプへ。大会のたびに、彼女は声の限り私に声援を送ってくれた。そんな日々もいったん終わり。彼女が向かう先に私はいないし、私が帰る場所にお姉ちゃんはいない。でも、と必死に涙をこらえた。これは終わりじゃない。ここからまた始めるんだ。さようなら、と言いかけた台詞《せりふ》を飲み込んで「じゃあ、またね」と私は再会の約束を交わした。

電車がゆっくり走り始めて、ドアのガラス越しにお互いの掌《てのひら》を重ねた。それもすぐに離れてしまうと、加速していく電車の姿は、やがて視界の先に消えた。

「——さようなら」

ようやくここで、別れの言葉を口にする。

お姉ちゃんは、これからもきっと大丈夫だから。

「俺達も戻ろうか」

引き揚げていく家族の背を見ながら、拓実君が気遣わしげにそう言った。頷いて空を見上げると、すでに雪は止んでいた。雲はその大部分が風に流されて、わずかに残った筋状の雲の向こう側、晴れやかな青空が広がっていた。

「侑の姉さん。やっぱり侑と顔がそっくりだよな」

「そう……なのかな？　時々言われるんだけど、自分ではよくわかんないんだよね」

お姉ちゃんは、私と違って器量よしなので、似ていると言われることに悪い気はしないのだけど。

「お姉さんも綺麗だけど、侑のことも可愛いって時々はそう思うよ」

「時々ってなんだよ、いつも思えよ」

拗ねた口調でそう言うと「相変わらずだな」と拓実君が噴き出した。遠慮のない笑い方に、なんだか私も釣られてしまう。

「似ているって言えばさあ」と彼は、ポケットからスマホを取り出した。

「この間ネットで見つけたんだよね」

「ん。見つけたって、何を？」

「ウェブの投稿漫画っていうのかな？　その中のとある作品にさ、なんとなーく俺に似ているキャラクターがいたの」

「へ、へえ……。すごい偶然だね」

「バドミントン部に所属していて、水彩画も描くイケメン男子。どう考えても俺みたいでしょ？」

「イケメンじゃあ、違うね。他人の空似だよ」

「なんで！　そこが一番合っているところでしょ」

はいはい、と投げやりに返した。

「でもさ、作者の名前がちょっとだけ痛いんだよね」

ちくり、と嫌な予感が胸に刺さる。

「このあとの予定なんだけどさ――」

私はさりげなく、ほんとさりげなく話題を変えようと試みる。だが彼は、私の言葉を無視して続けた。

「これなんて読むのかな？　そうげつ……ん？　なんだろ。げっかでいいのかな？」

「ブックマーク削除しろ。今すぐ」

しまった。完全に失念していたというか油断していた。ここ最近、再び漫画を描き始めていた私は、こっそり彼を登場人物のモデルとして使っていたのだ。よもや捕捉されるとは思っていなかった。もうちょっと、設定をぼやかしておくべきだった？

「なんで？　別に消さなくてもいいでしょ？」

「ブックマーク消せないんだったら、記憶を消去しろ。忘れるんだ、今すぐ」

「無茶言うなよ」と逃げ回る拓実君の手から、スマホを取り上げようと手を伸ばした。

「消すだけだ！　痛くしないから！」

「それ女の子が言う台詞《せりふ》じゃないよ！」

追いかけっこをしている私らを見てみんなが笑う。膨《ふく》らませていた頬の緊張が自然に解ける。まあ――別にいいかな、なんて思う。

やっぱり逃げ足速いな、と諦めると、遠い南の空を見上げて誓いを立てた。

これからは私も、なんでも一人でできるようにならなくちゃ。

もう、人生はやり直しが効かないけれど、きっと大丈夫だろうと私は思う。視界の悪い、うっそうとした森の中を、背中ばかりを気にして彷徨《さまよ》っていたようなあの頃とは違う。森を抜け、視界が開けた私の目の前には、清々しく晴れ渡った空がどこまでも続いているのだから。

どんなに遠く離れていても、私達の心は、同じ空の下繋がっているのだから。

――ねえ、お姉ちゃん？

◉定価:726円(10%税込) ◉978-4-434-31524-4 ◉イラスト:へちま

この物語の中で、
私は脇役にしかなれない

かつて将来を約束しあった、幼馴染の千歳と拓海。北海道の離島で暮らしていた二人だけれど、甲子園を目指す拓海は、本州の高校に進学してしまう。やがて三年が過ぎ、ようやく帰島した拓海。その隣には、「彼女」だという少女・華の姿があった。さらに華は、重い病にかかっているようで——すれ違う二人の、青くて不器用な純愛ストーリー。

◉定価：726円（10%税込）　◉ISBN:978-4-434-30748-5　◉Illustration：爽々

全てが砂になる前に、
もう一度だけきみに会いたい。

少状病』、あるいは『失踪病』。発症すると体が崩れて砂となり、え去ってしまうこの奇妙な病気には、とある都市伝説があっ。それは、『体が崩れてから24時間の間、生前と変わらない姿好きな場所に行き、好きな人に会える』というもの。残された最の24時間で、大切な人にもう一度出会い命を燃やした人々、切なく優しい物語。

価：726円（10%税込）　ISBN 978-4-434-29496-9

イラスト：中村至宏

桧山蓮はある日、幼なじみの茅部美晴が、教室の窓ガラスを割る場面を目撃する。驚いた蓮が声をかけると美晴は目に涙を浮かべて言った——私が見えるの？

彼女は、徐々に周りから認識されなくなる「透明病」を患っているらしい。蓮は美晴を救うため解決の糸口を探るが彼女の透明化は止まらない。絶望的な状況の中、蓮が出した答えとは……？

◉定価：726円（10％税込）　◉ISBN:978-4-434-28789-3　◉Illustration：さけハラス

美味しい父娘《ふたり》暮らし

店や勤め先を持たず、客先に出向き、求めに応じて食事を提供する流しの料理人・剣《けん》。その正体は、古い包丁があやかしとなった付喪神だった。ある日、剣は道端に倒れていた人間の少女を見つける。その子は痩せこけていて、名前や親について尋ねても、「知らない」と繰り返すのみ。何やら悲しい過去を持つ少女を放っておけず、剣は自分で育てることを決意する――あやかし父さんの美味しくて温かい料理が、少女の傷ついた心を解《ほど》いていく。ちょっぴり不思議な父娘の物語。

◉各定価：726円（10%税込）　◉Illustration：新井テル子

閑静な住宅街、緑豊かな吉祥寺の古民家カフェ『9－Letters』。店主であるパティシエール・玲奈は、あやかしの姿を見ることができる『見鬼』の才を持っていた。右鬼や左鬼――カフェを手伝うあやかし達と共に暮らす彼女はある朝、あたたかな体温を感じて目が覚める。なんと隣に美貌の男が潜り込んでいたのだ！ 美貌の男の正体は、白蛇のあやかし。彼は玲奈に『霖』と名付けられ、不思議な居候生活がはじまることになったが、幼馴染の陰陽師・七弦には思う所があるようで――？ ちょっぴり甘くてドキドキのあやかしファンタジー！

◉定価：726円（10%税込） ◉ISBN:978-4-434-32480-2 ◉Illustration：SNC

死神飯に
首ったけ！
「しにがみめしに
くびったけ！」
腹ペコ女子は
過保護な死神と
同居中
神原オホカミ
Kanbara Ohkami
死ぬまで世話焼いたるし、
幸せにしたるから
覚悟しいや！

伯父の借金を背負わされ、突然どん底まで追い詰められたOLの朱夏《しゅか》。成す術もなく、気づけば人生も崖っぷち――そんな彼女を助けてくれたのは、金髪強面の死神だった！　「あんたが死ぬと、俺たちの仕事が猛烈に増えて面倒くさいんや！」そんな台詞とともに始まった、死神〈辰《しん》〉との同居生活は、朱夏に当たり前の生きる幸せを思い出させてくれて……。飯テロ級の絶品ご飯と神様のくれたご縁が繋ぐ、過保護な死神×腹ペコ女子のトキメキ全開満腹ラブ！

死神飯に
首ったけ！
神原オホカミ
死ぬまで世話焼いたるし、
幸せにしたるから
覚悟しいや！

◉定価：726円（10%税込）　◉ISBN:978-4-434-32478-9　◉Illustration：新井テル子

突然できた妹は、角&牙がある半妖!?

小学生の時に母を亡くし、父とふたりで暮らしてきた女子高生の杏菜。ところがある日、父親が小さな女の子を連れて帰ってきた。「実はその、この子は、おまえの妹なんだ」「くり子でしゅ。よろちく、おねがい、しましゅっ!」――突然現れた、半分血がつながった妹。しかも妹の頭には銀色の角が二本、口元には小さな牙があって……!? これはちょっと複雑な事情を抱えた家族の、絆と愛の物語。

◉定価:726円(10%税込) ◉ISBN:978-4-434-32303-4 ◉Illustration:鈴木次郎

この作品に対する皆様のご意見・ご感想をお待ちしております。

おハガキ・お手紙は以下の宛先にお送りください。

【宛先】

〒150-6008 東京都渋谷区恵比寿 4-20-3 恵比寿ｶﾞｰﾃﾞﾝﾌﾟﾚｲｽﾀﾜｰ 8F
（株）アルファポリス　書籍感想係

メールフォームでのご意見・ご感想は右のＱＲコードから、
あるいは以下のワードで検索をかけてください。

アルファポリス　書籍の感想　検索

ご感想はこちらから

アルファポリス文庫

３日戻《みっかもど》したその先《さき》で、私《わたし》の知《し》らない１２月《じゅうにがつ》が来《く》る

木立 花音（こだち かのん）

2023年8月31日初版発行

編　集－星川ちひろ
編集長－倉持真理
発行者－梶本雄介
発行所－株式会社アルファポリス
〒150-6008 東京都渋谷区恵比寿4-20-3 恵比寿ｶﾞｰﾃﾞﾝﾌﾟﾚｲｽﾀﾜｰ8F
TEL 03-6277-1601（営業）　03-6277-1602（編集）
URL https://www.alphapolis.co.jp/
発売元－株式会社星雲社（共同出版社・流通責任出版社）
〒112-0005 東京都文京区水道1-3-30
TEL 03-3868-3275
装丁イラスト－サコ
装丁デザイン－徳重 甫＋ベイブリッジ・スタジオ
印刷－中央精版印刷株式会社

価格はカバーに表示されてあります。
落丁乱丁の場合はアルファポリスまでご連絡ください。
送料は小社負担でお取り替えします。
©Kanon Kodachi 2023.Printed in Japan
ISBN978-4-434-32479-6 C0193